Arena-Taschenbuch
Band 50543

Weitere Titel des Autors im Arena Verlag:
Wir werden nicht von Yaks gefressen hoffentlich*
(Band 50540)
Wir werden von Kannibalen zum Essen eingeladen oder gegrillt*
(Band 50541)
Wir ringen nicht mit Tintenfischen mögen aber Tintenfischringe*
(Band 50542)

C. Alexander London
ist ein preisgekrönter Autor, Meister im Tontaubenschießen und Sporttauchen und darüber hinaus staatlich anerkannter Bibliothekar. Er hat bisher in dreiundzwanzig verschiedenen Ländern ferngesehen und ganz nebenbei einen Vulkanausbruch, einen Hurrikan, vier Bürgerkriege und eine mysteriöse Bisswunde an seinem kleinen Zeh überlebt. Zurzeit lebt und arbeitet er in Brooklyn, New York.

www.calexanderlondon.com

C. Alexander London

Wir retten die Welt*

*mit ein paar Käsebällchen

Das ist wirklich das letzte
unfreiwillige Abenteuer!

Aus dem Amerikanischen
von Petra Koob-Pawis

Arena

Für meinen Indiana Jones und die vielen Abenteuer, die uns noch bevorstehen

FSC
www.fsc.org
MIX
Papier aus verantwortungsvollen Quellen
FSC® C110508

1. Auflage als Arena-Taschenbuch 2015
Die Originalausgabe erscheint 2013 unter dem Titel
We Sled With Dragons. An Accidental Adventure
bei *Philomel Books*, einem Imprint der
Penguin Young Readers Group, New York.

Aus dem Amerikanischen von Petra Koob-Pawis
Umschlaggestaltung: Fréderic Bertrand
Umschlagtypografie: knaus. büro für konzeptionelle und visuelle identitäten, Würzburg
Gesamtherstellung: Westermann Druck Zwickau GmbH
ISSN 0518-4002
ISBN 978-3-401-50543-5

www.arena-verlag.de
Mitreden unter forum.arena-verlag.de

1. Wir planen den Plan

Was für eine Schießbude?«, fragte Oliver Navel zum dritten Mal, während ihr kleines Boot sachte auf den Wellen schaukelte und am Strand die Lichter blinkten.

»Keine Schießbude!«, stöhnte seine Zwillingsschwester Celia. »Dschibuti! So heißt die Stadt. *Dschi-bu-ti!* Dschibuti.«

»Wie?«, brummte Oliver.

»Dschibuti!« Seine Schwester sprang auf und fuchtelte so wild mit den Armen, dass das Boot gefährlich hin und her zu schaukeln begann. »Dschibuti! Dschibuti! Dschibuti!«

Ihre Eltern, Dr. Claire Navel und Dr. Ogden Navel, brachten sich vor Celias Armbewegungen in Sicherheit und klammerten sich am Bootsrand fest. Sie waren weltberühmte Abenteurer und »residierende Forschungsreisende« im Klub der Forschungsreisenden in New York und hatten einiges auf ihren Reisen gelernt, zum Beispiel, wie man dem Angriff eines wilden Ebers ausweicht oder wie man dem Angriff eines Schwarms aufgescheuchter Killerbienen entflieht. Und sie hatten herausgefunden, dass ihnen dieselbe Taktik auch bei ihren elfeinhalbjährigen Zwillingen gute Dienste leistete. Diese Taktik lautete: schnellstens aus dem Weg.

Oliver musste so sehr über seine Schwester kichern, dass er von seiner schmalen Sitzbank plumpste. Er fiel in eine Pfütze, die sich im Boot angesammelt hatte, aber er musste immer weiter lachen, dass ihn das nicht im Geringsten störte.

Natürlich wusste er, dass die Stadt, deren Lichter am nahen Strand blitzten, Dschibuti an der Küste Ostafrikas war. Mindestens fünf Folgen seiner geliebten Spionage-Serie *Agent Zero* waren in Dschibuti gedreht worden. Er wusste wahrscheinlich besser über Dschibuti Bescheid als seine Schwester Celia. Ihm gefiel es nur, wie sie den Namen immer wieder heraustrompetete.

»Was ist denn so lustig an Dschibuti?«, wollte Celia wissen. Oliver kicherte und zog sich wieder auf seine Sitzbank hoch.

Brüder können so kindisch sein, dachte Celia. Sie war drei Minuten und zweiundvierzig Sekunden älter als Oliver, aber manchmal hatte man den Eindruck, dass sie drei Jahre älter war. Oliver kicherte wie ein Irrer, nur weil Dschibuti wie Schießbude klang. Ihr fiel auf, dass ihr Vater ebenfalls grinste.

Celia sah zu ihrer Mutter und verdrehte die Augen. Jungs werden wohl niemals erwachsen.

»So heißt halt die Stadt.« Sie blies sich eine Haarsträhne aus dem Gesicht. »Dschibuti.«

»Bua-hahahaha!« Oliver prustete wieder los. Er beugte sich über den Bootsrand, lief knallrot im Gesicht an und es schüttelte ihn vor Lachen. Er hob die Hand. »Es reicht«, keuchte er. »Aufhören ... ich kann nicht mehr ... sag das nie wieder ...«

»Dschibuti«, sagte Celia.

»Bua-hahahaha!«, schrie Oliver und hielt sich den Bauch vor Lachen.

»Dschibuti«, sagte sie noch einmal.

Oliver war mittlerweile ganz violett im Gesicht. Er krümmte sich und es war zwar schon längst nicht mehr lustig, aber er konnte einfach nicht aufhören zu lachen. Wir alle kennen dieses Gefühl, das uns zu den unpassendsten Zeitpunkten überkommt, zum Beispiel dann, wenn man sich im Unterricht still beschäftigen soll, oder auch mitten im Vortrag eines berühmten Astronomen über die eisigen Berge auf dem Uranus.

»Oliver, beruhige dich«, sagte Claire Navel, die Mutter der

Zwillinge. Sie hielt Oliver am Kragen seines T-Shirts fest, damit er nicht vor lauter Lachen über den Bootsrand ins Wasser fiel. »Und Celia, hör auf damit, deinen Bruder zu ärgern.«

»Er hat es so gewollt«, sagte Celia.

»Wie dem auch sei ...« Ihre Mutter blickte von Celia zu Oliver und wieder zurück, »es gibt nichts, was an Dschibuti lustig wäre.«

Dr. Navel kicherte, aber seine Frau warf ihm einen Blick zu, der die eisigen Berge auf dem Uranus zum Schmelzen gebracht hätte. Er zwang sich, ernsthaft dreinzuschauen, und verstummte.

»Diese Stadt ist eine einzige Räuber-, Diebes- und Touristenhöhle«, fuhr Dr. Navel fort. »Wer weiß, was sie dort mit dem armen Corey Brandt machen.«

»Oder mit Dennis«, sagte Oliver.

Dennis war ein Huhn. Genau genommen war er ein Hahn, weil er ein männliches Huhn war, aber so pingelig wollen wir mal nicht sein.

Alles, was man über Dennis wissen muss, ist, dass er ein Hahn war, der sich als klug und heldenhaft erwiesen hatte, obwohl er früher »bordeigenes Federvieh« auf einem Piratenschiff gewesen war. Er hatte dem Kapitän gehört, einem bösartigen Schurken namens Großer Bart. Aber Bonnie, eine Piratin aus der Mannschaft des Großen Bart, hatte Dennis den Hahn zusammen mit Corey Brandt als Geisel genommen.

Corey Brandt, das ist wichtig zu wissen, war kein Huhn. Er war Schauspieler. In einem Werbespot für einen Discount-Matratzenladen hatte er sich einmal als Huhn verkleiden müssen. Aber das war schon sehr lange her und er sprach nicht gern darüber.

Zurzeit war Corey Brandt der berühmteste Teenager auf der ganzen Welt, Star der Fernsehshows *Agent Zero, Prominente*

Abenteurer und des bahnbrechenden Teenager-Vampirdramas *Sunset High.* Er war noch keine achtzehn Jahre alt und verdiente, während er einen Tag lang mit Vampirzähnen in einem Wohnwagen saß, bereits mehr Geld als die gesamte Bevölkerung von Dschibuti in einem ganzen Jahr.

Kein Wunder, dass die Piraten Lösegeld für ihn forderten.

Corey war außerdem der beste Freund, den Celia und Oliver je hatten. Eigentlich war er wie ein cooler großer Bruder. Man hatte ihn gefangen genommen, als er versuchte, die Zwillinge wieder mit ihren verloren gegangenen Eltern zu vereinen und die verschwundene Karte von Atlantis zu finden. Die Navels waren froh, wieder beieinander zu sein. Es war schon Jahre her, seit sie zum letzten Mal zusammen gewesen waren. Leider hatten sie weder verhindern können, dass die Karte von Atlantis einem berüchtigten Forschungsreisenden in die Hände fiel, noch dass Corey Brandt in die Hände von hinterhältigen Seeräubern fiel.

Es hatte Wochen gedauert, die Piraten vom Pazifik durch die Straße von Malakka, quer durch die Bucht von Bengalen entlang der indischen Küste bei Kerala und von dort aus über die Arabische See bis nach Dschibuti zu verfolgen. Dabei hatten die Zwillinge nicht nur einiges an Unterrichtsstoff der sechsten Klasse versäumt (was ihnen nicht viel ausmachte), sondern auch die Staffelfinale aller ihrer Lieblingsfernsehsendungen (was ihnen eine ganze Menge ausmachte).

»Bist du sicher, dass dieser Plan auch funktioniert?«, fragte Celia ihre Mutter. »Sonst verpasse ich nämlich die letzte Folge von *Modesünden der Promis.*«

»Und die neue Staffel des *Besten Rodeo-Clowns der Welt*«, fügte Oliver hinzu.

»Und *Liebe in 30.000 Fuß Höhe*«, sagte Celia.

»Und die *Suppenschlacht*«, sagte Oliver.

»Und *Bizarre Banditen*«, sagten beide im Chor.

Sie verpassten eine ganze Menge Fernsehsendungen.

»Wir werden dafür sorgen, dass ihr bald zu Hause seid«, sagte die Mutter seufzend. Sie konnte einfach nicht verstehen, wie man lieber fernsehen wollte als einen Überfall auf einen Piratenunterschlupf in Dschibuti zu planen. »Der Prager Prolog ist idiotensicher.«

»Aber wir sind hier nicht in Prag«, sagte Celia. »Wir sind in Dschibuti.«

»Bua-hahahaha...« Oliver fing wieder an zu lachen. Celia warf ihm einen finsteren Blick zu. Er hielt sich die Hand vor den Mund. Dr. Ogden Navel entfuhr ein kieksiges Kichern.

»Ich habe den Plan extra an diese Stadt angepasst«, sagte ihre Mutter.

»Warum nennen wir ihn dann nicht anders?«, schlug Oliver vor. »Vielleicht die Dschibuti-Schikane?«

»Oh, das ist gut, Ollie! Du denkst schon wie ein richtiger Forschungsreisender!« Seine Mutter leckte ihren Daumen ab und versuchte, eine widerspenstige Haarsträhne an seinem Kopf glatt zu streichen. Er zuckte zusammen und duckte sich weg, aber er konnte nicht anders, er musste grinsen. Er würde es niemals zugeben, aber fand es toll, dass er seine Mutter beeindruckt hatte.

»Was wird mit Corey, wenn die Dschi...« Celia warf Oliver einen Blick zu. »Wenn der Plan nicht funktioniert?«

»Du machst dir zu viele Gedanken«, sagte ihre Mutter. »Die Prager – äh, ich meine, die Dschibuti-Schikane funktioniert garantiert.«

»Hoffentlich.« Celia blickte über das Meer auf die Stadt, die sich wie eine widerspenstige Haarsträhne am Kopf von Afrika in den Golf von Aden erstreckte. »Sonst haben wir die Fernsehsendungen für nichts und wieder nichts verpasst.«

»Vertraut mir«, sagte ihre Mutter und lächelte ihre Familie an. Sie nahm die Hand ihres Mannes und drückte sie fest. »Wir sind jetzt wieder alle beisammen. Es kann einfach nichts mehr schiefgehen.«

2. Wir werden in Dschibuti schikaniert

Einfach alles ging schief.

In der muffigen Lagerhalle hinter der Saba Import-Gesellschaft war es viel zu heiß und der Schweiß drang durch sein dickes Make-up. Der große Gentleman merkte, wie ihm die Schminke im Gesicht verlief wie einem traurigen Clown, der im Regen stehen gelassen worden war. Wenn seine Tarnung aufflog, dann bedeutete dies nicht nur seinen eigenen Untergang, sondern auch den Untergang für die Navel-Familie, für Corey Brandt und für einen unglücklichen Hahn namens Dennis.

»Gaack«, sagte der Hahn, der in einem Käfig saß, der auf einem Stapel von importierten Teppichen stand. Eine trübe Glühlampe baumelte von der Decke, drehte sich langsam im Uhrzeigersinn und warf ewig wandernde Schatten.

»Mrmml hurml mrrmm«, sagte der Teenager mit der perfekten Frisur. Er hatte eine tränenförmige Sommersprosse unter dem Auge und einen schmierigen Lappen im Mund. Er saß, an einen Metall-Klappstuhl gefesselt, gegenüber von dem großen, schwitzenden Mann. An der Tür hielten tätowierte Männer mit Messern Wache, die sogar noch viel größer als der geschminkte Gentleman waren.

Neben dem Teenager saß die Piratenkapitänin Bonnie, eine Ur-Ur-Ur-Urgroßenkelin der berüchtigtsten Piratin, die jemals zur See gefahren ist. Bonnie hatte das Schiff der Piraten übernommen, als der vorherige Kapitän... – wie sagt man das am höflichsten? – … zum Vorruhestand überredet wurde, vielleicht?

Weniger höflich heißt das: Bonnie hatte ihn umgebracht und seine eigene Mannschaft hatte ihn über Bord in die tosende See geworfen, wo ihn sich die Haifische schmecken ließen.

Piraten sind nicht gerade für ihre guten Manieren bekannt.

»Du siehst krank aus«, sagte Bonnie höhnisch zu dem schwitzenden Gentleman. »Du wirst doch nicht etwa aus den Latschen kippen? Dann hätten wir ein Problem mit unserer Abmachung.«

»Es ist nur sehr heiß hier, das ist alles«, sagte der Gentleman und wischte sich achtlos mit seiner Krawatte den Schweiß von der Stirn.

»Du hast deine Krawatte ruiniert«, sagte Bonnie.

»Hmm?«

Bonnie zeigte auf den Schlips des Gentlemans. Er hatte sich einen glänzenden Make-up-Klumpen von der Stirn gewischt, der nun auf den fröhlichen Entchen klebte, mit denen der Seidenstoff bestickt war.

»Wie war dein Name doch gleich?« Bonnie blickte ihn düster an. Zwei ihrer großen Kumpane zückten die Messer und kamen näher.

»Ich heiße … ähm … Mr Chaterjee«, antwortete der Gentleman. Er wünschte, er würde aufhören zu schwitzen. Warum hatten sie sich ausgerechnet in diesem Raum verabredet, in dem man vor Hitze fast umkam? Er kriegte kaum Luft. Er hatte Claire Navel gewarnt, dass dieser Plan kein guter Plan war. Er war leider nicht sehr geschickt im Verkleiden. Er würde das ganze Vorhaben in Gefahr bringen. »Aloysius B. Chaterjee, genauso, wie ich es am Telefon gesagt habe.« Er gab sich Mühe, überzeugend zu klingen.

»Ich glaube dir nicht.« Bonnie funkelte ihn an. »Ich habe von einem anderen Mann gehört, der Krawatten mit Entchen trägt. Professor Rasmali-Greenberg, Präsident des Klubs der Forschungsreisenden. Er ist für seine Entchenkrawatten berühmt. Ich will sehr für dich hoffen, dass du nicht dieser Professor bist und dich verkleidet hast.«

»Ist das ein Entchen?« Professor Rasmali-Greenberg – denn der war er tatsächlich – tat so, als betrachtete er seine Krawatte zum ersten Mal.

»Ja, es ist eine Ente«, antwortete Bonnie kühl.

»Ich hatte es für eine Taube gehalten«, log der Professor.

»Es ist eine Ente«, erwiderte Bonnie.

»Oder vielleicht ein Elch? Vielleicht ein Lemur?« Er rubbelte mit dem Daumen darüber. »Ich bin sicher, es ist ein Lemur.«

»Es ist eine Ente«, wiederholte Bonnie.

»Wie dem auch sei. Dein Vorwurf ist völlig aus der Luft gegriffen«, sagte der Professor. »Ich bin Aloysius B. Chaterjee, ein Filmproduzent aus Bombay, und ich bin hierhergekommen, um diesen Teenager zu kaufen und ihn in meinem Filmen daheim in Indien auftreten zu lassen.«

»Mumbai«, sagte Bonnie.

»Hmm?«, fragte der verkleidete Professor.

»Die Stadt heißt jetzt Mumbai, nicht Bombay. Das ist schon seit ein paar Jahren so.«

»Natürlich.« Er lächelte. »Ich bin eben nur etwas altmodisch.«

»Aha.« Bonnie betrachtete ihn aufmerksam. »Und weshalb willst du das Huhn haben?«

»Du hast gesagt, es ist eine Ente.«

»Ich spreche nicht von der Krawatte«, sagte Bonnie. »Das Huhn im Käfig.«

Dennis gackerte.

»Auch für meine Filme«, antwortete der Professor. »Ich

möchte ein Musical drehen, und zwar über einen Teenager, der sich in ein Huhn verliebt, das in Wahrheit eine verwunschene Prinzessin ist.«

»Das Huhn ist ein Hahn«, sagte Bonnie. »Ein männliches Huhn.«

»Nun ja, ich kann ihm ja etwas anderes anziehen und falsche Wimpern ankleben«, sagte der Professor.

»Du lügst«, sagte Bonnie.

»Woher willst du das wissen? Hast du schon mal versucht, einem Huhn falsche Wimpern anzukleben?«

»Nein«, erwiderte Bonnie. »Du lügst, weil du kein Filmproduzent bist.«

»Ich lüge ganz bestimmt nicht«, log der Professor. »Ich bin ein wichtiger Produzent von Bollywood-Filmen, ein Pionier des indischen Kinos. Wenn wir jetzt also mit unserem Geschäft weitermachen könnten, ich muss nämlich wieder zurück nach Mumbai und meinen neuesten Film fertigstellen.«

»Mrmrmrmr mrmrm«, stöhnte der Teenager und wand sich auf seinem Stuhl.

»Ich habe das Geld hier bei mir.« Der Professor griff schweißgebadet nach seinem Koffer.

»Halt!«, befahl Bonnie. Der Professor erstarrte.

Sie blickten sich eine Zeit lang schweigend in die Augen. Über ihnen schwang die Glühlampe hin und her.

»Gaack«, sagte Dennis und brach das Schweigen. Unter Geflügelzüchtern ist es allgemein bekannt, dass Geflügel Spannung nicht ertragen kann. Vielleicht ist das der Grund, warum sich Piraten nur selten Geflügelarten als Haustiere auf ihren Schiffen halten.

»Ich weiß, wer du bist«, sagte Bonnie schließlich. »Streite es nicht länger ab. Du bist Professor Rasmali-Greenberg, der Präsident des Klubs der Forschungsreisenden. Du bist gekommen, weil du Corey Brandt retten wolltest, und das da auf deiner Krawatte ist eine Ente!«

Der Professor sank in sich zusammen.

»Ich wünschte, die Navels wären selbst gekommen«, fuhr Bonnie fort, »dann wäre ich euch alle auf einmal losgeworden, aber ich schätze, ich werde mit dir anfangen müssen.«

»Ich hatte gehofft, wir könnten das alles über die Bühne bringen, ohne dass jemandem wehgetan wird.« Der Professor seufzte. »Du hast natürlich recht. Ich bin Professor Rasmali-Greenberg, der Präsident des Klubs der Forschungsreisenden, Sammler von Enten-Krawatten und Freund der Navel-Familie, aber in einem irrst du dich.«

»Und das wäre?«, fragte Bonnie.

»Ich bin nicht allein.«

Der Professor ließ die Schlösser seines Koffers aufspringen, und heraus hüpften ein sehr indignierter grauer Brüllaffe mit einem Büschel schwarzer Haare auf dem Kopf und eine äußerst indignierte Heloderma horridum, auch bekannt als Krustenechse.

Demjenigen, der niemals *Wally Wurms Wörterwelt* gesehen hat – eine von Celias Lieblingssendungen – sei gesagt, indigniert bedeutet, dass man sauer ist, weil man sich unfair behandelt fühlt. Und Wally Wurm erfindet immer Merkverse, damit man sich die Bedeutungen besser merken kann: *Hat man unfair dich traktiert, sei nicht sauer, sei indigniert.*

Die indignierte Echse hieß Beverly und sie war deshalb indigniert, weil man sie soeben drei geschlagene Stunden lang zusammen mit einem Brüllaffen in einen Koffer gezwängt hatte. Der Affe hieß Patrick und für ihn war die Zeit im Koffer auch kein Zuckerschlecken gewesen.

Demjenigen, der noch niemals von einer indignierten Echse oder einem Brüllaffen angegriffen worden ist, kann ich nur sagen: Ich rate dringend davon ab und ich glaube auch nicht, dass Bonnie oder ihre Piratenkomplizen es empfehlen würden. Die Krustenechse hat einen giftigen Biss, der sehr unangenehm ist und zu Krämpfen, Erbrechen, Bewusstlosigkeit und manchmal auch zum Tode führt. Seltsamerweise schmecken denen, die überleben, anschließend Lima-Bohnen viel besser.

Der Brüllaffe hat sehr scharfe Zähne, von denen er ohne zu zögern Gebrauch macht.

Sobald Beverly und Patrick zischelnd und brüllend aus dem Koffer gesprungen waren, biss Beverly einem von Bonnies Spießgesellen in den Knöchel, woraufhin er aufschrie und in Mandarin-Chinesisch fluchte. Dann fiel er in Ohnmacht. Patrick schlug einem anderen Seeräuber das Messer aus der Hand und biss ihm kräftig ins Handgelenk. Die Worte, die der Pirat ausstieß, waren unverständlich, entweder weil sie Norwegisch waren oder weil ihm der Affe gleichzeitig seinen Schwanz in den Mund stopfte.

Professor Rasmali-Greenberg sprang auf, warf sich über den Tisch und stieß Corey Brandt weg von Bonnies Messerklinge. Der Stuhl kippte nach hinten um und der Präsident des Klubs der Forschungsreisenden landete mit knochenbrecherischer Wucht auf dem Teenager-Promi.

»Ich icht orbi ant«, stöhnte der junge Mann durch den Knebel in seinem Mund und fiel in Ohnmacht.

Bonnie war sofort wieder auf den Beinen. Sie hielt das Messer in der Hand und wollte es gerade dem Professor in den Rücken stoßen, als Beverly vor ihr auf den Tisch hüpfte.

»Zisch!«, sagte die Panzerechse.

»Iieeeh!!!«, kreischte Bonnie. Sie ließ das Messer fallen und rannte hinaus. Auch keinen der unglückseligen Piratenkumpane hielt es länger auf seinem Platz, ja, es ist zu bezweifeln, ob sich auch nur einer von ihnen länger auf den Beinen halten würde.

»Nun, das war nicht gerade sehr nett«, sagte Professor Rasmali-Greenberg, während er den schlaffen Corey aufrichtete und sich über die Schulter warf. »Aber wir haben, was wir wollten.«

»Gaack«, fügte Dennis der Hahn hinzu.

Der Professor nahm Dennis' Käfig und verließ, den bewusstlosen Corey Brandt über der Schulter, die Lagerhalle der Saba Import-Gesellschaft. Patrick der Affe und Beverly die Echse folgten ihm auf dem Fuße. Das kleine Grüppchen hielt sich an Nebenstraßen und dunkle Gässchen und ging in der dunklen Nacht von Dschibuti seines Weges.

Weder Mann noch Echse noch Affe noch Hahn bemerkten die kleine Gestalt mit den tiefen Narben auf der Stirn, die hinter ihnen herhuschte und ihnen im Schatten der Nacht folgte.

3. Wir wiederholen mal wieder

Was ist mit Corey passiert?«, schrie Celia und rannte über den Strand auf Professor Rasmali-Greenberg zu. Gerade ging die Sonne über dem Ozean auf.

Der Professor legte den Teenager in den Sand, dann ließ er Dennis den Hahn aus seinem Käfig frei. Patrick und Beverly beäugten Dennis. Zweifellos überlegten sie, ob er ein Freund oder eine Mahlzeit war.

»Es ist nicht so gelaufen wie geplant«, berichtete der Professor den Navels und wischte sich mit einem Taschentuch die Reste des verlaufenen Make-ups ab.

»Aber der Prager Prolog ist idiotensicher«, widersprach Claire Navel.

»Du meinst die Dschibuti-Schikane«, korrigierte Oliver sie. Zum Professor gewandt sagte er: »Ich habe ihn umbenannt.«

»Wir haben ihn umbenannt«, verbesserte ihn Celia und kniete sich hin, um herauszufinden, ob Corey noch atmete. Sie war der größte Fan des Teenagers und fühlte sich gewissermaßen für ihn verantwortlich.

Oliver verdrehte die Augen. In der Serie *Promis Hautnah* nannten sie Corey Brandt den Herzensbrecher aller Teenager. Oliver hielt einen Herzensbruch für eine ernsthafte Krankheit. Aber Celia schien es nicht zu stören, dass Corey eine ernsthafte Krankheit darstellte. Seine Schwester benahm sich immer sehr merkwürdig, wenn Corey in der Nähe war. Vielleicht sollte sie mal zum Arzt gehen.

»Der Plan mag ja idiotensicher gewesen sein«, sagte der

Professor, »aber piratensicher war er nicht. Bonnie hat meine Verkleidung sofort durchschaut. Dann ging alles schief. Bonnie entkam, der junge Mr Brandt wurde k.o. geschlagen und ich habe eine meiner Lieblingskrawatten ruiniert.«

»Nein!« Celia sprang auf und wich von dem bewusstlosen Promi zurück.

»Ich fürchte doch«, sagte der Professor. »Du kannst dich selbst davon überzeugen, dass die Krawatte futsch ist. Make-up-Flecken auf der Stickerei.«

»Nein«, sagte Celia. »Ich meinte: Corey Brandt wurde nicht k.o. geschlagen.«

»Celia, Liebling«, sagte ihr Vater und legte ihr die Hand auf die Schulter, »er ist ganz eindeutig k.o. Schau doch. Er liegt direkt vor dir. Oder hast du vielleicht nicht genug Wasser getrunken? Oder womöglich zu viel? Das Wasser hier enthält giftige Parasiten, da kann man nicht vorsichtig genug sein.« Er wandte sich an seine Frau. »Ich glaube, Celia hat giftige Parasiten.«

»Ich habe keine giftigen Parasiten«, widersprach Celia. Sie deutete auf den bewusstlosen Promi. »Das ist nicht Corey Brandt.«

Oliver kniete sich hin und betrachtete ihn genauer. Dann wischte er mit dem Daumen über eine Stelle unter Coreys Auge.

»Oh Mann!«, stöhnte er. Er hob die Hand und zeigte seinen Eltern den schwarzen Fleck auf seinem Daumen. Die tränenförmige Sommersprosse unter Coreys Auge war verschwunden. »Das ist Ernest«, sagte Oliver traurig. »Schon wieder.«

»Diese raffinierte, verlogene, nutzlose Piratin«, schimpfte der Professor. »Sie hat mich reingelegt!«

»Ich kann nicht fassen, dass Sie darauf hereingefallen sind«, sagte Celia.

»Schon wieder«, fügte Oliver hinzu.

»Ich glaube, wir stecken hier in einer Endlos-Wiederholung fest!« Celia schüttelte den Kopf.

Ernest war ein Promi-Imitator. Er hatte sich schon einmal für Corey Brandt ausgegeben. Er war aus der Show *Tanz mit meinem Double* geschmissen worden, weil er Corey Brandt so schlecht gespielt hatte (er war zu alt) und weil er noch schlechter tanzen konnte (beim Walzer versagte er kläglich). Inzwischen konnte er den Teenager schon besser imitieren, denn er hatte die Navels hereingelegt, sodass sie ihn mit in den Amazonas genommen hatten, wo er die ganze Zeit über behauptet hatte, er sei Corey Brandt, bis sie die Wahrheit herausgefunden und er versucht hatte, sie umzubringen.

Seit dieser Zeit hatte er noch mehrmals versucht, sie zu töten, sich aber nicht mehr als Corey Brandt ausgegeben. Jedes Mal, wenn sie glaubten, ihm entwischt zu sein, tauchte er wieder auf wie ein lästiger Schluckauf.

Aus der Nähe sah man, dass er für einen Teenager viel zu alt war. Im Fernsehen wurden Teenager dauernd von älteren Darstellern gespielt, aber im richtigen Leben kannten Oliver und Celia den Unterschied durchaus. Deshalb waren sie umso verwunderter, dass Professor Rasmali-Greenberg diesen Unterschied offenbar nicht kannte.

»Für mich sehen alle jungen Leute gleich aus«, erklärte er.

»Tja«, sagte Dr. Navel, ihr Vater, »jetzt haben wir ein Problem.«

»Ja«, stimmte Dr. Navel, ihre Mutter, zu. »Wir müssen den richtigen Corey Brandt finden und dann schleunigst von hier weg. Sir Edmund ist inzwischen bestimmt schon auf dem Weg nach Atlantis.«

Die Zwillinge wechselten nervöse Blicke, so wie immer, wenn jemand von Sir Edmund sprach. Er war ein skrupelloser

Milliardär und Forschungsreisender, der sie über den ganzen Globus verfolgt hatte, von den hohen Gipfeln in Tibet quer durch den Amazonas bis auf eine entlegene Insel im Südpazifik.

Was Feinde angeht, war er sogar noch schlimmer als ein Promi-Imitator oder eine hinterhältige Piratin. Er hielt sich einen Privatzoo mit seltenen, gefährlichen und sagenhaften Tieren. Sein Atem roch schlimmer als ein Sandwich, das man ein halbes Jahr lang auf dem Boden eines Spinds in der Schule vergessen hatte. Er suchte Atlantis, weil er glaubte, er könne es aus den Tiefen des Meeres heben und dann die Welt beherrschen. Er war ziemlich klein, hatte einen Riesenschnurrbart und ein noch größeres Selbstbewusstsein.

Während ihre Mutter entschlossen war, ihn daran zu hindern, Atlantis zu finden, waren Oliver und Celia entschlossen, aus keinem Flugzeug mehr geworfen zu werden, sich durch keinen Urwald mehr jagen zu lassen und nicht mehr mit Riesenkraken zu kämpfen. Sie wollten ein ganz normales Leben führen wie ganz normale Kinder, selbst wenn sie dafür wieder in die sechste Klasse gehen mussten.

Natürlich würden sie zuvor ihren Freund aus den Händen der Piraten in Dschibuti befreien, was alles andere als eine gewöhnliche Freizeitaktivität für Sechstklässler war.

»Ahh«, stöhnte Ernest, der allmählich wieder zu sich kam.

»Du!«, schrie ihn Celia an.

Er riss die Augen auf. »He? Wie? Die Navels?«

»Genau«, sagte Oliver.

»Oh, danke!« Ernest rappelte sich auf und warf sich Oliver und Celia zu Füßen. »Ich bin so froh, euch zu sehen! Ich halte das nicht mehr aus ... diese Piraten sind entsetzlich. Sie haben mich geschlagen und mich verspottet und ich musste zu ihrem Vergnügen tanzen.«

»Du kannst doch gar nicht tanzen!«, sagte Celia.

»Das weiß ich.« Ernest fing an zu weinen. »Ich habe gehofft, ihr würdet kommen und mich retten. Ich habe gebetet, dass ihr kommt!«

»Wir sind nicht deinetwegen hier«, erwiderte Celia hämisch. »Wir sind wegen Corey Brandt gekommen.«

»Oh.« Ernest blickte an sich hinab und sank erneut auf die Knie. »Ach ja.« Er seufzte und sah Claire und Ogden Navel an. »Aber Sie könnten mich doch mitnehmen? Ich verspreche, dass ich keinen Ärger machen werde. Bitte, schicken Sie mich nicht wieder zu den Piraten zurück.«

»Das würden wir nie tun«, antwortete Ogden Navel.

»Nun ja«, sagte seine Frau achselzuckend. »Ich würde niemals nie sagen ...«

Ernest machte sich ganz klein und kroch noch näher heran. »Mrs Navel, bitte! Ich tue alles.«

»Das heißt Doktor Navel«, verbesserte sie ihn. »Ich hatte meinen Doktortitel eher als mein Mann.«

Dr. Navel wurde rot. »Bei Prüfungen bin ich eben nicht so gut.«

»Doktor Navel, nein, Doktoren Navel!«, wimmerte Ernest und wand sich auf dem Boden wie ein aufgescheuchter Aal. »Biiitte!«

»Du musst versprechen, dass du dich nie wieder verkleidest oder uns sonst wie betrügst«, sagte Claire Navel.

»Ich verspreche es«, beteuerte Ernest.

»Und du darfst auf keinen Fall versuchen, meine Kinder umzubringen«, fügte sie hinzu.

»Einmal reicht«, grummelte Celia.

»Natürlich nicht!« Ernest richtete sich auf. Er blickte Oliver und Celia mit großen, tränenerfüllllten Augen an. »Es tut mir leid, Oliver. Es tut mir leid, Celia. Ich hätte niemals versuchen dürfen, euch zu töten. Ich bin in schlechte Gesellschaft geraten. In die Gesellschaft von Sir Edmund und seinem Rat und die seiner Grabräuber-Komplizen. Sie haben mich dazu gezwungen. Ich wollte euch Kindern nie etwas antun.«

»Verlogene Schlange«, zischte ihn Oliver an.

»Und außerdem sind wir Tweens und keine Kinder«, fügte Celia hinzu. Zu ihrer Mutter sagte sie: »Mom, das kann nicht dein Ernst sein, dass du Ernest hilfst.«

Ernest blickte von der Mutter zur Tochter und wieder zurück und winselte dabei wie ein kleines Hündchen.

»Hör auf damit!«, blaffte Celia ihn an. Ernest hörte auf zu wimmern.

»Wir übergeben ihn so bald wie möglich der Polizei«, sagte Claire Navel zu ihrer Tochter. »Und du« – sie blickte Ernest mit zusammengekniffenen Augen an – »du wirst ein umfangreiches Geständnis ablegen. Entführung, versuchten Mord, Persönlichkeitsdiebstahl.«

»Nicht zu vergessen Zerstörung von Eigentum!«, fügte Professor Rasmali-Greenberg hinzu. »Ich mache ihn persönlich dafür verantwortlich, dass meine Krawatte ruiniert ist!«

»Aber …«, warf Ernest ein.

Claire Navel hob die Hand und warf ihm einen Blick zu, wie es nur Mütter, Lehrer und Diktatoren von kleinen südamerikanischen Ländern können. Ernest verstummte augenblicklich.

»Außerdem wirst du uns sagen, wo der echte Corey Brandt festgehalten wird.«

»Er ist in einem Unterschlupf in der Wüste vor der Stadt«, sagte Ernest.

»Piraten in der Wüste?«, spottete Celia. »Er lügt. Wir sollten lieber ihr Schiff suchen.«

»Ich lüge nicht. Ich kann euch den Weg zu der Stelle aufzeichnen. Die Piraten benutzen ihr Schiff nur, um auf Beutezug zu gehen«, sagte Ernest. »Sonst halten sie sich an Land auf, außerhalb der Stadt, wo der korrupte Gouverneur dieser Gegend ihnen Schutz gewährt.«

»Schutz wovor?«, wunderte sich Oliver. Weshalb sollten sich Piraten ausgerechnet von einem Gouverneur beschützen lassen?

»Vor dem Gesetz«, sagte Ernest. »Und vor Leuten wie euch.«

Oliver richtete sich stolz zu seiner vollen Größe auf. Ihm gefiel die Vorstellung, dass die Seeräuber Schutz vor ihm brauchten. Celia verdrehte entnervt die Augen und Oliver sank in sich zusammen wie ein schlaffer Luftballon.

»Und wie kommen wir dorthin?«, überlegte Oliver laut.

Claire und Ogden Navel tauschten einen kurzen Blick aus, dann nickten sie in stillem Einverständnis.

»Es wird sehr schwierig werden, in einen Piratenunterschlupf einzudringen«, sagte ihre Mutter. »Ich weiß, dass ihr beide schon oft Gefahren ins Auge gesehen habt, aber jemand muss auf Ernest aufpassen. Der Professor, euer Vater, Patrick und ich werden bei Tagesanbruch die Rettungsaktion starten, wenn die Piraten noch schlafen.«

»Piraten sind Morgenmuffel«, erklärte der Professor.

»Genau«, sagte Claire Navel. »Ich schlage vor, wir suchen uns ein Hotelzimmer. Oliver und Celia nehmen Beverly und Dennis und unseren Gefangenen mit und warten ab, um …«

»Okay«, antworteten die Zwillinge im Chor. Man musste sie nicht erst lange überreden, in einem Hotelzimmer abzuwarten, während ihre Eltern gefährliche Abenteuer auf sich nahmen. Vielleicht hatten sie ja Glück und es gab dort einen Fernseher, vielleicht sogar mit Kabelanschluss.

Es war an der Zeit, dass sie sich entspannten, während andere die Lage retteten.

4. Wir checken ein

Das Hotel ist ja widerlich«, murmelte Oliver. »Der Geruch hier ist fast so schlimm wie Sir Edmunds Atem.«

Er saß auf der Kante eines kleinen Metallbetts und sah sich in dem winzigen Zimmer um. Der Teppich war von merkwürdigen Flecken übersät. Käfer summten durch die Luft. Kein Wunder, dass sie die einzigen Gäste waren. Das war nicht gerade die Art von Hotel, die sie aus Reise-Reportagen kannten. Und auch in den Gesundheits- und Wellness-Sendungen würde man wohl eher davon abraten, hier auch nur eine Nacht zu verbringen.

Als giftige Echse gefiel Beverly das Hotelzimmer aus denselben Gründen, aus denen Oliver es widerlich fand. Sie huschte hin und her und an den Wänden entlang und verschlang Käfer und Fliegen und Moskitos. Bei jedem Knacken zuckte Oliver zusammen. Echsen waren ziemlich verstörende Zimmergenossen.

»Wir müssen in Deckung bleiben«, sagte Celia. »Wir können uns nicht einfach im besten Hotel der Stadt einquartieren. Immerhin haben wir einen Gefangenen im Schlepptau.«

Sie wies mit dem Kinn dorthin, wo der gefesselte und geknebelte Ernest lag. Ihre Eltern hatten ihn auf das zweite Eisenbett im Zimmer geworfen, dort lag er nun mit dem Gesicht nach unten und konnte sich beschweren, so viel er wollte – jedes Wort wurde vom Knebel und dem Kissen erstickt. Dennis vergnügte sich damit, auf dem Rücken des Gefangenen auf und ab zu laufen und Ernest dabei erbarmungslos mit seinen kleinen Krallen zu kratzen. Ernest wimmerte, aber er wehrte sich nicht. Es war wohl nur fair, dass er es jetzt ein bisschen ungemütlich hatte, nachdem er so oft versucht hatte, Oliver und Celia umzubringen.

»Und überhaupt«, sagte Celia. »Wenigstens haben wir etwas zu tun, während wir darauf warten, dass Mom und Dad mit Corey zurückkommen.« Sie fuhr mit der Hand über einen alten Fernsehapparat, der auf einem Tischchen stand. Eine Staubwolke stieg auf. Sie hustete.

»Es gibt gar keine Fernbedienung«, beschwerte sich Oliver.

Oliver hat ein Gedächtnis wie ein Sieb, dachte Celia. Sie durchquerte den Raum und kramte in ihrem Rucksack. Dabei kamen ein Badeanzug und ein altes, in Leder gebundenes Tagebuch, das einst dem verschollenen Forschungsreisenden Percy Fawcett gehört hatte, zum Vorschein. Sie schob noch ein paar Dinge, darunter ein Messingkompass mit den Initialen von Percy Fawcett, ein paar leere Cremeschnitten-Packungen und zuletzt ein paar leere Käsebällchen-Tüten, beiseite, bis sie schließlich die große Universal-Fernbedienung in der Hand hielt.

Die hatte wahrhaftig schon bessere Tage gesehen.

Ihr fehlten zwei Knöpfe, von denen die Zwillinge allerdings ohnehin nie gewusst hatten, wozu sie gut waren. Das Käsepulver der Käsebällchen hatte neonorangefarbene Flecken auf den Programm-Tasten hinterlassen und die Fernbedienung war mit einer getrockneten Salzkruste überzogen, denn Oliver hatte sie einmal in eine Unterwasserhöhle fallen lassen. Die Fernbedienung hatte schon so einiges mitgemacht. Aber ein chinesischer Mönch hatte sie gesegnet und nun funktionierte sie bei allen Fernsehgeräten der Welt. Man konnte auch noch ein paar andere einzigartige Sachen damit anstellen, aber das war den beiden Zwillingen im Moment ziemlich egal. Sie wollten einfach nur fernsehen. Celia richtete die Fernbedienung auf den Fernseher, schloss die Augen und drückte den Einschaltknopf. Sie wartete. Dann öffnete sie ein Auge, legte den Kopf schief und lächelte.

»Es funktioniert!«

»Wirklich?«, fragte Oliver. Der Bildschirm war noch genauso schwarz wie vorher.

»Hör doch«, sagte Celia.

Sie lauschten. Ein leises Brummen wurde lauter und immer lauter, der schwarze Bildschirm wurde allmählich grau, dann hellgrau, dann weiß und grau.

»Siehst du?«, sagte Celia. »Diese alten Fernsehgeräte müssen erst warm werden. Früher mussten die Leute eine ganze Minute oder so warten, bis der Fernseher lief.«

»Das ist ja schrecklich.«

»Ich weiß«, sagte Celia. »Mal sehen, welche Programme wir hier bekommen.« Sie drückte auf eine Taste. Bildschirmrauschen. Sie drückte noch einmal. Rauschen, Rauschen und noch mehr Rauschen.

»Äää-tzend«, sagte Oliver.

Er ließ sich rückwärts aufs Bett fallen, wobei er ganz vergaß, wie widerlich ihm das Bett gerade noch vorgekommen war. Er war einfach nur müde und wollte nichts anderes als fernsehen, notfalls sogar eine der albernen Seifenopern, mit denen ihn Celia immer quälte, zum Beispiel *Liebe in 30.000 Fuß Höhe*. Solange es nur keine von diesen Modesendungen war.

»Oh, *Modesünden der Promis* läuft gerade!«, kreischte Celia.

»Alles, nur das nicht!«, stöhnte Oliver. In *Modesünden der Promis* verpassten entsetzlich angezogene Promis Normalsterblichen, die vorher ganz gut ausgesehen hatten, ein neues Styling. »Vielleicht läuft ja irgendwo eine Folge von *Agent Zero?«*

»Nein«, sagte Celia. Sie hatte fürs Erste genug von Action und Abenteuer.

»Wie wär's mit *Bizarre Banditen?«*, schlug Oliver vor.

»Wir sitzen gerade zusammen mit einer Echse, einem Hahn und einem fiesen Promi-Darsteller in einem heruntergekommenen Hotel und schauen fern, während unsere Eltern, ein Professor und ein Affe einen echten Promi aus den Händen von Piraten befreien«, sagte Celia. »Das ist schon bizarr genug.«

»Wie wäre es mit *Suppenkrieg?«* Oliver liebte Koch-Shows.

»Es ist zu heiß für Suppe«, erwiderte Celia.

»Weltbeste Rodeo-Clowns?«

»Wir schauen *Modesünden der Promis*. Basta.«

»Uff«, sagte Oliver.

»Zisch«, sagte Beverly.

Celia brachte die beiden mit einem Blick zum Schweigen. Diese Begabung hatte sie von ihrer Mutter geerbt. Manchmal, dachte sie, musste man Brüder und giftige Echsen eben daran erinnern, wer der Boss war. Immerhin war sie drei Minuten und zweiundvierzig Sekunden älter.

Im Fernsehen war gerade der Mega-Popstar Madame Mimi zu sehen, wie sie in einem Paddelboot neben einem traurig dreinblickenden Mädchen saß, das ein hübsches Sommerkleidchen trug. Das Mädchen hielt eine Angel in der Hand und machte ein mürrisches Gesicht.

»Du brauchst einen Karpfen!«, rief Madame Mimi. »Ein Süßwasserfisch ist der erste Modeschritt zu einem schicken Hut.«

»Äää-tzend«, stöhnte Oliver.

»Du musst dann nur in kühleren Gegenden bleiben, damit der Hut nicht zu stinken anfängt«, erklärte Madame Mimi dem Mädchen gerade. »Wie wäre es, wenn du auf die arktische Insel Spitzbergen ziehst? Dort ist es zwar kalt, aber dafür siehst du das Wunder des Nordlichts am Abendhimmel. Einige der Eisflächen vor den Küsten sind viele Tausend Jahre alt. Sie sind so hoch wie Wolkenkratzer! Vor diesem Hintergrund wird dein neues Outfit garantiert der Hingucker! Du wirst begeistert sein!«

Das Mädchen im Fernsehen sah nicht so aus, als wäre es begeistert.

»Jetzt gehen wir wieder zum Zeltplatz zurück!«, sagte Madame Mimi. »Nach der nächsten Werbepause werden wir ein Kostüm aus deinem Zelt basteln! Warm, feuerfest und beinahe unverwüstlich!«

»Äää-tzend, äää-tzend, äää-tzend, äää-tzend, äää-tzend.«

»Hör auf damit«, sagte Celia.

»Äää-tzend, äää-tzend, äää-tzend, äää-tzend, äää-tzend.«

»Pssst.«

»Äää-tzend, äää-tzend, äää-tzend, äää-tzend, äää-tzend.«

Celia drehte die Lautstärke auf, um ihren Bruder zu übertönen.

Diejenigen Leser, die Oliver und Celia noch nicht besonders gut kennen, fragen sich jetzt vielleicht, weshalb die beiden ausgerechnet in dieser Situation so scharf auf Fernsehen waren. Während andere Kinder vielleicht Angst gehabt hätten, einen Gefangenen zu bewachen, damit ihre Eltern in einer gewagten Rettungsaktion einen Promi aus einem Piratenunterschlupf aus der Wüste vor Dschibuti befreien konnten, ließen sich Oliver und Celia davon nicht so leicht beeindrucken.

Gefahr war für sie nichts Neues – seit sie laufen konnten, waren sie Gefahren ausgesetzt gewesen. Ferne Länder waren für die beiden ungefähr so spannend wie Sockensortieren. Außerdem waren sie es gewöhnt, dass ihre Eltern andauernd unterwegs waren, um etwas Dämliches zu suchen.

Sie waren gerade mal acht Jahre alt gewesen, als ihre Mutter aufgebrochen war, um die verschollene Bibliothek von Alexandria zu suchen. Nachdem sie drei Jahre lang nichts von ihr gehört hatten, war sie plötzlich auf einem Berggipfel in Tibet wieder aufgetaucht. Sie hatte den Zwillingen erklärt, dass sie sie ganz schrecklich lieb habe und vermisse – das Übliche eben –, und dann hatte sie ihnen gesagt, dass sie einer alten Geheimgesellschaft namens Mnemonen angehörte, deren Mitglieder einst die Schriftgelehrten der verschollenen Bibliothek in Alexandria gewesen waren, ehe diese verloren ging.

Mnemonen ist ein schwieriges Wort und die Gesellschaft war wirklich sehr geheim. Aber als Forschungsreisender hat man ständig mit schwierigen und geheimen Sachen zu tun.

Außerdem hatte ihre Mutter Oliver und Celia mitgeteilt, dass sie die letzten Mnemonen seien und sie die verschollene Bibliothek finden müssten, ehe sie Sir Edmund fand, sonst wäre die ganze Welt dem Untergang geweiht. Dann war sie wieder verschwunden, ohne auch nur eine Gute-Nacht-Geschichte zu erzählen.

Ein paar Monate später war sie am Amazonas und dann wenig später auf einer abgelegenen Insel im Pazifik wieder aufgetaucht; und immer hatte sie von ihrer Geheimgesellschaft und dem Schicksal der Welt gesprochen und davon, dass Oliver und Celia für irgendwas bestimmt waren.

Die Zwillinge hatten jedes Mal, wenn sie aufgetaucht war, in Lebensgefahr geschwebt, wobei nicht ganz klar ist, ob die Mutter aufgetaucht war, um sie zu retten, oder ob sie die Gefahr überhaupt erst mitgebracht hatte.

So oder so hatte ihre Suche nach der verschollenen Bibliothek dazu geführt, dass Oliver und Celia mit grässlichen Yetis in Tibet, beißenden Feuerameisen am Amazonas und Riesenkraken im Pazifik kämpfen und sich mit Hexen, Kriegern,

Kämpfertrupps und Grabräubern herumschlagen mussten. Sie waren auf einem Yak geritten, vor einstürzenden Ruinen und einem ausbrechenden Vulkan geflohen und hatten mit ansehen müssen, wie ihr Lieblingsschauspieler von Seeräubern entführt wurde. Außerdem hatte man sie aus einem Flugzeug geworfen.

Das war allerdings eindeutig die Schuld ihrer Mutter gewesen. Sie hatte es selbst zugegeben.

Im Fernsehen hatten die Actionfilme wenigstens Special Effects und nach genau einer halben Stunde war die Welt wieder in Ordnung. Aber vor allem mussten die Zwillinge nirgendwohin gehen und auch nichts tun, wenn sie im Fernsehen Abenteuer erleben wollten. Spannung, das hatten sie schon vor langer Zeit erkannt, war noch spannender, wenn sie andere Leute betraf.

»Wenn Mom und Dad zurückkommen, dann wollen sie bestimmt, dass wir uns mit ihnen in das nächste Abenteuer stürzen«, sagte Oliver und starrte an die Decke.

Celia gab keine Antwort. Sie wusste, dass ihr Bruder recht hatte, und das konnte sie überhaupt nicht leiden.

»Sie wollen sicher, dass wir Atlantis suchen«, fuhr er fort. »Angeblich soll dort die verschollene Bibliothek versteckt sein.«

»Dort ist sie versteckt«, erklärte Celia ihrem Bruder. So stand es zumindest in Percy Fawcetts Tagebuch, das sie gefunden hatte.

»Wir werden vermutlich auf Sir Edmund treffen«, fügte Oliver hinzu.

»Auf Spitzbergen musst du dich natürlich vor Walrossen in Acht nehmen«, belehrte Madame Mimi das Mädchen im Fernsehen weiter. »Am meisten muss man sich vor Eisbären hüten, aber ein wütendes Walross kann genauso gefährlich werden.

Unter Walrossen herrscht eine ziemlich strenge Rangordnung, daher muss man ihnen von Anfang an zeigen, wer der Boss ist.«

»Wir könnten ja… du weißt schon.« Oliver zögerte. Er fürchtete, dass seine Schwester einen Schreikrampf bekommen würde, wenn er seinen Vorschlag laut aussprach. Sie war ziemlich gut darin, anderen Leuten zu zeigen, wer der Boss war, und sie hatte immer das letzte Wort, wenn es darum ging, was sie im Fernsehen guckten oder wer als Erster in alte Ruinen kletterte. »Wir könnten ihnen helfen«, sagte er. »Ohne uns sind Mom und Dad ziemlich aufgeschmissen.«

Celia saß reglos auf der Bettkante und starrte auf den Bildschirm. Natürlich könnten wir unseren Eltern helfen, dachte sie. Ganz gegen ihren Willen waren sie ziemlich gute Abenteurer geworden.

Oliver zog das lederne Tagebuch aus dem Rucksack und blätterte darin. Der alte Forschungsreisende hatte eine Menge verblasster Aufzeichnungen und Skizzen von seinen Reisen hinterlassen. Manche Seiten waren randvoll mit einer winzigen Schrift bekritzelt, auf anderen fanden sich Skizzen der sagenhaften Stadt Atlantis mit einem großen Tempel in der Mitte und ringförmigen Wällen und Gräben, die aussahen wie Wellen in einem See. Vor den riesigen Stadttoren stand eine Statue des griechischen Meeresgottes Poseidon.

Wieder andere Seiten waren voller merkwürdiger Symbole und seltsamer Zeichnungen von Ungeheuern wie Yetis und Riesenkraken, Einhörnern und Drachen. Aus irgendeinem Grund gab es auch eine ganzseitige Zeichnung eines Eichhörnchens mit vorstehenden Zähnen, das mit einem bärtigen alten Mann stritt. Der Forscher, der dieses Tagebuch geführt hatte, musste den Verstand verloren haben, als er im Dschungel verschwand. Welcher normale Erwachsene käme sonst auf die Idee, einen Mann zu zeichnen, der mit einem Eichhörnchen streitet?

Die letzte Seite des Tagebuchs war voller Bäume. Nicht etwa voller verschiedener Bäume. Es war nur ein einziger Baum, der immer und immer wieder gezeichnet worden war.

»B-i-z-a-r-r«, murmelte Oliver. Gelangweilt warf er das Tagebuch wieder in den Rucksack. »Ich meine, wenn wir Mom und Dad helfen, dann müssen wir nicht zurück in die sechste Klasse«, sagte er schließlich. »Außerdem haben wir ja die Fernbedienung. Die könnte uns nützlich sein.«

Nachdenklich betrachtete Celia die Fernbedienung in ihrer Hand. Es war nicht irgendeine Universal-Fernbedienung. Mit ihr konnte man von jedem Fernsehgerät in der ganzen Welt auf den Katalog der verschollenen Bibliothek von Alexandria zugreifen.

Ich weiß, was du jetzt denkst.

Große Sache, was? Ist doch nur ein oller Bibliothekskatalog.

Mag sein. Aber niemand weiß genau, was die verschollene Bibliothek von Alexandria wirklich enthalten hat. Sie wurde vor zweitausend Jahren durch einen verheerenden Brand zerstört und alle ihre Bücher sind angeblich verschollen. Was sie aber gar nicht sind. Sie wurden vor der Zerstörung gerettet und versteckt – Landkarten untergegangener Städte wie beispielsweise Atlantis, außerdem Schriftrollen mit uraltem Wissen, die voller Zauber und Geheimnisse waren. Nicht zu vergessen Rechnungsbelege und Gebrauchsanweisungen.

Die letzten beiden Sachen klingen zunächst nicht wahnsinnig spannend, aber Rechnungsbelege geben Aufschluss über die Schätze der alten Welt und Gebrauchsanweisungen enthalten vielleicht den Schlüssel dazu, wie man die versunkene Stadt Atlantis wiederentdeckt. Aus diesem Grund hatten die Reichen und Mächtigen der Welt lange Zeit versucht, die Bibliothek zu finden und sie sich unter den Nagel zu reißen. Aus demselben Grund wollten die Mnemonen die Bibliothek als Erste finden.

»Und überhaupt, je früher wir Mom und Dad helfen, Atlantis und die verschollene Bibliothek zu entdecken, desto früher können wir wieder nach Hause«, gab Oliver zu bedenken.

»Schön«, sagte Celia. »Wir helfen Mom und Dad. Aber nur dieses eine Mal. Dann gehen wir nach Hause und sehen fern und müssen uns nie wieder in Abenteuer stürzen. Einverstanden?«

»Einverstanden«, sagte Oliver. »Jetzt gib mir die Fernbedienung.«

»Die *Modesünden der Promis* laufen noch.«

»Aber du hast doch gerade gesagt, dass wir Mom und Dad helfen wollen.«

»Nach *Modesünden der Promis.*«

»Nein«, protestierte Oliver.

»Nur noch eine Minute!«

»Komm schon!« Oliver stürzte sich auf die Fernbedienung und griff danach. Celia wich ihm aus.

»Nein!«, kreischte sie. Beide zogen an der Fernbedienung. Sie zerrten und drehten und kämpften und rissen das Gerät hin und her. Dennis und Beverly beobachteten das Schauspiel von Ernests Rücken aus.

»Gib sie her!«, stöhnte Oliver.

»Du machst sie noch kaputt!«, stöhnte Celia.

»Mach ich nicht!«

»Machst du doch!«

»Mach ich…« Oliver hielt plötzlich inne und Celia riss die Fernbedienung an sich. Sie folgte seinem Blick zum Bildschirm und stellte fest, dass sie gar nicht mehr *Modesünden der Promis* sahen.

Stattdessen flimmerte ein Eintrag im Katalog der verschollenen Bibliothek von Alexandria über den Bildschirm.

»Das Leben und die Reisen des Heiligen Nikolaus von Myra«, las Celia laut vor. »Viertes Jahrhundert nach Christus, drei Schriftrollen von ihm selbst verfasst.«

»Was soll das heißen?«, fragte Oliver.

»Das heißt, dass die Bibliothek drei Schriftrollen besaß, die der Heilige Nikolaus von Myra im vierten Jahrhundert geschrieben hat.«

»Wann genau?«

»Vor ziemlich langer Zeit.«

»Und wo ist Myra?«

»Keine Ahnung!«

»Und wer war der Heilige Nikolaus?«

Celia zuckte mit den Schultern.

»Vielleicht so was wie Santa Claus?«

Celia sah ihren Bruder von der Seite an.

»Du weißt schon«, sagte Oliver, »der Weihnachtsmann?«

»Du bist echt so ein Baby«, antwortete Celia. »Den Weihnachtsmann gibt es nicht.«

»Woher willst du das wissen?«

»Weil ich älter bin«, sagte Celia.

»Wir sind Zwillinge!«

»Ich bin trotzdem älter.«

»Drei Minuten!«

»Und zweiundvierzig Sekunden«, ergänzte sie. »Und überhaupt, was bitte hat der Weihnachtsmann mit der verschollenen Bibliothek zu tun?«

Darauf wusste Oliver keine Antwort.

»Siehst du«, sagte Celia. »Es gibt ihn nämlich nicht.«

»Es könnte ihn aber geben«, brummelte Oliver.

»Könnte es nicht«, sagte Celia.

»Könnte es schon«, sagte Oliver.

»Könnte es nicht.«

»Könnte es schon.«

Obwohl es ein erbitterter Streit war, machte er Oliver und Celia ziemlich viel Spaß und sie hätten ohne Weiteres auch noch die nächsten paar Stunden darüber streiten können, ob es den Weihnachtsmann nun gab oder nicht, wenn nicht in diesem Moment ihre Eltern, Professor Rasmali-Greenberg, Patrick der Affe und der echte Corey Brandt völlig außer Atem hereingeplatzt wären.

»Oliver, Celia!« Ihr Vater kam auf sie zugerannt. »Wir müssen fliehen, und zwar sofort!«

»Aber wir wollten gerade...« Als Oliver auf den Bildschirm zeigte, hörte er plötzlich das unverkennbare Geschrei einer wütenden Meute. Es kam immer näher. Forschungsreisende – und die Kinder von Forschungsreisenden – lernen von klein auf, wie sich das Geschrei einer wütenden Meute anhört: ein wenig wie das Rauschen der Wellen in einer Muschel und gleichzeitig ein wenig wie eine Handvoll Gabeln, die man in einen Mixer wirft.

In diesem Fall war es ein sehr großer Mixer mit einer ganzen Menge von Gabeln.

5. Wir hören der langen Rede kurzen Sinn

Hey Leute.« Corey nickte Oliver und Celia lässig zu, während er die Tür hinter sich schloss und sich dagegenlehnte. Neben seinem linken Auge zog sich eine Schramme bis zu seiner tränenförmigen Sommersprosse. Sein sonst so perfekt gestyltes Haar war lang und strähnig und alles andere als perfekt gestylt. Seine Kleider waren zerrissen. »Ich schätze mal, das geht als Retro-Schmuddel-Look durch, oder?« Er grinste breit.

»So total retro«, antwortete Celia, die zwar nicht so genau wusste, was er damit meinte, der es jedoch gefiel, wie er lächelte.

Oliver verdrehte die Augen, aber Celia stieß ihm den Ellenbogen in die Seite. Corey hob die Hand zum High-Five und Oliver schlug gut gelaunt ein.

»Haben die Piraten dich gequält?«, fragte Oliver.

»Nur am ersten Tag.« Corey zuckte mit den Schultern. »Sie haben sich dann über das Ende von *Sunset High* in die Haare gekriegt und haben sich deswegen geprügelt. Team Annabel und Team Lauren haben ihre Meinungsverschiedenheiten auf meinem Gesicht ausgetragen. Wer hätte gedacht, dass Seeräuber so auf Liebesfilme abfahren? Aber danach waren sie ganz friedlich. Meine Hände tun mir zwar vom Autogrammschreiben und Bodenschrubben weh, aber sonst …«

»Wir haben keine Zeit«, schnitt ihm Dr. Navel das Wort ab und zog Ernest vom Bett hoch.

»Mrrrmmm«, stöhnte Ernest.

»Wir nehmen ihn doch nicht etwa mit?«, fragte Corey.

»Wir haben es ihm versprochen«, antwortete Dr. Navel.

»Wir übergeben ihn den Behörden, aber zuerst müssen wir uns vor dieser wütenden Meute in Sicherheit bringen«, sagte die Mutter.

»Gaaack«, gackerte Dennis.

»Warum ist euch die wütende Meute denn auf den Fersen?«, fragte Oliver.

»Du brauchst nicht wütende Meute zu sagen«, belehrte ihn Celia. »Du kannst einfach Meute sagen. Jede Meute ist wütend.«

»Egal«, sagte Oliver. »Also warum ist euch die Meute auf den Fersen?«

»Die Rettungsaktion verlief nicht ganz nach Plan«, erklärte seine Mutter. »Patrick hat sich heimlich in den Piratenunterschlupf geschlichen und Corey Brandt aufgespürt, so weit lief alles glatt.«

Der Affe klatschte sich selbst Beifall.

»Die Piraten rannten aufgeregt hin und her und packten Sachen zusammen, weil sie aufbrechen wollten«, fuhr die Mutter fort. »Bonnie war stinksauer, dass der Professor entkommen war, und sie stellte gerade einen Suchtrupp zusammen, um seine Verfolgung aufzunehmen.«

»Sie dachte wohl, dass ich ein nettes Lösegeld einbringen würde«, sagte Professor Rasmali-Greenberg und lächelte zufrieden. »Als Präsident des Klubs der Forschungsreisenden habe ich in der Tat viele wohlhabende Freunde. Die Fürstenfamilie von Monaco war auf meiner letzten Geburtstagsfeier zu Gast.«

»Aha.« Oliver und Celia zuckten die Achseln; sie waren nur mäßig beeindruckt.

»Egal«, sagte ihre Mutter. »Lange Rede, kurzer Sinn …«

»Zu spät«, sagten die Zwillinge im Chor.

»Der Professor hat sie jedenfalls abgelenkt, während euer Vater und ich uns Corey schnappten.«

»Sie hatten mich an einem Pfahl im Freien angekettet!«, erklärte der Teenager. »Seht ihr, wie braun ich bin! Und seht mal, wo mich die Skorpione gebissen haben!«

Er schien seine Bräune und die Bissspuren ziemlich cool zu finden. Celia fürchtete schon, dass er den Verstand verloren hatte, aber bei Promis konnte man das ja nie so genau wissen. Erst recht nicht bei Jungen im Teenager-Alter.

»Also, wir waren gerade dabei, das Lager zu verlassen, als ...«, begann ihre Mutter.

»Dahinten ist ein Fenster.« Dr. Navel kam aus dem Badezimmer gerannt. »Da können wir rausklettern und der wütenden Meute entkommen.«

»Wütend brauchst du nicht extra zu sagen«, wiederholte Celia.

»Liebling«, sagte ihre Mutter und lächelte ihren Mann betont freundlich an, »ich war gerade dabei zu erzählen, warum uns die Meute auf den Fersen ist.«

»Aber Schatz«, antwortete Dr. Navel und lächelte zurück, »die Meute wird uns jeden Augenblick in Stücke reißen.«

»Ja, mein Liebling.« Claire lächelte immer noch. »Meinst du nicht, dass die Kinder wissen sollten, weshalb uns die Meute in Stücke reißen wird?«

»Ich glaube nicht, dass sie das interessiert, mein Schatz«, antwortete Dr. Navel. »Ich glaube, sie würden lieber fliehen, statt in Stücke gerissen zu werden.«

»Aber es ist doch wirklich eine spannende Geschichte, mein Schatz«, erwiderte sie.

»Ich bin sicher, sie werden später an deinen Lippen hängen, Liebling.«

»Später ist sie nicht mehr so interessant, Liebling.«

»Ich denke, sie ist später noch genauso interessant, Liebling.«

»Ich glaube nicht.«

»Ich glaube schon.«

»Ich nicht.«

»Ich schon.«

»Ich nicht.«

»Ich schon – ach, ist ja auch egal.« Dr. Navel warf die Hände hoch. »Dann erzähl deine Geschichte. Wenn wir noch am Leben sind, nachdem diese Horde von Ziegenhirten uns jedes Glied einzeln aus dem Leib gerissen hat, dann können wir ja immer noch fliehen.«

»Ogden!« Claire Navel schüttelte den Kopf. »Du hast mir soeben meine Geschichte vermasselt. Das mit den Ziegenhirten war das Beste daran. Jetzt habe ich keine Lust mehr, sie zu erzählen.«

In diesem Moment flog eine große Flasche, in der ein brennender Lappen steckte, durch das Fenster und landete auf dem Fernsehgerät, wo sie explodierte.

Draußen tobte die Meute.

»Sie scheinen sehr wütend zu sein«, sagte Oliver. »Ich denke, wir können wieder dazu übergehen, sie wütende Meute zu nennen.«

»Okay«, stimmte ihm Celia zu, während sie die Fernbedienung in ihrem Rucksack verstaute und den Rucksack dann ihrem Bruder gab, der ihn ohne zu murren über die Schulter warf, gerade als die Wand hinter dem Fernsehgerät Feuer fing. »Können wir jetzt bitte fliehen?«

Ihre Eltern nickten. Es war sinnlos, mit einer wütenden Meute, einer brennenden Wand oder mit Celia Navel zu streiten.

6. Wir hören die Hirten

Einer nach dem anderen zwängten sich die Forschungsreisenden, die Tweens, der Promi, der gefesselte Promi-Darsteller und die merkwürdige Truppe von Tieren durch das winzige Toilettenfenster an der Rückseite des Hotels. Um sie herum stiegen Rauchwolken auf.

Einer nach dem anderen landeten sie hustend in einer staubigen Gasse. Corey stieß den immer noch gefesselten Ernest zuerst aus dem Fenster, sodass er mit einem dumpfen Schlag auf dem Boden landete. Beverly krabbelte die Wand hinunter, Patrick sprang und Dennis flatterte mit seinen nutzlosen Flügeln hinaus und segelte in einer Wolke aus Qualm und Federn zu Boden.

Als Letzter zwängte Professor Rasmali-Greenberg seine beachtliche Leibesfülle durch die schmale Fensteröffnung, plumpste hinunter, stolperte, klopfte sich den Staub aus den Kleidern und lächelte.

»So«, sagte er. »Rufen wir jetzt ein Taxi?«

»Ich glaube, wir sollten besser rennen, was die Beine hergeben«, schlug Corey vor. »Die Meute ist W-Ü-T-E-N-D.«

Celia blickte ihn mit zusammengekniffenen Augen an, sagte jedoch nichts.

»Da lang können wir nicht.« Sie zeigte auf das andere Ende der Gasse, wo gerade ein paar Nachzügler der Meute vorbeirannten. Rasch duckten sich die Navels und ihre Begleiter hinter ein paar alte Kisten. Nach einer Weile streckte Dr. Navel den Kopf hervor, um zu sehen, ob die Luft rein war.

»Was habt ihr denn angestellt, dass die Ziegenhirten so wütend sind?«, flüsterte Oliver.

»Das war keine Absicht«, antwortete Corey ebenfalls im Flüsterton. »Der Professor wollte die Piraten ablenken und hat eine Herde Ziegen freigelassen. Der Ziegenhirte wurde wütend und fing an zu schreien. Aber die Seeräuber waren uns dicht auf den Fersen, also mussten wir uns den Lieferwagen des Ziegenhirten ausleihen.«

»Ihr habt ihn gestohlen?«

»Ausgeliehen«, sagte Corey. »Denn uns haben ja wütende Piraten und ein wütender Ziegenhirte gejagt. Wie sich herausstellte, gehörte der Lieferwagen dem Bruder des Ziegenhirten, woraufhin der uns ebenfalls jagte. Zudem hat er eine ganze Menge Söhne, die sich ihm anschlossen. Und dann trafen sie auf die Piraten. Piraten und Ziegenhirten vertragen sich nicht sehr gut miteinander. Die Ziegenhirten verdienen ihren Lebensunterhalt auf ehrbare Weise und die Piraten entführen Leute. Deshalb haben sie eine Schlägerei angefangen. Leider ist genau in diesem Moment dein Vater in die falsche Richtung abgebogen ...«

»Psst«, zischte Dr. Navel, »es kommt jemand.«

Stumm warteten sie, bis ein paar verirrte Ziegen vorbeigetrottet waren und sich wieder ihren Hirten in der Meute angeschlossen hatten.

»Also, es war so ...«, flüsterte Corey. »Nachdem dein Vater in die falsche Straße eingebogen war, beschlossen wir, eine Abkürzung zurück zur Stadt zu nehmen. Und dann war da dieses Feld, auf dem eine andere Ziegenherde graste. Uns blieb nichts anderes übrig, als quer über das Feld zu fahren, was die Ziegen und die Ziegenhirten empörte, die daraufhin beschlossen, uns zu jagen ...«

»Leute ...«, sagte Celia.

»Ja«, fuhr Corey fort. »Und dann riefen diese Ziegenhirten ihre Bekannten an – wie sich herausstellte, hatten alle Handys – und plötzlich war eine Meute wütender Ziegenhirten hinter uns her.«

»Und was ist mit den Piraten?«, wollte Oliver wissen.

»Leute…«, sagte Celia.

»Keine Ahnung, was mit den Piraten ist«, sagte Corey. »Ich nehme an, die Ziegenhirten haben sie außer Gefecht gesetzt.«

»Haben sie nicht!«, kreischte Celia.

Alle wirbelten herum und starrten zuerst Celia an und folgten dann ihrer ausgestreckten Hand. Celia zeigte ans Ende der Gasse.

Da stand Bonnie mit fünf Spießgesellen und versperrte ihnen den Weg.

»Wie schön, euch alle wiederzusehen«, höhnte sie.

»Aha«, schrie jemand vom anderen Ende der Gasse. Oliver und Celia drehten sich um. Hinter ihnen versammelten sich die Ziegenhirten und drängten nacheinander in die enge Gasse neben dem brennenden Hotel. Die wütenden Hirten schwangen Keulen und Macheten und Stöcke. Genau wie die Piraten.

»Was jetzt?«, stöhnte Oliver, als er begriff, dass sie zwischen zwei bewaffneten Feindesscharen und einem brennenden Hotel in der Falle saßen.

Celia überlegte, was wohl ihre Klassenkameraden aus der Sechsten in diesem Augenblick taten. Liebend gerne hätte sie mit jedem von ihnen getauscht, selbst wenn sie dann eine Prüfung schreiben oder ein Referat halten oder im Sportunterricht ein Seil hinaufklettern müsste.

Den letzten Gedanken verdrängte sie sofort wieder. Was war das denn für ein Unsinn? Nichts war schlimmer, als im Turnunterricht an Seilen hochklettern zu müssen.

»Hier oben«, rief da eine Stimme von einem Hausdach auf der anderen Seite der Straße. Neben ihnen fiel ein Seil zu Boden.

Manche Schriftsteller greifen in ihren Geschichten gerne mal auf einen Trick zurück, den man Deus ex Machina nennt. Das ist Latein und bedeutet »Gott aus der Maschine«. Schriftsteller benutzen diesen Kniff, um ihre Figuren aus den unmöglichsten Situationen zu retten oder neue Personen oder Ideen einzuführen, die aus dem Nichts auftauchen und für Ordnung sorgen. In früheren Zeiten haben die Stückeschreiber tatsächlich einen Gott an einem Fluggestell auf die Bühne schweben lassen, wo er dann alle Probleme ihrer Hauptfigur gelöst hat. Dieser Gott kam also tatsächlich aus einer Maschine.

Beim Deus ex Machina, der in diesem Moment für Oliver und Celia auftauchte, handelte sich es allerdings um einen gleichaltrigen Jungen, der auf dem Hausdach gegenüber stand und ein Seil in den Händen hielt. Er war zerlumpt gekleidet, seine Haut wirkte vor dem hellblauen Himmel noch dunkler und über seine Stirn zogen sich drei breite Narben.

»Oh Mann«, stöhnte Celia, als sie das Seil sah.

»Skarifikation«, flüsterte Dr. Navel, als er den Jungen sah. »Die Zeichen des Erwachsenwerdens im Stamm der Dinka im Sudan.«

»Was für ein Stamm?«, fragte Oliver.

»Die Dinka sind ein nilotischer Stamm von Kuhhirten in der Bahr-el-Gazal-Region«, erklärte Professor Rasmali-Greenberg.

»Niloten-Chaoten, was, wie, wo?«, fragte Oliver verständnislos.

»Die Region Bahr-el-Gazal liegt im Süden des Sudan«, antwortete der Professor. »Sie wird größtenteils bewohnt von ...«

»Wie wär's, wenn wir das Bildungsprogramm überspringen und endlich machen, dass wir hier wegkommen?«, fragte Celia.

»Beeilt euch!«, rief ihnen der Junge vom Dach aus zu.

»Genau wie beim Turnen«, maulte Celia und griff nach dem Seil. Neben dem Jungen tauchten lächelnd zwei weitere Dinka auf und ließen noch mehr Seile herunter.

»Das ist jetzt echt das Letzte«, stöhnte Oliver, als er sich neben seiner Schwester Hand für Hand nach oben zog.

»Benutz deine Beine, dann werden deine Arme nicht so schnell müde«, riet sie ihm.

»Bist du jetzt auch noch Turnlehrerin oder was?«, murrte er.

»Schön, mach, was du willst, aber wenn deine Arme zu matschigen Nudeln werden und du auf die Straße fällst und die wütenden Ziegenhirten dir Arme und Beine ausreißen, dann jammer bloß nicht rum.«

»Werde ich nicht«, sagte Oliver.

»Dann ist ja gut«, sagte Celia.

»Wie auch immer«, sagte Oliver.

Beverly huschte die Wand hoch und Patrick kletterte in einem Affenzahn vor den Zwillingen her. Auch die Erwachsenen schnappten sich die Seile und begannen zu klettern.

Nach den Navels war Corey an der Reihe, zusammen mit dem gackernden Dennis, der sich in dessen Haaren festgekrallt hatte.

»Aua, hör auf, mich zu kratzen«, beschwerte er sich.

Professor Rasmali-Greenberg schlang ein Seil um Ernests Knöchel, dann kletterte er selbst schweißgebadet und unter lautem Stöhnen hinauf.

»Hmm-hmmm!«, stöhnte Ernest, als die Jungen auf dem Dach sein Seil straff zogen und ihn an der Wand entlang nach oben hievten und er über die groben Steine schrammte.

»Haltet sie auf!«, rief Bonnie von unten.

Die Piraten sprinteten los. Zur selben Zeit setzte sich der Mob von Ziegenhirten in Bewegung. Doch dann blieben sowohl die Piraten als auch die Ziegenhirten wie vom Donner gerührt stehen, weil sich ein wuchtiger Speer zwischen ihnen in den Boden gebohrt hatte.

Eine Gruppe erwachsener Dinka-Krieger, jeder mindestens zwei Meter zehn groß, stand plötzlich neben den Jungen auf dem Dach.

»Das sollen Kuhhirten sein?«, fragte Celia ihre Eltern, die sich direkt unter ihr an ihren Seilen festklammerten.

»Die Dinka sind auch berühmte Krieger«, sagte ihre Mutter.

»Meinst du, Mom kennt diese Typen?«, fragte Oliver.

»Keine Ahnung«, sagte Celia.

»Ich hoffe, sie sind auf unserer Seite«, flüsterte Oliver und spähte zu den großen Männern hinauf.

»Klettere einfach weiter«, sagte Celia nur. Sie wollte lieber nicht daran denken, was passieren würde, wenn diese Dinka-Krieger nicht auf ihrer Seite waren.

7. Wir wissen von der Weissagung

»Corey Brandt!« Die Dinka-Jungen hatten Ernest inzwischen hochgezogen und den Knebel entfernt. Sie schubsten und stupsten ihn. »Wir sind große Fans! Große Fans! Aber du hättest am Ende von *Sunset High* bei Lauren bleiben sollen.«

»Hey«, protestierte der echte Corey Brandt und stieß den Hahn von seinem Kopf. Die Jungen schauten verblüfft von Ernest zu Corey und zurück. »Ich bin Corey Brandt!«

Achselzuckend stopften sie Ernest den Knebel wieder in den Mund und eilten zum echten Corey Brandt, um ihn zu schubsen und zu stupsen und ihn auszufragen. Er nickte und lächelte und gab ihnen nichtssagende Antworten und freute sich, sogar in dieser abgelegenen Gegend von Dschibuti Fans zu treffen.

»Seid gegrüßt.« Mit ausgebreiteten Armen ging Dr. Navel auf einen großen Krieger zu, um ihm zu zeigen, dass seine Absichten friedlich waren. Der Krieger trat einen Schritt zurück; er hatte Angst davor, dass dieser seltsame Forschungsreisende, dessen Brille von der Nase rutschte, ihn umarmen würde. »Ich bin Dr. Ogden Navel und dies ist meine Frau Dr. Claire Navel. Wir sind residierende Forschungsreisende im Klub der Forschungsreisenden in New York. Dieser Mann«, er deutete auf den Professor, »ist Professor Rasmali-Greenberg, der Präsident des Klubs. Ich möchte euch für eure Hilfe danken.«

»Ja.« Der Krieger nickte und richtete seinen Speer weiter auf die Straße. »Wir wissen, wer ihr seid.«

»Tatsächlich?«, sagte Dr. Navel erstaunt und blickte seine Frau an.

»Frag mich nicht«, sagte sie. »Ich kenne sie nicht.«

»Wir wissen, wer die sind.« Einer der Jungen zeigte auf Oliver und Celia.

»Tatsächlich?«, fragte Oliver.

»Ihr seid Oliver und Celia Navel«, sagte der Junge. »Ihr seid weltbekannt wegen eurer waghalsigen Heldentaten.«

»Heldentaten?«, wiederholte Oliver kopfschüttelnd.

»Waghalsig?«, wunderten sich die Eltern.

»Sind wir hier in *Bizarre Banditen?«*, fragte Celia.

Bei *Bizarre Banditen* schleicht sich mitten in der Nacht ein Team von Witzbolden in das Haus fremder Leute. Sie vertauschen das Mobiliar, waschen Wäsche so heiß, dass sie schrumpft, färben Haustiere grün, sodass die Leute, wenn sie aufwachen, glauben, sie seien in einer total verrückten Welt gelandet.

Mehr als einer hat daraufhin den Verstand verloren. Die, die nicht den Verstand verlieren, gewinnen eine Reise oder einen neuen Toaster.

Aber Celia wollte weder eine Reise noch einen neuen Toaster.

Oliver sah sich nach versteckten Kameras um.

»Wer seid ihr?«, fragte er.

»Woher wusstet ihr, dass wir hier sind?«, fragte Celia.

»Eure Freundin hat es uns gesagt«, antwortete der Junge mit einem Schulterzucken.

»Unsere Freundin?« Celia legte den Kopf schief.

Weder sie noch Oliver hatten viele Freunde in der sechsten Klasse. Die meiste Zeit des Schuljahres ließ sie ihr Vater von der Schule befreien, damit sie ihn auf seinen Abenteuerreisen begleiten konnten, und wenn sie doch mal in der Schule waren, dann redeten die Klassenkameraden nur mit ihnen, weil sie Corey Brandt kannten. Celia bezweifelte, dass irgendeines der kreischenden Mädchen, die Bilder von Corey Brandt auf ihre Schulhefte klebten, einen Dinka-Krieger kannte, und Oliver war sich ziemlich sicher, dass keiner der Jungs in seiner Klasse jemals in der Bahr-el-Ghazal-Region des südlichen Sudan gewesen war. Die meisten durften ja nicht einmal alleine U-Bahn fahren.

»Celia!« Ein Mädchen in einer weiten weißen Tunika und mit einer bunten Stofftasche über der Schulter kam auf der anderen Seite des Daches heraufgeklettert.

Bei ihrem Anblick fing Celia an zu lachen. Sie war keine Dinka-Kriegerin und sie war auch nicht von Olivers und Celias Schule.

»Qui!« Voller Freude lief Celia auf ihre alte Freundin aus dem Amazonas zu, die eigentlich Quinuama hieß, aber nichts dagegen hatte, wenn man sie der Einfachheit halber Qui nannte. Sie war in dieser Beziehung sehr rücksichtsvoll, auch wenn ihr voller Name ihr gut gefiel. Qui hatte Oliver und Celia dabei geholfen, die untergegangene Stadt El Dorado im Amazonas zu finden, und sie war die erste richtige Freundin gewesen, die die beiden auf der Welt hatten. Celia fragte sich verblüfft, wie Qui so weit bis nach Nordafrika gekommen war und weshalb.

Sie umarmten sich. Freunde, so viel steht fest, fragen niemals zuerst nach dem Warum.

Oliver unterbrach die Umarmung der beiden. »Was machst du hier?«, fragte er. »Und woher kennst du die Krieger?«

»Wir haben uns über das Internet kennengelernt«, antwortete Qui achselzuckend.

»Über das Internet?«, fragten Oliver und Celia aus einem Mund.

»Wir benutzen es andauernd«, sagte Qui. »Wir indigenen Völker müssen schließlich zusammenhalten.«

»Indigene Völker?« Oliver blickte seine Schwester fragend an.

»Das kennst du doch«, sagte sie ungeduldig.

»Ureinwohner?«, fragte Oliver nach. Celia nickte.

»Viele Probleme, mit denen mein Volk zu kämpfen hat, betreffen auch die Dinka und andere Stämme«, sagte Qui. »Das reicht von der Umweltverschmutzung und der Zerstörung unserer Kulturen bis zu der Frage, wie man eine gute Ausbildung bekommt, wenn man sein ganzes Leben im Urwald verbracht hat.«

»Oder in der Wüste«, sagte einer der Dinka-Jungen.

»Genau«, sagte Qui. »Es ist schwer, heutzutage ein indigenes Kind zu sein. Deshalb haben wir Internet-Foren und all so was. Und da habe ich die Jungs kennengelernt.« Sie zeigte auf die Dinka-Krieger.

»Und da haben wir auch von der Prophezeiung erfahren, die euch betrifft«, sagte der Junge. *»Die größten Entdecker werden die kleinsten sein. Die alten Wege werden in die Irre führen, aber eine neue Vision wird alles enthüllen. Alles, was man weiß, wird man vergessen, und was verloren war, wird gefunden werden.«*

Corey Brandt pfiff durch die Zähne. »Diese Weissagung ist irgendwie mega.«

»Das wissen wir«, stöhnte Celia.

»Ich kann es nicht fassen, dass ihr unsere Weissagung im Internet gelesen habt«, sagte Oliver. »Ist das nicht eine Verletzung der Privatsphäre?«

Qui zuckte mit den Schultern.

»Geht es immer noch um dieses Weissagungsblabla?«, seufzte Celia. »Das ist doch so was von abgedroschen.«

»Meine Liebe.« Ihre Mutter fasste sie an der Schulter. »Man muss eine Prophezeiung erfüllen, sonst ist sie nicht vollendet.«

»Das ist so was von unfair«, maulte Celia.

»Das sagst du immer«, sagte ihr Vater.

»Na und?«, erwiderte sie. »Jeder braucht einen Slogan.«

Plötzlich heulten Sirenen auf.

»Das ist bestimmt die Polizei«, sagte einer der Krieger. »Wir müssen gehen. Folgt uns.«

Er drehte sich um und die Dinka fingen an, über das Dach zu klettern.

»Moment!« Oliver beeilte sich, den Jungen an der Spitze einzuholen. »Du hast mir gar nicht gesagt, wie du heißt!«

»Stimmt.« Der Junge lächelte enigmatisch; Oliver hätte wissen können, dass das »rätselhaft« bedeutet, wenn er öfter Bildungsserien im Fernsehen angeschaut hätte statt *Agent Zero* und *Bizarre Banditen.*

»Komm schon«, beschwerte sich Oliver. »Weshalb sagt hier niemand irgendetwas? Wie heißt du?«

»Sam«, antwortete der Junge.

»Sam?«, fragte Oliver.

»Was denn?«, brummte der Junge. »Ist Sam kein hübscher Name?«

»Nein«, sagte Oliver. »Oder doch. Er ist hübsch. Ich hätte nur etwas mehr… ich weiß nicht, etwas Exotisches erwartet.«

»Exotisch?«, wiederholte Sam verständnislos.

»Du weißt schon«, sagte Oliver. »Ausländisch eben.«

»Aber *ihr* seid doch die Ausländer hier«, antwortete Sam.

»Ach ja«, sagte Oliver. »Stimmt.«

»Hier entlang.«

»Wohin gehen wir?« Oliver musste rennen, um mitzuhalten. »Sam! Hey! Ihr könnt uns doch nicht einfach zusammentreiben wie Kühe. Warum seid ihr so rätselhaft? Warum erklärt ihr einem nie etwas?«

Olivers Worte hallten über die Dächer von Dschibuti, aber niemand antwortete ihm. Denn Sam hatte soeben entdeckt, was Celia schon seit Jahren wusste: Es machte Spaß, Oliver Navel auf die Palme zu bringen.

8. Wir ziehen uns einen Film rein

In der Ferne hörten sie das Jaulen von Sirenen, weil die Feuerwehr zum brennenden Hotel raste, und das Kreischen von Polizeisirenen, weil die Gesetzeshüter hinter den Piraten und der Meute Ziegenhirten herjagten.

Die Dinka-Krieger, die Tweens, ihre Eltern, Qui, die Tiere, Corey Brandt, sein Imitator und der Professor kletterten vom Dach auf einen leeren Platz hinab und gingen unter einem schattigen Laubengang weiter, wo einige Frauen mit bunten Kopftüchern Mangos und Gemüse und Berge von stinkendem Fisch verkauften. Als die Dinka-Krieger auftauchten, zogen sich die Frauen rasch zurück.

Einige Augenblicke später rannte ein halbes Dutzend bewaffneter Piraten in wilder Verfolgungsjagd an ihnen vorbei. Und direkt vor Oliver und Celia versperrte ein Polizei-Jeep den Weg.

»Halt!«, riefen zwei Polizisten in blauer Uniform. Sie richteten ihre Gewehre auf die Krieger, die sofort stehen blieben. Die Seeräuber zerstreuten sich in alle Winde, während die Navels vorsichtshalber die Hände hoben.

»Hier spricht die Polizei von Dschibuti! Im Namen des Gesetzes! Ihr seid festgenommen!«, rief einer der Polizisten und sprach schnell etwas auf Arabisch in sein Funkgerät.

»Er hat Dschibuti gesagt«, kicherte Oliver. Celia verpasste ihm einen Knuff mit dem Ellenbogen.

»Er ruft Verstärkung«, sagte Sam.

»Ich bin Corey Brandt!« Corey Brandt trat mit erhobenen Händen vor und lächelte freundlich. »Der aus den beliebten Fernsehsendungen *Agent Zero, Promi-Abenteurer* und *Sunset High!*«

Der Polizist rief etwas und fuchtelte mit seinem Gewehr vor Coreys Nase herum. Corey wich zurück.

»Ich hab's versucht.« Er zuckte mit den Schultern. »Sie sind leider keine Fans.«

Sei es, weil sie die Gefahr spürten, oder vielleicht auch nur, weil sie einen guten Kampf liebten, jedenfalls sprangen Beverly und Patrick zwischen Olivers Beinen hindurch nach vorn. Der Affe kletterte auf den Kopf des einen Polizisten, während Beverly zischte und mit den Zähnen nach dem anderen schnappte. Die beiden Männer ließen sofort die Waffen fallen, flüchteten in den Jeep und verschlossen die Türen. Oliver grinste. Er konnte Beverly von Mal zu Mal besser leiden.

Dennis gackerte. Weil er ein Hahn war, durfte er oft nicht mitmachen, was richtig doof war. Wenn sie wollen, können Hähne nämlich entsetzlich gefährlich werden.

Die Krieger blickten auf die Tiere, die den Polizisten einen Schrecken eingejagt hatten, dann sahen sie einander an und zuckten die Achseln. Sie hoben ihre Speere und rannten an dem Polizei-Jeep vorbei. Die Navels und ihre vielen Begleiter folgten ihnen. Kaum waren sie um die Ecke gebogen, tauchten Bonnie und die Piraten vor ihnen auf.

»Aha!«, rief Bonnie.

Dennis der Hahn flatterte aufgeregt gackernd auf sie zu. Die Piraten waren eher verblüfft als verängstigt, aber Dennis verschaffte seinen Freunden so die Gelegenheit, in die andere Richtung zu laufen, vorbei am Jeep mit den eingeschüchterten Polizeibeamten, über den Platz und die Straße entlang. Dennis rannte hinterher, um nicht abgehängt zu werden, und auch die Piraten nahmen die Verfolgung auf, wütend darüber, dass sie sich von einem Hahn hatten ablenken lassen.

Als alle weg waren, beschlossen die Marktfrauen, ihre Waren einzupacken und Feierabend zu machen.

»Ihr könnt weglaufen, aber entkommen werdet ihr mir nicht!«, rief Bonnie den Navels hinterher. Vorsichtshalber ließ sie einen Piraten vor sich hergehen, falls ein Krieger seinen Speer auf sie warf. »Ich verfolge euch bis in eure schlimmsten Albträume«, brüllte sie und stieß einen Schwall alberner Drohungen aus. Celia überlegte, ob Bonnie wusste, dass sie sich wie ein zweitklassiger Fernsehschurke aufführte. Sie musste sich dringend bessere Sprüche einfallen lassen.

Als sie in eine Seitenstraße einbogen, versperrte ihnen die Meute Ziegenhirten den Weg.

»Uaaah!«, schrie die Meute, wie es Meuten eben so machen.

Oliver und Celia bogen nach links, während alle anderen nach rechts rannten. Die Zwillinge rasten durch die Straßen, rannten hierhin und dorthin, bis ihnen irgendwann auffiel, dass sie ganz allein waren. Sie wollten gerade umkehren, als sie ganz in der Nähe das Toben der Meute hörten. Sie rannten weiter und standen plötzlich vor einem großen blauen Tor.

Celia drückte dagegen, aber es öffnete sich nicht.

»Lass mich mal«, sagte Oliver. Er trat einen Schritt zurück und warf sich mit der Schulter gegen das Tor. Er prallte ab wie ein Tischtennisball.

»Aua!« Oliver ließ sich auf den Boden sinken und hielt sich die Schulter. »Im Fernsehen sieht das einfacher aus.«

»Man muss ziehen, nicht drücken.« Celia zog die Tür mühelos auf und stieg über ihren Bruder hinweg. »Komm schon«, sagte sie. »Wir verstecken uns hier drin, bis die Meute verschwunden ist.«

Sie machte Oliver ein Zeichen, als Erster zu gehen. Er

brummte widerwillig und humpelte hinein; Celia schloss die Tür hinter ihnen.

Genau genommen waren sie gar nicht drinnen. Der Raum war groß und von vier dicken Steinmauern umschlossen, aber er hatte keine Decke. Vor ihnen erstreckten sich mehrere Stuhlreihen und hinter der letzten Reihe war ein Loch in die Mauer gebohrt. Gegenüber lag eine Art Bühne, an der eine weiße Leinwand aufgehängt war. An der Seite stand ein großer steinerner Turm, an dem verrostete Buchstaben befestigt waren.

»ODEON«, las Oliver laut vor. »Ich glaube, das ist ein Art Kino.«

»Du bist wirklich ein Superheld«, sagte Celia. »Käpt'n Offensichtlich.«

Immer noch heulten die Polizeisirenen.

»Im Fernsehen wären wir nicht Superhelden, sondern Bösewichte«, sagte Oliver.

»Unsere Eltern haben gerade Ziegenhirten einen Lieferwagen gestohlen und ein Hotel mitten in der Stadt niedergebrannt, wir haben die Polizisten mit einer giftigen Echse und einem Affen bedroht und verstecken uns in einem Kino«, sagte Celia. »Ich würde sagen, selbst im richtigen Leben sind wir jetzt Bösewichte.«

»Wie in *Bizarre Banditen«,* sagte Oliver. Diesmal widersprach ihm seine Schwester nicht.

»Wie um alles in der Welt konnten wir nur auf die Idee kommen, Mom und Dad bei ihrer Suche nach Atlantis zu helfen?«, sagte Celia. »Wir finden ja nicht einmal aus dieser Stadt heraus. Wir sind einfach nicht zu Forschern geboren.«

»Und was ist mit der Weissagung?«, fragte Oliver.

»Vielleicht war das alles nur ein Irrtum. Vielleicht sind wir die falschen Kinder.«

»Ich glaube nicht, dass Weissagungen sich irren.«

»Ich schaue mal nach, ob die Luft rein ist«, sagte Celia und öffnete die Tür einen Spalt breit.

Oliver sah sich in dem seltsamen Kino um. An den Seitenwänden standen bekleidete Schaufensterpuppen, die aussahen wie berühmte Schauspieler aus alten Filmklassikern. Sogar ein paar Kinderstars aus den frühen Schwarz-Weiß-Tagen des Kinos waren dabei. Oliver kannte keinen einzigen. Nachdenklich betrachtete er das Loch in der Wand.

»Da oben ist vermutlich der Vorführraum«, sprach er seine Gedanken laut aus. Er blickte rasch zur Seite, um herauszufinden, ob seine Schwester ihn gehört hatte. Vielleicht war er ja tatsächlich Käpt'n Offensichtlich. Plötzlich schoss ein Lichtstrahl aus dem Loch hervor und beleuchtete die Leinwand. Oliver drehte sich um. Die Bilder sahen im hellen Sonnenlicht verwaschen aus, man konnte kaum etwas erkennen. Bestimmt wurden hier nur nachts Filme vorgeführt. Er kniff die Augen zusammen, um das Bild besser sehen zu können.

Auf der Leinwand war ein bärtiger alter Mann auf einem Schiff und kämpfte mit einem langen Speer gegen einen Riesenkraken. Die Haare hingen ihm ins Gesicht und er schrie etwas zum Himmel, aber man hörte nichts, denn es war ein Stummfilm. Oliver kannte den Schauspieler nicht. Es war auf keinen Fall ein amerikanischer Film. Sonst hätte er ja die Werbeeinblendungen wiedererkannt.

»Das sieht aus wie der Krake, mit dem wir im Pazifik gekämpft haben«, sagte Oliver. Aber Celia hatte ihren Kopf durch die Tür hinausgesteckt und konnte ihn nicht hören.

Die Einstellung änderte sich und jetzt war der bärtige Mann zu sehen, wie er gegen Piraten kämpfte.

»Das könnte eine Art Filmvorschau sein«, sagte Oliver.

Die Einstellung veränderte sich wieder; jetzt sah man, wie

der Mann auf Berge stieg, während schemenhafte Schneewesen ihn mit glühenden Augen aus ihren Höhlen heraus beobachteten.

»Die sehen aus wie die Yetis in Tibet…« Oliver trat näher an die Leinwand und überlegte, was für ein Film das wohl sein könnte. Sein Herz klopfte heftig.

Er sah, wie der bärtige Mann irgendwo im Urwald mit einem Stamm bemalter Krieger auf eine goldene Stadt zuging. Die Krieger sahen denen aus Quis Stamm sehr ähnlich.

»Bizarr«, flüsterte Oliver. Erneut suchte er nach einer versteckten Kamera und nach einem Filmteam, das Leute auf die Schippe nahm.

Dann sah man ein Standbild. Es zeigte eine verschneite Fläche mit einer leuchtenden Stadt in der Ferne. In der Mitte der Stadt stand ein großer Tempel, der ringförmig von mehreren Befestigungsmauern umgeben war, die sich weit in die verschneite Ebene erstreckten. Es sah genauso aus wie die Zeichnung von Atlantis in Percy Fawcetts Tagebuch. Plötzlich tauchte wieder der bärtige Mann auf; er lehnte an einem großen Baum und blickte zur Stadt hinunter. Ein Regenbogen erschien am Himmel und der Mann ging über den Regenbogen auf die Stadt zu. Man sah sein Gesicht nicht, aber er trug einen Sack über der Schulter und auf dem Sack war ein Schlüssel eingestickt.

Oliver spürte, wie sein Herz nach unten sank. Der Schlüssel war das Erkennungszeichen der Mnemonen, der Wächter über die verschollene Bibliothek von Alexandria. Der Geheimgesellschaft seiner Mutter.

»Oh nein, bitte nicht!«, stöhnte Oliver.

»Komm schon!« Celia drehte sich um. »Die Luft ist rein. Lass uns Mom und Dad suchen. He, was machst du da eigentlich?«

Oliver stand im Mittelgang. Er hatte den Kopf zurückgelegt

und starrte mit offenem Mund auf die Leinwand. Celia hatte Angst, ihr Bruder könnte den Verstand verloren haben. Vielleicht waren die Anstrengungen des Tages zu viel für ihn gewesen. Vielleicht hatte er sich giftige Parasiten eingefangen. Celia schüttelte den Kopf. Sie hasste es, wie wenig belastbar jüngere Brüder manchmal waren.

»Es. Ist. Zeit. Zu. Gehen«, sagte sie ganz langsam, damit er sie auch verstand, falls er tatsächlich giftige Parasiten im Gehirn hatte.

Stumm deutete Oliver nach oben.

»Was ist?«, fragte Celia. »Das ist doch nur Werbung für einen ausländischen Film. Wahrscheinlich hat er Untertitel. Auf diese Weise versuchen sie einen dazu zu bringen zu lesen.«

Oliver zog das alte Tagebuch des Forschers aus dem Rucksack.

»Schau genau hin«, sagte er, während er die Seiten durchblätterte.

»Sieht aus wie ein Weihnachtsfilm«, meinte Celia. »Wie Santa Claus rettet Weihnachten oder... ohhh.« Celia riss die Augen auf. Sie hatte das Zeichen der Geheimgesellschaft erkannt, in der ihre Mutter war. Und dann fing der Film von vorne an. Sie sah die Szenen, in denen der bärtige Mann mit dem Kraken kämpfte und auf den Urwaldstamm traf und wie er von Yetis beobachtet wurde. »Oh nein«, stöhnte sie.

Oliver hielt das Tagebuch hoch und zeigte ihr die Seite, die er sich zuvor im Hotelzimmer angesehen hatte. Die Zeichnungen des bärtigen Mannes sahen genauso aus wie der Mann in dem Film. Und auch bei allem anderen stimmten Tagebuch und Film überein.

Celia schüttelte den Kopf. »Oh nein«, sagte sie. »Das darf doch nicht wahr sein.«

»Ist es aber«, sagte Oliver.

Er blätterte weiter und zeigte auf die Zeichnungen des Riesenbaums, die die ganze letzte Seite einnahmen. Es war derselbe Baum wie im Film.

»Deshalb hat uns der Katalog das Buch des Heiligen gezeigt.«

»Sankt Nikolaus«, sagte Oliver. »Ich finde, wir sollten es Mom und Dad erzählen.«

»Und was sollen wir ihnen sagen?«, fragte seine Schwester, obwohl sie die Antwort längst kannte. Sie war nur viel zu seltsam, um sie laut auszusprechen.

»Dass wir zum Nordpol gehen müssen«, sagte Oliver. »Wenn wir Atlantis finden wollen, müssen wir zuerst den Weihnachtsmann suchen.«

Laut ausgesprochen klang es genauso seltsam wie in ihren Gedanken.

9. Wir fantasieren nicht

Oliver! Celia!« Sie hörten, wie ihre Eltern von der Straße her nach ihnen flüster-riefen.

»Dann mal los«, seufzte Celia. Sie öffnete die Tür und bedeutete ihrem Bruder voranzugehen. »Red du mit ihnen«, forderte sie ihn auf.

»Ich?« Oliver blieb im Gang stehen. »Warum ich?«

»Weil du den Film als Erster gesehen hast!«

»Aber –« Oliver hatte wirklich keine große Lust, seinen Eltern alles zu erklären. Falls er und Celia sich irrten, stünden sie da wie die Idioten. Als wären sie genauso verrückt geworden wie die durchgeknallten Mitspieler in *Bizarre Banditen.* Hatten sie aber recht, dann würden sie umgehend in den verschneiten Gefilden des Nordpols landen.

Weder das eine noch das andere war besonders verlockend.

»Wenn du nicht *Modesünden der Promis* geglotzt hättest, dann hätte ich diese Zeichnungen im Tagebuch niemals gesehen.«

»Das beweist nur, dass du dich mehr mit Mode beschäftigen solltest.«

Oliver konnte einfach nicht gegen seine Schwester gewinnen, so viel stand fest.

»Hier sind wir!«, flüster-rief Celia zurück.

»Oh, dem Himmel sei Dank!« Ihre Mutter kam herbeigerannt und drückte die Kinder fest an sich. »Wir dachten schon, man hätte euch entführt.«

»Nein«, sagte Oliver, »wir haben nur herausgefunden, dass –«

»Wieso seid ihr weggelaufen?«, fragte Sam, während sich auch die anderen zu ihnen gesellten. »Hier ist es nicht sicher.«

»Das weiß ich«, sagte Oliver. »Aber wir haben dieses Ding gefunden und wir -«

»Kommt jetzt«, sagte Dr. Navel. »Corey hat einen Privatjet gechartert, der uns von hier wegbringt!«

»Ganz schön cooles Kino«, sagte Corey. »Ich frage mich, ob sie hier vielleicht mal ein Corey-Brandt-Filmfestival veranstalten wollen.«

»Du willst noch einmal nach Dschibuti zurückkommen?«, fragte Celia entsetzt.

Corey kicherte, als sie das Wort Dschibuti aussprach. Celia verdrehte die Augen.

»Wir sollten schleunigst verschwinden, ehe uns die Polizei oder die Piraten oder die Ziegenhirten erwischen«, drängte Dr. Navel.

»Ja, aber wir haben dieses Ding gesehen, und das heißt, dass wir -« Oliver versuchte immer noch, allen zu erzählen, was sie gesehen hatten.

»Kommt schon«, sagte Qui und spähte durch die Tür. »Die Luft ist rein.«

»Wir müssen Santa Claus finden!«, platzte Oliver heraus.

Alle drehten sich um und starrten ihn an. Über Dschibuti brannte die heiße Sonne herab. Sam schloss die Tür wieder. Eine Schweißperle lief Oliver über die Stirn. »Ich meine, ähm, Atlantis finden... ähm, also wisst ihr, ähm... da war dieser Film.« Er zeigte auf die Leinwand hinter sich, aber dort war nichts mehr zu sehen und auch aus dem Vorführraum drang kein Licht mehr. »Also, vorhin war da dieser Film«, endete Oliver lahm.

Dr. Navel sah Oliver und Celia mit zusammengekniffenen

Augen an. Besorgt fragte er sich, ob sich die beiden womöglich einen giftigen Parasiten eingefangen hatten.

»Da war wirklich ein Film!«, bestätigte Celia. »Wir sind doch nicht verrückt.«

»Natürlich seid ihr nicht verrückt, meine Lieben.« Ihre Mutter nickte gutmütig. »Aber wenn ihr einen Film gesehen habt, dann muss ihn irgendwer vorgeführt haben, stimmt's? Das heißt, wir sind hier nicht allein.«

Alle Augen richteten sich auf den dunklen Vorführraum über den Sitzreihen. Sie lauschten angestrengt, ob sich irgendetwas bewegte. Oliver und Celia spürten, wie sich ihre Mägen verkrampften. Hatte sie jemand die ganze Zeit über beobachtet?

Ihre Mutter lief zur hintersten Reihe des Kinos, kletterte auf eine Lehne und schwang sich zum Vorführraum hinauf.

»Sei vorsichtig!«, warnte Dr. Navel, aber seine Frau war bereits in der dunklen Kabine verschwunden.

Die Zwillinge starrten auf die Öffnung in der Wand und hielten gespannt den Atem an.

»Alles in Ordnung!«, rief die Mutter. »Hier ist niemand.« Sie kletterte herunter und kam durch den Mittelgang wieder zu ihrer Familie zurück.

»Wenn keiner da ist«, wunderte sich Professor Rasmali-Greenberg, »wer hat dann den Film gezeigt?«

»Niemand«, antwortete die Mutter. »Im Projektor ist nämlich gar kein Film.«

»Vielleicht ist der Betreffende weggelaufen?«, überlegte Celia.

»Es ist auch keine Lampe im Projektor«, sagte ihre Mutter. »Nicht einmal Strom ist da. Man kann hier überhaupt keinen Film vorführen.«

»G-r-u-s-e-l-i-g«, buchstabierte Corey.

Qui kratzte sich im Nacken. »Also ... ähm, wer ist eigentlich dieser Santa Claus?«

»Du weißt nicht, wer Santa Claus ist?«, fragte Oliver. »Der alte Sankt Nick? Der, äh, Weihnachtsmann?«

»Ist Santa Claus einer eurer Vorfahren?«, fragte Qui. »Betet ihr zu ihm?«

Oliver blickte Celia an. Sie verschränkte die Arme. Sie hatte keine Lust auf Erklärungen.

»Hm, ja, könnte man sagen«, antwortete Oliver achselzuckend. Es widerstrebte ihm, Qui von Weihnachten und Geschenken und dem Buch vom Weihnachtsmann zu erzählen, in dem stand, welche Kinder artig gewesen waren und welche nicht. Irgendwie war es ihm peinlich, davon zu reden, obwohl er wusste, dass jeder seinen Glauben hatte und der eine kein bisschen besser oder schlechter war als der andere. Und überhaupt, für Fremde klang alles seltsam.

»Es gibt mehr Dinge zwischen Himmel und Erde, als eure Schulweisheit sich erträumen lässt«, sagte ihre Mutter.

Die Kinder starrten sie verständnislos an.

»William Shakespeare«, erklärte die Mutter. »Schon mal was von Hamlet gehört? Was lernt ihr eigentlich heutzutage in der Schule?«

»Wir sind in der sechsten Klasse, Mom«, antwortete Celia. »Wir lesen noch nicht Hamlet.«

»Ich will damit nur sagen«, fuhr ihre Mutter fort, »dass es auf der Welt Wunder ohne Ende gibt. Denkt an die vielen Dinge, die ihr gesehen und getan habt. Ihr habt Berge in Tibet erstiegen. Ihr habt Urwälder und Meere erkundet und ihr seid Hexen, Ungeheuern und Schurken begegnet.«

»Und einem sprechenden Yak«, sagte Oliver.

»Und einem sprechenden Yak«, stimmte seine Mutter ihm zu. »Also weshalb sollte uns nicht der Weihnachtsmann nach Atlantis führen?«

»Weil es ihn nicht gibt, deshalb«, antwortete Celia.

»Woher willst du das wissen?«, widersprach Oliver.
»Ich weiß es einfach.«
»Das weißt du nicht.«
»Weiß ich doch.«
»Weißt du nicht.«
»Wir müssen gehen.« Ein Krieger unterbrach ihren Streit.
»Er hat recht.« Dr. Navel spähte zur Tür hinaus. »Überall auf den Straßen sucht man nach uns. Wie sollen wir es da bis zum Flugplatz schaffen?«
»Ich habe eine Idee.« Sam grinste. Er redete in seiner Sprache zu den Älteren und zeigte auf die Schaufensterpuppen an der Wand. Die Älteren beratschlagten sich kurz, dann drehte sich Sam zu Ernest dem Promi-Imitator um. Er lieh sich von Dr. Navel einen Kugelschreiber und ging, den Kugelschreiber wie einen Speer vor sich haltend, auf Ernest zu.
»Eine letzte kleine Show«, sagte Sam fröhlich, während Ernest trotz Knebel im Mund lautstark protestierte und mit vor Furcht weit aufgerissenen Augen vor dem jungen Dinka-Krieger zurückwich.

10. Wir wagen uns voran

Du lügst mich auch ganz bestimmt nicht an?«, fragte Bonnie.

Die Marktfrau schüttelte den Kopf, um den sie ein großes buntes Tuch geschlungen hatte. Bonnie tippte mit einem Messer an den Stoff, während die Seeräuber die Arme der Frau auf dem Rücken festhielten.

»Was haben sie denn ausgerechnet in einem Kino zu suchen?«, fragte Bonnie.

Die Frau begann zu reden wie ein Wasserfall, aber Bonnie verstand kein einziges Wort. Sie spuckte auf den Boden, vor die Füße der Frau. »Das war nur eine rhetorische Frage.« Sie nickte ihren Leuten zu, woraufhin sie die Frau losließen. Bonnie schnappte sich eine Mango aus einem Marktkorb und biss gierig in die Frucht hinein, mit Schale und allem.

»Bäh.« Sie spuckte sie wieder aus. »Die ist ja noch gar nicht reif.« Sie warf der Frau die Mango vor die Füße und ging, ohne sie bezahlt zu haben. Piraten, das kennen wir ja schließlich alle, bezahlen nicht gerne für Dinge, die sie genauso gut einfach stehlen können.

Leise stieß die Frau Verwünschungen aus. Rasch zog sie ein Handy aus der Tasche ihres Kleids und tippte eine SMS. Dann spähte sie die Straße entlang zu ihrem Stand, wo ein Dinka-Krieger die Mitteilung empfing. Er blickte von seinem Handy auf und bedankte sich mit einem Nicken bei der Frau, ehe er jemandem hinter sich ein Zeichen gab.

Kurz darauf beobachtete die Marktfrau, wie eine kuriose Gruppe von Fremden dem Dinka-Krieger die Straße entlang folgte, unter ihnen eine Echse, ein Affe, ein Hahn, zwei Erwachsene und zwei Kinder, allesamt angezogen wie Darsteller aus weltbekannten Filmen. Dazu ein Mädchen, das einen farbenfrohen Wollhut zum Schutz gegen die Wüstenhitze trug, und ein Teenager, der dem berühmten Corey Brandt verblüffend ähnlich sah.

Währenddessen schlichen sich Bonnie und ihre Piratentruppe an das Odeon-Kino heran. Mit seinem riesigen, verrosteten Schild war es nicht zu übersehen. Es war das einzige Kino in Dschibuti. Wie passend, dass sich die zwei Couch-Potatoes und der Promi ausgerechnet an diesem Ort verstecken, dachte Bonnie. Sie betrachtete die Plakate am Eingang, die für die Abendvorstellungen warben. Dämliche Actionfilme. Bonnie mochte keine Actionfilme. Sie fand, dass das Leben eines Piraten genug Action bot. Sie bevorzugte Liebeskomödien, obwohl sie das niemals vor ihren Piraten zugegeben hätte. Die Männer hätten sie nur ausgelacht und dann mit ihr dasselbe gemacht, was sie mit dem letzten Kapitän gemacht hatten. Nein, sie hatte keine Lust, an die Haifische verfüttert zu werden, nur weil sie ab und zu gerne Filmküsse in Nahaufnahme sah.

»Also gut, Jungs«, sagte sie. »Die Navels sind uns schon zu oft entwischt. Diesmal will ich kein Risiko eingehen. Stellt ihnen keine Fragen, redet kein Wort mit ihnen. Keine neunmalklugen Bemerkungen. Das hier ist kein Kinofilm und wir sind keine Filmschurken. Der Einzige, bei dem für uns etwas rausspringt, ist Corey Brandt. Fangt ihn. Alle anderen könnt ihr ausnehmen wie die Fische, das ist mir schnurzpiepegal. Hauptsache, niemand kommt mit dem Leben davon.«

»Was ist mit den Kriegern?«, fragte einer der Piraten, der nicht gerade scharf darauf war, sich ein Handgemenge mit einem Zwei-Meter-Wüstenchampion zu liefern. Er war Pirat geworden, weil er die Beute liebte, und hatte keine Lust, mit einem Speer im Kopf zu enden.

»Und was ist mit der Echse?«, fragte ein anderer, der mit eigenen Augen gesehen hatte, was Beverly seinem Kameraden angetan hatte.

Bonnie gab keine Antwort. Sie packte ihr Messer fester und schlich zum Vordereingang des Kinos. Ein paar kräftige Tritte und die Tür flog aus den Angeln. Dann stürmten die Piraten durch die kleine Eingangshalle in den Open-Air-Kinosaal.

»Weißt du, dass an der Tür ›Ziehen‹ stand?«, rief einer der Seeräuber. »Wir hätten sie gar nicht aufbrechen müssen.«

»Aha«, rief Bonnie zurück und beachtete ihn aber nicht weiter. Die Navels saßen geduckt in ihren Sitzen und starrten auf die leere Leinwand. Bonnie sah zwei kleine Hinterköpfe und daneben Corey Brandt, der sich nervös umsah.

Wäre sie eine klügere Frau gewesen, dann hätte sich Bonnie vielleicht gefragt, wieso der berühmte Teenager einen Knebel im Mund stecken hatte, aber sie war keine kluge Frau. Von Rachedurst gepackt rannte sie nach vorne und stieß den Teenager zu Boden, während ihre Männer den Navels mit kräftigen Hieben die Köpfe vom Leib trennten.

Mit einem hohlen Poltern fielen die kleinen Köpfe der Zwillinge zu Boden. Die weißen Plastikkörper kippten vornüber auf die staubige Erde.

»Schaufensterpuppen!«, schrie Bonnie.

Die Perücken fielen in den Schmutz.

Bonnie sah Corey an und ihre Augen wurden schmal. Misstrauisch rubbelte sie mit dem Daumen über die Stelle unter seinem Auge – und sofort verschwand die tränenförmige Sommersprosse.

»Das ist Ernest!«, stöhnte sie. »Man hat uns reingelegt!«

»Nicht nur das«, sagte einer ihrer Männer. »Wir sitzen in der Falle!«

Dinka-Krieger, und zwar mehr als Bonnie zählen konnte, tauchten plötzlich oben auf der Mauer auf und spähten aus der Vorführkabine zu ihnen hinunter. Mit angelegten Speeren drängten sie zu den Seiteneingängen und zum Haupteingang herein. Die Piraten waren umzingelt. Sie ließen die Waffen fallen und hoben die Hände.

Alle, nur eine nicht.

»Feiglinge!«, schrie Bonnie. »Ich bin euer Kapitän! Kämpft mit mir!«

»Ich passe«, sagte einer der Piraten.

»Nein danke«, sagte ein anderer.

Ein dritter antwortete auf Niederländisch und ein vierter auf Chinesisch, aber es war ziemlich klar, was sie meinten.

»Lebend kriegt ihr mich nicht!«, schrie Bonnie ihren Feinden zu.

Sam, der auf der Außenmauer neben den Älteren stand, zuckte die Schultern.

»Ganz wie du willst«, rief er.

Vorsichtshalber traten die Piraten ein paar Schritte von Bonnie zurück.

»Uns macht es nichts aus, lebend gefangen zu werden!«, rief einer. »Wir ergeben uns. Fangt uns ruhig! Aber fangt uns lebendig!«

Bonnie duckte sich zum Angriff.

»Mrrrm!«, stöhnte Ernest, als sie ihm dabei auf die Hand trat. Sie verlor das Gleichgewicht, kippte nach hinten und schlug mit dem Kopf auf dem Boden auf.

Als sie wieder zu sich kam, waren sie und ihre Männer an das alte, rostige Odeon-Schild gefesselt, damit die ganze Stadt sie sehen konnte, während die Polizei von Dschibuti noch darüber stritt, wie man die Piraten am besten von dem Schild herunterholen und ins Gefängnis werfen sollte. Ernest war mit ihnen gefesselt, aber wenigstens war er den Knebel endlich los.

»Ich gehöre nicht zu ihnen!«, rief er. »Ich bin unschuldig! Ich bin Corey Brandt!«

»Wo ist deine Sommersprosse?«, wollte einer der Polizisten wissen. Darauf hatte Ernest keine Antwort parat. Seufzend sah er zu, wie in der Ferne das kleine Flugzeug abhob, über der Stadt immer höher stieg und dann in einer steilen Kehre auf den Ozean hinausflog.

»Das dachte ich mir«, rief der Polizist. »Ihr seid alle festgenommen wegen Piraterie, Sachbeschädigung und Hausfriedensbruch in Dschibuti!«

Trotz allem musste Ernest grinsen.

Dschibuti.

Wirklich ein komischer Name für eine Stadt.

11. Wir sind und wir sind nicht

Erzählt mir vom Weihnachtsmann«, sagte ihre Mutter über das Getöse der Triebwerke hinweg, während sie in dem Privatjet wegflogen, den Corey in der Wüste angeheuert hatte. Es hatte zweifellos seine Vorteile, reich und berühmt zu sein.

Oliver blickte seine Schwester an und sie blickte ihn an. Keiner von beiden wollte als Erster etwas sagen, denn allmählich fragten sie sich selbst, ob sie sich das Ganze nur eingebildet hatten. Es war viel zu verrückt, um wahr zu sein, oder nicht?

»Also«, begann Oliver, »ich habe in dem Tagebuch des alten Forschers geblättert, das wir am Amazonas gefunden haben, und da habe ich diese Zeichnungen von Atlantis und so gesehen. Und auf allen Zeichnungen war dieser Typ, der ein bisschen aussah wie ...«

»Der Weihnachtsmann?«, fragte Corey Brandt.

»Ja. Und dann waren wir in diesem Kino, um uns vor den Piraten zu verstecken, und da habe ich, ähm, Visionen gehabt von ...«

»Dem Weihna ...«, setzte Corey an.

»Ich nicht«, unterbrach ihn Celia. »Da war nur so ein bärtiger Kerl, der herumgeforscht hat, mehr nicht. Er hatte keinen roten Mantel und auch keine Geschenke oder so. Ich meine, er trug zwar einen Sack und hatte weißes Haar, aber es hätte jeder x-Beliebige sein können.« Sie wollte nicht, dass Corey sie für plemplem hielt.

»Das ist total plemplem«, sagte Corey.

Celia seufzte.

»Ja, es ist echt dämlich.« Sie wurde rot. »Aber irgendwie hat er wirklich ein bisschen ausgesehen wie –«

»Nein, nein«, unterbrach sie Corey. »Das ist total plemplem, weil ich gerade mit dem Gedanke spiele, eine Weihnachtssondersendung für das Fernsehen mit dem Titel *Santa Claus – Rettung in letzter Sekunde* zu machen, in der Santa Claus gegen eine Invasion von Zombies am Nordpol kämpft, um das Weihnachtsfest zu retten.«

»Okay«, sagte Oliver, »das ist wirklich plemplem.«

»Ich habe so was Ähnliches mal in einem Buch gelesen«, sagte Corey.

»Wisst ihr«, sagte Qui und stützte sich auf die Lehne von Celias Sitz, »vielleicht ist der Mann, den ihr gesehen habt, der Weihnachtsmann und gleichzeitig auch nicht der Weihnachtsmann.«

»Jetzt fang du nicht auch noch an, in Rätseln zu sprechen«, brummte Oliver.

»Ich glaube, Qui hat es verstanden«, sagte Claire Navel. »In Amerika haben wir Santa Claus. Er geht zurück auf den griechischen Heiligen Sankt Nikolaus von Myra aus dem vierten Jahrhundert, der viele Wunder getan und Wohltaten verrichtet hat. In Holland nennt man ihn Sinterklaas und in manchen Legenden ist er ein Herrscher der Meere.«

»Wie Poseidon«, sagte Oliver. »Der griechische Gott des Meeres.«

»Und Schutzherr von Atlantis«, fügte Celia hinzu.

»Das stimmt!«, rief ihr Vater. »Aber woher wisst ihr das bloß alles?«

»Bildungsfernsehen«, antworteten die Zwillinge im Chor.

»Dann gibt es da noch die nordische Überlieferung«, sagte Professor Rasmali-Greenberg und drehte sich in seinem Sitz um. »Manche glauben, dass der Weihnachtsmann etwas mit dem nordischen Gott Odin, dem Allvater, zu tun hat, der in der großen Stadt Asgard lebt, aus dem Brunnen der Weisheit trinkt und das Universum vom Weltenbaum aus betrachtet.«

»In dem Tagebuch des Forschers sind viele Bäume gemalt«, sagte Oliver.

»Hallo? Merkt ihr nicht, wie verrückt das alles ist?«, sagte Celia, die es kaum fassen konnte, wie ernsthaft die anderen über etwas so Absurdes sprachen. »Ich meine, der Weihnachtsmann und Poseidon?«

»Und Odin, der Allvater«, fügte Oliver hinzu.

»Richtig«, sagte Celia. »Das alles kann einfach nichts mit Atlantis zu tun haben. Es gibt den Weihnachtsmann ja nicht einmal!«

»Es gibt ihn wohl«, sagte Oliver.

»Gibt ihn nicht!«, sagte Celia

»Gibt ihn wohl«, sagte Oliver.

»Das ist ganz und gar nicht verrückt«, mischte sich ihre Mutter in den Streit. »Im Jahr 1679 legte Graf Olof Rudbeck in Schweden eine ähnliche Theorie vor, nach der Atlantis in der Arktis liegt und die Heimstatt altnordischer Götter und Ungeheuer ist. Demnach ist Asgard, die Stadt der Götter, mit Atlantis gleichzusetzen und Odin mit dem Weihnachtsmann. Graf Olof hat diese Vermutung nie direkt aufgestellt, aber du hast es soeben getan. Vielleicht hast du das fehlende Glied in einer uralten Kette der Überlieferung gefunden. Ist das nicht aufregend?«

»Nein«, antworteten die Zwillinge im Chor.

»Die Menschen haben Atlantis schon an vielen verschiedenen Orten vermutet«, erklärte der Professor. »Vom Regenwald des Amazonas bis hin zur spanischen Küste. Aber gefunden wurde es nie.«

»Weil niemand im Norden gesucht hat.« Dr. Navel lächelte.

»Alle haben unter Wasser gesucht, aber niemand hat unter dem Eis gesucht. Niemand hat den Weihnachtsmann gesucht.«

»Ihr kennt doch das alte Sprichwort vom Suchen und Finden«, sagte ihre Mutter. »Dinge, die man sucht, sind immer da, wo man sie am wenigsten vermutet. Wir haben Atlantis überall gesucht, also warum nicht auch am Nordpol?«

»Dinge, die man sucht, sind immer an dem Platz, an dem man sie am wenigsten vermutet«, sagte Celia. »Sonst würde man sie ja sofort finden.« Sie warf Oliver einen Blick zu. Der nickte. »Und deshalb haben wir uns überlegt, dass wir euch – wohlgemerkt nur dieses eine Mal – begleiten wollen.«

»Wie bitte?«, rief ihr Vater.

»Wie bitte?«, rief ihre Mutter.

»Gaack«, rief Dennis der Hahn.

»Na ja, alle reden immer von der Weissagung«, sagte Oliver und warf Qui einen Blick zu. »Alle reden von Visionen und den größten Entdeckern und so.«

»Wir sind zu dem Schluss gekommen, dass ihr ohne uns Atlantis wohl niemals findet«, fügte Celia hinzu. »Gemeinsam könnten wir es aber schaffen. Der Nordpol könnte der Ort sein, an dem man es am wenigsten vermutet.«

Ihre Eltern sahen sich beglückt an. Selbst in ihren kühnsten Träumen hätten sie nicht zu hoffen gewagt, dass Oliver und Celia sie tatsächlich begleiten wollten.

»Macht euch keine falschen Vorstellungen«, warnte Celia ihre Eltern. »Das soll nicht zur Gewohnheit werden. Es ist nur dieses eine Mal.«

»Damit wir alle beisammenbleiben können wie eine normale Familie«, sagte Oliver.

»Wobei normale Familien eher selten von Ziegenhirten und blutrünstigen Piraten durch Dschibuti gejagt werden«, sagte

Celia und warf Oliver einen warnenden Blick zu für den Fall, dass er wieder losprusten wollte.

»Dschibuti«, kicherte der Professor halb laut vor sich hin.

Celia seufzte. »Und wenn das alles vorbei ist, wollen wir beide einen eigenen Fernseher in unseren Zimmern.«

»Einen großen Fernseher«, fügte Oliver hinzu.

»Mit Flachbildschirm.«

Ihre Eltern grinsten von einem Ohr zum anderen. Die Mutter drückte auf einen Knopf und sagte über die Wechselsprechanlage zum Piloten: »Kapitän, fliegen Sie uns nach Norden. Wir wollen nach Spitzbergen!«

»Ist das in der Nähe des Nordpols?«, fragte Celia.

Ihre Mutter nickte.

»Habt ihr gewusst, dass man am Nordpol nur nach Süden gehen kann?«, fragte der Vater. »Ist das nicht bemerkenswert? Wenn man am Nordpol ist, dann ist alles andere sozusagen unten.«

»Na toll«, brummte Celia. »Dann geht es immer nur abwärts.«

Aber Dr. Navel hörte ihr nicht zu. Gedankenverloren strich er ihr über den Kopf und vertiefte sich mit seiner Frau in die Landkarten.

Qui zwängte sich in den Sitz neben Celia. »Und wie finden wir dieses Atlantis, wenn wir am Nordpol sind?«

»Das überlassen wir unseren Eltern«, sagte Oliver achselzuckend.

Celia schüttelte den Kopf. »Sie haben noch nie etwas gefunden. Weshalb sollten sie es jetzt tun?«

»Und was sollen wir deiner Meinung nach tun, du Super-Forscherin?«, fragte Oliver.

»Ich habe nie behauptet, dass ich eine Forscherin bin«, protestierte Celia. »Ich habe nur gesagt, dass wir es vermutlich eher herausfinden als Mom und Dad, so wie immer.«

»Vielleicht ist es diesmal ja anders«, sagte Oliver. »Vielleicht landen sie diesmal selbst einen Treffer und wir können uns entspannt zurücklehnen.«

»Mom hat gesagt, dass wir die Weissagung erfüllen müssen«, entgegnete Celia. »Nicht sie. Wir.«

»Kann ich euch irgendwie helfen?«, fragte Corey.

»Ja, erkläre uns mal schnell die Weissagung und sag uns, was wir tun sollen«, erwiderte Oliver.

Corey kratzte sich am Kopf, aber gab keine Antwort. Oliver blickte Qui erwartungsvoll an.

»Woher soll ich das wissen?«, sagte sie.

»Du warst Teil unserer Visionen am Amazonas«, stellte Celia fest. »Du hast uns geführt.«

Qui schüttelte den Kopf. »Das waren nur eure Visionen. Ich habe weder übernatürliche Kräfte noch kann ich Magie«, erklärte sie. »Das ist wie bei einem Fernseher. Ich war nur die Fernsehantenne, nicht das Programm. Ich habe geholfen, das Funksignal aufzufangen. Ich bin nur ein Kind wie ihr auch.«

»Nicht ganz wie wir«, sagte Oliver.

»Ich weiß jedenfalls, dass sich eine Zeile aus der Weissagung tatsächlich auf uns bezieht: Die größten Entdecker werden die kleinsten sein«, sagte Celia. »Wir sind die kleinsten.«

»Die kleinsten«, wiederholte Oliver.

»Ja und auch die jüngsten. Und die mit dem wenigsten Interesse und der geringsten Abenteuerlust.«

Qui und Corey nickten. Wer hätte dem schon widersprochen?

»Das heißt aber auch, dass wir die größten sind«, sagte Oliver.

»So wie es den Weihnachtsmann gibt und gleichzeitig auch nicht, so seid ihr die größten und auch wieder nicht«, stimmte Corey zu.

»Sieht ganz so aus«, sagte Celia.

Es herrschte Stille, während sie darüber nachdachten. Mit gerunzelter Stirn und gespitzten Lippen lauschten sie dem lauten Brummen der Flugzeugmotoren.

Schließlich brach Oliver das Schweigen; er hatte einen Einfall, den er ihnen sofort mitteilen wollte.

»Hey, in der Arktis können wir vielleicht mit dem Hundeschlitten fahren!«, sagte er aufgeregt.

Mit einem Hundeschlitten über die Inselwelt Spitzbergens zu fahren, war etwas, was auch Agent Zero tun würde. Er blickte zu Corey hinüber, der von der Idee schlichtweg begeistert war. Sie gaben einander ein High-Five. Celia brummte etwas und die Jungen hörten auf zu grinsen.

Celia hatte zwar eingewilligt, auf Abenteuerreise zu gehen, aber von Spaßhaben war niemals die Rede gewesen.

12. Wir wenden das Blatt

Tun Sie nicht so, als würden Sie es nicht verstehen. Ich weiß, dass Sie es verstehen, weil dies für jemanden mit Ihren Verstandesgaben sonnenklar ist!« Sir Edmund schlug mit der Faust auf den langen Holztisch.

»Äh… wie?«, fragte der Forscher am anderen Ende des Tisches zitternd. Er blinzelte in das helle Licht, das ihn blendete, und verstand gar nichts von dem, was der kleine Mann gerade geschrien hatte.

Der Forscher war weder gefesselt noch hielt man ihm einen Speer oder eine Pistole oder sonst etwas vor die Nase, dennoch verrieten seinen flackernden Augen, seine Finger, die nervös auf der Tischplatte trommelten, und die Schweißflecken, die sich auf seiner Jacke bildeten, dass er ein Gefangener war. Auf beiden Seiten des Tisches ließen streng blickende Männer in schwarzen Anzügen den Forscher keinen Moment lang aus den Augen.

»Ich verstehe Ihre Fragen nicht«, kreischte er.

»Papperlapapp!« Sir Edmund schlug noch einmal mit der Faust auf den Tisch. »Mumpitz! Firlefanz!«

»Das verstehe ich auch nicht«, rief der Forscher weinerlich.

»Edmund«, sagte der einzige Mann am Tisch, der keinen Anzug trug, sondern T-Shirt und Jeans. Er hatte seine Basketballkappe tief ins Gesicht gezogen. Er blickte kaum von seinem Handy auf, weil er andauernd SMS-Nachrichten verschickte. »Deine Frage war verwirrend.«

»Das heißt Sir Edmund«, sagte Sir Edmund.

Der Mann hörte auf zu tippen. Wie jeder am Tisch, mit Ausnahme des Forschers, trug er einen goldenen Ring am Finger, in dem eine mit Ketten verschlossene Schriftrolle eingraviert war, das Zeichen jenes Rates, der seit undenklichen Zeiten der erklärte Feind der Mnemonen war. Der Mann spielte mit dem Ring, sagte aber nichts.

Die anderen Mitglieder des Rats hielten gespannt die Luft an. Sir Edmund blähte die Nasenflügel.

»Habe ich vergessen, dich Sir zu nennen?« Der Mann mit der Basketballmütze grinste. »Ups.« Er zuckte die Achseln und fing wieder an zu simsen.

»Ähem.« Sir Edmund räusperte sich vernehmlich. »Ähem«, versuchte er es erneut. Niemand sprach ein Wort. Der gefangene Forschungsreisende rutschte unbehaglich auf seinem Stuhl hin und her. Alle Augen waren auf den Mann mit der Baseballkappe gerichtet, der endlich von seinem Handy aufblickte.

»Wie? Sind wir schon fertig?«, fragte er.

»Ich würde es sehr begrüßen, wenn du unseren Beratungen deine volle Aufmerksamkeit schenken würdest«, sagte Sir Edmund.

»Das ist der zehnte Forscher, den wir befragt haben«, antwortete der Mann. »Keiner von ihnen weiß, wie man deine Landkarte lesen soll, wir verschwenden nur unsere Zeit. Wir sollten die Navels suchen. Es sei denn, du hast Angst, dass sie dich wieder austricksen.«

»Sie haben mich noch nie ausgetrickst!« Sir Edmunds Gesicht lief rot an.

»Dann hat sich dein Schiff wohl von selbst im Pazifik versenkt? Das waren gar nicht die Navels?«

»Ein hinterhältiger Riesenkrake hat mein Schiff versenkt«, erwiderte Sir Edmund. »Aber das tut hier nichts zur Sache. Ich habe Platos Landkarte von Atlantis, deshalb habe ich gewonnen und die Navels verloren.«

»Und dass sie dich aus dem Klub der Forschungsreisenden geworfen haben, was ist damit?«, höhnte der Mann.

»Man hat mich nicht hinausgeworfen!«, protestierte Sir Edmund. »Ich selbst bin gegangen. Ich wollte meinen eigenen Klub gründen!«

»Ach ja.« Der Mann lachte. »Die ehrenwerte Abenteurergesellschaft oder auch Gentleman-Abenteurer-Sozietät genannt… was ein passendes Akronym ergibt, wie ich finde.«

»Was soll das heißen?«

»Ein Akronym ist ein Wort, das man aus den Anfangsbuchstaben anderer Wörter bildet«, erklärte der Mann.

»Ich weiß, was ein Akronym ist, du Tölpel!«, schrie Sir Edmund. »Wieso beleidigst du die Gentleman-Abenteurer-Sozietät?«

»Ich habe nichts gegen die GAS«, antwortete der Mann. »Ab und zu gebe ich gerne selbst ein wenig Gas.«

Die anderen am Tisch kicherten hinter vorgehaltener Hand. Sir Edmund ballte die Fäuste und kochte innerlich vor Wut, bis sie schließlich verstummten. Er war ihr Chef, aber er wusste, dass sie langsam die Geduld mit ihm verloren. Seine Macht wurde bei jeder Gelegenheit infrage gestellt, und wenn er nicht schleunigst Ergebnisse vorweisen konnte, würde er bald nichts mehr zu sagen haben.

»Sie!« Er deutete auf den verängstigten Forscher am Tisch. »Ich verlange, dass Sie mir jetzt Antwort geben.«

»Wie war noch gleich die Frage?«, fragte der Forscher.

Vor Wut quollen Sir Edmund fast die Augen aus dem Kopf.

»Ich werde sie noch einmal wiederholen«, sagte er und gab sich Mühe, nicht zu schreien. »Wo vermuten Sie als ausgewiesener Kenner des versunkenen Atlantis und gestützt auf die

Tatsachen, die wir in Form dieser Landkarte vor Ihnen ausgebreitet haben, dessen wahren und uns verborgenen Ort?«

Der Gelehrte studierte nervös die vor ihm liegende Karte, auf der merkwürdig geformte Kontinente und rätselhafte griechische Zeichen zu sehen waren.

»Nun ja ... wissen Sie ... ich ...«, stammelte er.

»Schluss jetzt, Edmund.« Der Mann mit der Baseballmütze stand auf. »Er kann die Landkarte ganz offenkundig nicht lesen! So werden wir Atlantis niemals finden. Dieser sogenannte Gelehrte ist genauso nutzlos wie all die anderen.«

»Ich bin nicht nutzlos!«, protestierte der Gelehrte. »Ich bin ein Experte für Eiszeit-Archäologie.«

»Was auch immer das bedeuten mag«, knurrte der Mann mit der Basketballmütze.

Das Gesicht des Wissenschaftlers lief vor Wut rot an. »Das bedeutet, dass ich die Knochen eines Säbelzahntigers und des vorzeitlichen Pliosaurus ausgegraben habe! Ich habe die Runensteine der Wikinger-Könige entdeckt und ich habe Beiträge im *Magazin für verschrobene Wissenschaften* veröffentlicht!«

»Ich bin sicher, Ihre Eltern sind sehr stolz auf Sie«, entgegnete Sir Edmund.

»Ich verlange, dass man mich wieder zu meiner Forschungsstation auf Spitzbergen zurückbringt!«

»Selbstverständlich«, antwortete Sir Edmund. »Sie müssen uns nur vorher sagen, wie man Platos Karte liest.«

»Weißt du eigentlich«, wandte sich der Mann mit der Baseballmütze an Sir Edmund, »wie der Doktor in *Dr. Trost weiß Rat* Wahnsinn definiert? Wahnsinnig ist jemand, der immer wieder das Gleiche tut und immer wieder aufs Neue hofft, ein anderes Ergebnis zu erzielen.«

»Erzähl mir nichts vom Fernsehdoktor. Fernsehen ist nur etwas für Denkfaule«, brummte Sir Edmund.

»Nun gut.« Der Mann stand auf. »Ich werde hier nicht länger meine Zeit verplempern. Ich habe wichtige Geschäfte zu erledigen.«

»Wir schreiben dir eine SMS, wenn etwas Bedeutsames passiert«, sagte Sir Edmund abfällig.

»Gute Idee.« Der Mann mit der Baseballkappe wandte sich zum Gehen. »Übrigens, ich habe gehört, dass die Navels in Dschibuti eine waghalsige Rettungsaktion hingelegt haben und mit einem Privatflugzeug von Corey Brandt entflohen sind. Sieht so aus, als wären sie dir eine Nasenlänge voraus… wieder einmal.« Feixend verließ er den Raum und schlug die Tür hinter sich zu.

Sir Edmund wandte sich wieder dem Forscher zu. »Sagen Sie mir, was auf Platos Landkarte steht!«

»Was soll ich mit dieser Karte anfangen?«, jammerte der Forscher. »Ich weiß nichts von Plato!«

»Er war ein alter griechischer Philosoph«, sagte Sir Edmund. »Er hat die erste Beschreibung der untergegangenen Stadt Atlantis verfasst, die wir kennen. Sie müssen etwas über ihn wissen!«

»Nein.« Der Gelehrte verschränkte die Arme vor der Brust. »Gar nichts.«

»Also können Sie diese Karte nicht lesen?« Einer der Männer in Anzügen beugte sich vor.

»Das kann niemand!«, schrie der Wissenschaftler. »Da fehlt ja die Legende. Ohne Legende weiß man nicht, wo Norden ist oder wie weit die einzelnen Orte voneinander entfernt sind oder was eine Stadt und was ein Berg sein soll. Das Einzige, was ich erkenne, ist das Bild eines Drachen hier an der Seite.«

»Also gibt es dort Drachen?« Sir Edmund beugte sich zu ihm.

»Nein«, sagte der Gelehrte. »Früher hat man Landkarten oft

mit Drachen verziert. Sie haben nichts zu bedeuten. Oder vielleicht doch. Jedenfalls ist die Karte ohne eine Legende nichts als eine hübsche Zeichnung. Und überhaupt, wie ich schon gesagt habe, ich weiß nichts von Platos Landkarte!«

»Sie lügen«, sagte Sir Edmund.

»Ich lüge nicht«, sagte der Wissenschaftler.

»Doch«, sagte Sir Edmund.

»Nein«, sagte der Wissenschaftler.

So ging es einige Minuten lang weiter, während die Mitglieder des Rats ihre Köpfe abwechselnd nach rechts und nach links und von einem Ende des Tisches zum anderen drehten.

»Genug.« Entnervt warf Sir Edmund die Arme hoch und ließ sich auf seinen Stuhl zurückfallen. Alle Männer des Rats blickten ihn fragend an. Er war ein sehr kleiner Mann, deshalb sah man hinter der Tischkante seinen Kopf nur vom Scheitel bis zu seinem großen roten Schnurrbart.

»Darf ich jetzt wieder auf meine Forschungsstation zurück?«, fragte der Wissenschaftler. »Wenn ich nicht bald zurückkehre, wird man mich vermissen. Man wird mich suchen.«

»Nein.« Sir Edmund würdigte den Mann keines Blickes. »Sie leben alleine in Ihrer Forschungsstation am Polarkreis. Keinem wird überhaupt auffallen, dass Sie nicht mehr da sind.«

Er griff unter den Tisch und zog eine kleine Steintafel hervor, in die Schnörkel und Linien eingraviert waren. Als der Forscher die Tafel sah, machte er große Augen.

»Das ist… das ist der Runenstein von Nidhogg!«, rief er. »Wie sind Sie in seinen Besitz gekommen?«

»Ich habe ihn einem Sammler abgekauft«, antwortete Sir Edmund. »Sie würden sich wundern, was man kaufen kann, wenn man Millionen in der Tasche hat.« Er nickte einem seiner Männer zu, die an der Tür Wache standen. Der Mann kam mit einem Vorschlaghammer an den Tisch und hob ihn hoch.

»Sagen Sie mir, was ich wissen will, oder ich werde den Stein zerstören.«

»Das dürfen Sie nicht!«, schrie der Wissenschaftler. »Das ist ein unschätzbares Artefakt. Einzigartig. Es überliefert die Legende von Nidhogg, dem Drachen, der an der Wurzel des Weltenbaums gefangen ist und davon träumt, freigelassen zu werden und sich zu rächen.«

»Ja«, sagte Sir Edmund, »und das ist, wenn ich mich nicht irre, die bedeutendste Entdeckung, die Sie jemals gemacht haben.«

Der Forscher nickte.

»Es wäre wirklich eine Schande, wenn er in die Brüche ginge«, sagte Sir Edmund.

Der Forscher schluckte, sagte aber nichts.

Sir Edmund gab dem Mann mit dem Vorschlaghammer ein Zeichen, worauf dieser den Stiel fester packte und Anstalten machte, das uralte Kunstwerk zu pulverisieren.

»Warten Sie! Halt!«, rief der Forscher. »Herr, vergib mir. Ich werde Ihnen sagen, was Sie wissen wollen.«

Mit spitzen Fingern drehte er die Landkarte so, dass oben und unten zu rechts und links wurden.

Sir Edmund grinste zufrieden. Was wie eine zerklüftete Küste ausgesehen hatte, wurde nun zu einer Schlucht im hohen Norden. Ein Drache saß in der Schlucht und blickte auf die Welt unter sich. Was wie eine rätselhafte Landmasse ausgesehen hatte, nahm jetzt die Gestalt eines ansehnlichen Kontinents an. Land und Meer und Berge kamen ihm verblüffend bekannt vor.

»Plato, du schlauer Fuchs.« Mit einem Lächeln besah sich Sir Edmund die Karte. »Es ist immer dort, wo man es am wenigsten vermutet.« Er lachte in sich hinein.

Die anderen Ratsmitglieder beugten sich erwartungsvoll zu ihm.

»Gentlemen.« Sir Edmund atmete tief aus. »In seiner Beschreibung berichtet uns Plato, dass Atlantis ›hinter den Säulen des Herkules‹ liegt. Damals war dies gleichbedeutend mit dem Ende der Welt. Jeder glaubte, dass er damit die Durchfahrt vom Mittelmeer in den Atlantik meinte. Aber wenn es noch andere als nur diese beiden Säulen gäbe, dann könnte er auch eine große Stadt im Norden gemeint haben, die nun unter dem Eispanzer des Arktischen Meeres verborgen liegt.«

»Nur damit wir uns richtig verstehen«, sagte einer der Männer. »Wollen Sie damit andeuten, dass Atlantis irgendwo im Nordmeer verborgen liegt?«

»Ich will euch sagen, wovon ich spreche...« Sir Edmund stand auf und hob den Arm, als wolle er für ein Porträt posieren. »Ich spreche vom hohen Norden, jener froststarren Welt, in der Wikingerkrieger ihre Schätze gehortet haben und wo Kinder vom Weihnachtsmann träumen und wo sich mein –«

»Ähmähm«, unterbrach ein anderes Mitglied des Rats Sir Edmunds Rede mit übertriebenem Hüsteln.

»Jaja«, grummelte Sir Edmund. »Wo sich *unser* Schicksal erfüllen wird! Ich rede vom Nordpol!«

»Und was ist mit den Navels?«, fragte ein Mann. »Wir können nicht zulassen, dass sie uns schon wieder in die Quere kommen.«

Sir Edmund verdrehte die Augen. »Macht euch keine Sorgen wegen der Navels. Ich habe mir etwas für sie ausgedacht.« Er fuhr sich mit dem Zeigefinger über die Kehle – eine Geste, deren Bedeutung unmissverständlich war.

13. Wir haben einen Slogan

Ich möchte mich echt bei euch bedanken, Leute, dass ihr zurückgekommen seid, um mich zu retten«, sagte Corey zu den Zwillingen, nachdem Qui auf dem Rücksitz des Flugzeugs eingeschlafen war. Die Eltern der Zwillinge unterhielten sich vorne im Flugzeug mit dem Professor über die Drift des Packeises und die Wanderungen der Walrösser.

»Ich weiß ja, ihr könnt Abenteuer nicht ausstehen«, fügte Corey hinzu.

»Es ist nicht so, dass wir Abenteuer nicht ausstehen könnten«, sagte Celia. »Wir mögen nur Nicht-Abenteuer lieber.«

»Ich verspreche euch, wenn ich wieder in Hollywood bin, dann werde ich etwas ganz Wundervolles tun, um euch zu danken.«

»Und das wäre?«, fragte Oliver. Manchmal war für Oliver und Celia das, was andere Leute irre fanden, einfach langweilig oder gefährlich oder beides zusammen.

»Was haltet ihr davon, wenn aus eurer Geschichte der TV-Film der Woche wird?«, fragte Corey und grinste.

Celia zog die Augenbrauen hoch. »Frei empfangbar oder Kabel?«

»Frei«, antwortete Corey.

Celia runzelte die Stirn.

»Kabel«, sagte Corey schnell. »Was euch lieber ist.«

»Cool«, sagten die Zwillinge im Chor.

»Darf ich auch in dem Film mitspielen?«, fragte Oliver.

Celia verdrehte die Augen. »Sie werden bestimmt echte Schauspieler anheuern.«

»Wirst du mich spielen, Corey?«, fragte Oliver erwartungsvoll.

»Corey spielt sich natürlich selbst, du Dummkopf«, sagte Celia kopfschüttelnd.

»Ich möchte aber, dass ein cooler Schauspieler meine Rolle übernimmt«, sagte Oliver.

»Jemand, der cool ist?« Celia lachte. »Das ist hier nicht wie bei *Bizarre Banditen!*«

»Die Schauspielerin, die dich spielt, müssen sie bei den Tierfilmen suchen«, schnauzte Oliver zurück. »Vielleicht gibt es ja ein Walross, das ein Fräulein Schlaumeier spielen kann.«

»Vielleicht überredet Corey Beverly, deine Rolle zu übernehmen«, sagte Celia. »Die Echse ist viel klüger als du.«

»Ich bin klüger als eine Echse«, widersprach Oliver.

»Leute.« Corey hob beschwichtigend die Hände. »Streitet nicht. Ich verspreche euch, ihr beide werdet mit dem Film zufrieden sein.«

»Kriegen wir das schriftlich?«, fragte Celia prompt.

»Celia glaubt, sie kennt sich im Filmgeschäft aus, nur weil sie immer *Promis Hautnah* anschaut«, sagte Oliver.

»Corey, kannst du nicht eine Szene in den Film einbauen, in der mein Bruder die Fähigkeit zu sprechen verliert, damit wir endlich etwas Ruhe und Frieden haben?«, fragte Celia.

»Aber das ist doch gar nicht wirklich passiert!«, protestierte Oliver.

»Es ist ja auch ein Film«, sagte Celia. »Corey kann was erfinden, was nie passiert ist, damit die Geschichte spannender wird.«

»Es wird nicht spannender, wenn ich nicht reden kann«, sagte Oliver.

»Für mich schon«, sagte Celia.

»Hey, Corey«, sagte Oliver. »Kannst du nicht eine Szene erfinden, in der Celia aus dem Flugzeug springen und alleine zum Nordpol gehen muss?«

»Wenn hier jemand aus dem Flugzeug springt, dann du«, sagte Celia.

»Nein«, sagte Oliver.

»Doch«, sagte Celia.

»Nein«, sagte Oliver.

»Leute, kommt schon! Hört auf zu streiten!«, bat Corey.

»Doch«, sagte Celia leise, um wieder einmal das letzte Wort zu haben.

»Warum müsst ihr euch andauernd zanken?«, fragte Corey. »Ich hatte nie das Glück, einen Zwillingsbruder oder eine Zwillingsschwester zu haben. Aber wenn, dann hätte ich mir gewünscht, dass sie oder er meine beste Freundin oder mein bester Freund ist, statt immer mit ihr oder ihm zu streiten.«

Oliver kratzte sich am Kopf. »Ich und Celia sind beste Freunde.«

»Celia und ich«, verbesserte ihn Celia. »Und ja«, sagte sie zu Corey, »das sind wir.«

»Aber Leute, ihr streitet doch andauernd!«, sagte Corey.

»Der Fernsehdoktor sagt, wenn Geschwister streiten, erwerben sie wichtige soziale Fähigkeiten wie logisches Denkvermögen, Gefühlsbeherrschung und Wortgewandtheit«, erklärte Celia.

»Sie meint, dass man dadurch schlauer wird und schneller reden lernt«, sagte Oliver.

»Besser reden lernt«, verbesserte ihn Celia. »Nicht bloß schnell. Das habe ich bei *Wally Wurms Wörterwelt* gelernt: *Ist deine Rede gewandt, so hast du viel Verstand.* Gewandtheit heißt so viel wie Klugheit«, fügte sie hinzu, damit auch wirklich alle verstanden, was sie meinte.

»Fräulein Schlaumeier«, brummte Oliver.

»Also, ähm…« Corey runzelte nachdenklich die Stirn. »Ihr streitet gerne? Und es ist auch noch gut für euch?«

»Ja«, sagte Oliver. »Ich wäre nicht wirklich glücklich, wenn Celia aus dem Flugzeug springen müsste.«

»Und ich habe es auch nicht so gemeint«, sagte Celia. »Ich möchte nicht, dass Oliver aus dem Flugzeug springt. Ich möchte, dass niemand aus dem Flugzeug springt.«

»Schlechte Nachrichten, Leute!« Ihr Vater kam durch den Mittelgang auf sie zu. »Wir können in Spitzbergen nicht landen, weil die Landebahn vereist ist. Wir müssen also aus dem Flugzeug springen!«

»Das hast du uns eingebrockt«, sagte Celia vorwurfsvoll zu ihrem Bruder.

»Was? Und wie soll ich das bitte gemacht haben?«, fragte Oliver.

»Du hast mit dem Aus-dem-Flugzeug-Springen angefangen!«, sagte Celia. »Im Fernsehen darf man nicht davon reden, dass man aus dem Flugzeug springt, solange man drinnen sitzt. Denn dann muss man garantiert springen!«

»Das ist keine Regel«, widersprach Oliver.

»Doch«, sagte Celia.

»Nein«, sagte Oliver. »Man darf nicht sagen, dass man nicht aus einem Flugzeug springt. So lautet die Regel! Und du hast gesagt: ›Ich möchte nicht, dass Oliver aus dem Flugzeug springt. Ich möchte, dass niemand aus dem Flugzeug springt.‹ Also ist es deine Schuld!«

»Das ist keine Regel«, sagte Celia.

»Ist es doch«, sagte Oliver. »Ich kenne die Regeln: Wenn man an die Tür klopft und es antwortet niemand, aber die Tür öffnet sich trotzdem langsam, dann erwartet einen etwas Schreckliches. Wenn man Eis betritt, das aussieht, als ob es einen tragen würde, dann wird man einbrechen. Und wenn man davon spricht, dass man nicht aus einem Flugzeug springen will, dann muss man aus dem Flugzeug springen, das ist dann Schicksal.«

»Nein«, sagte Celia, »das ist kein Schicksal. Das nennt man dramatische Ironie.«

»Schicksal.«

»Dramatische Ironie.«

»Schicksal.«

»Ironie.«

»Schicksal!«

»Leute«, unterbrach sie ihr Vater. »Das hat weder mit Schicksal noch mit Ironie zu tun. Das ist das, was gerade passiert.«

»Im Fernsehen hat alles, was passiert, auch einen Grund«, sagte Oliver.

»Aber wir sind nicht im Fernsehen«, sagte sein Vater.

»Die Regeln sind dieselben«, widersprach Oliver. »Die Fernsehleute können sie ja nicht einfach so erfinden.«

»Wenn du meinst«, seufzte Dr. Navel. »Als ich so alt war wie ihr, hatten wir diese komischen Dinger, die man Bücher nannte.«

»Als du so alt warst wie wir, haben deine Eltern dich da gezwungen, aus einem Flugzeug zu springen?«, fragte Oliver.

»Tja also… nein«, sagte Dr. Navel. »Ich denke, die Zeiten ändern sich.«

»Das denke ich auch«, sagte Celia finster.

»Da ist noch etwas«, sagte Dr. Navel. »Wir haben nur zwei Fallschirme.« Er hielt zwei Rucksäcke in die Höhe, an denen viele verschiedene Gurte und Knöpfe waren. »Aber wir können jeweils zu zweit einen Tandem-Sprung absolvieren.«

»Tandem?« Oliver blickte Celia fragend an, obwohl er sich

nicht sicher war, ob er wirklich herausfinden wollte, was das heißt.

»Zu zweit«, sagte Celia. *»Besteigt die Arche nicht, wie ihr wollt, sondern zu zweit und im Tandem, wie ihr sollt.«*

»Ihr fahrt ja total auf *Wally Worms Wörterwelt* ab«, sagte Corey.

Celia nickte. Oliver zuckte mit den Schultern.

»Mit den zwei Fallschirmen können eure Mutter und ich abspringen und jeweils einen von euch mitnehmen.«

»Das heißt, Corey kann nicht mitkommen«, sagte Oliver.

»Und Qui auch nicht«, sagte Celia und blickte sich nach ihrer schlafenden Freundin um.

Dr. Navel nickte. »Und der Professor auch nicht. Und auch nicht die Tiere.«

Patrick der Affe schlängelte mit dem Schwanz, Dennis flatterte mit seinen keinen Hahnenflügeln und Beverly schnalzte mit der Zunge, wobei niemand so genau wusste, was das bedeutete.

»Aber …«, protestierte Oliver. Mehr fiel ihm dazu nicht ein.

»Das ist unfair«, beschwerte sich Celia.

»Ich weiß, dass es unfair ist«, sagte ihre Mutter, die jetzt ebenfalls in den hinteren Teil des Flugzeugs kam. »Es ist unfair, aber so ist es nun einmal. Manchmal haben auch gute Menschen Pech und manchmal haben Bösewichte Glück und manchmal werden auch gute Kinder von Piraten aus Dschibuti gejagt und müssen ohne ihre Freunde aus einem Flugzeug springen, damit sie verschollene Städte am Nordpolarkreis finden können. So ist das Leben.«

»Ich glaube nicht, dass das Leben so sein sollte«, sagte Oliver.

»Wenn man Navel heißt, schon«, sagte Celia.

»Macht euch keine Gedanken«, sagte Corey. »Ihr müsst tun,

was euch euer Schicksal aufgetragen hat. Die Weissagung muss sich erfüllen. Das ist auch eine Art Regel.«

»Ich hasse das Schicksal«, sagte Oliver.

Corey lächelte traurig und nickte. »Ja, Mann, aber es ist wie die Werbung im Fernsehen. Unvermeidlich.«

»Aber wir sind nach Dschibuti gekommen, um dich zu retten«, sagte Celia zu Corey.

»Das ist schon okay.« Tröstend legte er die Hand auf ihre Schulter. »Der Professor und ich werden eure Freunde nach Hause bringen und uns um die Tiere kümmern. Ich muss sowieso nach Hollywood zurück. Ich muss einen Film drehen über die coolsten Freunde auf der ganzen Welt.«

»Damit meint er uns«, flüsterte Oliver.

»Ich weiß, du Doofie«, schniefte Celia.

»Also, dann geht ihr mit euren Eltern und bringt die Sache zu einem guten Ende«, sagte Corey. »Das wird ein richtig abgefahrener Schluss für meinen Film.«

»Okay«, sagte Celia.

»Okay«, sagte Oliver.

»Wir machen das nur wegen des Films«, fügte Celia hinzu. »Damit er einen richtig guten Schluss kriegt.«

»Nun gut, Kinder.« Ihre Mutter klatschte in die Hände. »Wir befinden uns bald über dem Polarkreis und müssen uns jetzt fertig machen zum Sprung. Das Flugzeug wird auf zwanzigtausend Fuß runtergehen.«

»Ich verspreche euch«, sagte ihr Vater, »Fallschirmspringen ist ein Riesenspaß, wenn man es freiwillig macht.«

Die Zwillinge blickten skeptisch zu ihrer Mutter, die schon einmal dafür gesorgt hatte, dass die beiden über Tibet abgesprungen waren, allerdings nicht gerade freiwillig.

»Bringen wir's einfach hinter uns«, sagte Celia.

»Das sagst du oft«, sagte ihr Vater.

»Ja, jeder braucht einen Slogan, an dem man ihn erkennt.« Celia runzelte die Stirn, denn ihr war aufgefallen, dass sie nun schon zwei Slogans hatte.

Die Eltern schlossen alle Schnallen und zurrten alle Gurte fest, sodass sie aneinandergebunden waren, Oliver an seine Mutter, Celia an ihren Vater.

»Tschüss, Beverly«, sagte Oliver zu der Echse. Sie zischelte mit der Zunge, was bei einer Heloderma horridum so gut wie ein Abschiedsgruß war. »Und beiße niemanden, wenn ich nicht dabei bin«, fügte er hinzu. »Es sei denn, du musst.«

»Fahrt mit einem Hundeschlitten«, sagte Corey, »genau wie Agent Zero es tun würde.« Er gab Oliver ein High-Five.

»Bis bald, Celia«, sagte Qui.

»Bis bald«, antwortete Celia und sie umarmten sich noch einmal. Sie sagten absichtlich nicht Lebwohl, denn das ist das Schlimmste, was man einem Freund sagen kann, besonders dann, wenn einer der Freunde gerade im Begriff ist, aus einem Flugzeug zu springen und sich in ein gefährliches Abenteuer zu stürzen.

Claire Navel trat an die Flugzeugtür; ihren Sohn hatte sie vor sich wie ein kleines Känguru in einem Beutel.

»Schau nicht nach unten!«, rief sie ihm ins Ohr, als sie an der Kante stand. Oliver hing jetzt vollständig in der Luft. Er spürte, wie der Wind an ihm zerrte. Er sah nach unten. Er konnte nicht anders. Das war auch so etwas wie eine Regel.

Die Insel Spitzbergen war ein weißer Fleck in dem eisblauen Meer. In der Ferne konnte er sogar die Krümmung der Erde und das dunkle Nichts dahinter erkennen.

Oliver verdrehte den Hals, damit er seiner Schwester, die an seinem Vater festgebunden war, im Flugzeuginneren etwas zurufen konnte. »Warum muss ich immer als Erster gehen?«, schrie er.

»Weil jeder einen Slogan braucht«, rief Celia zurück.

Oliver runzelte die Stirn, aber da war seine Mutter schon aus dem Flugzeug gesprungen.

14. Wir fühlen uns wie die Falken

AAH!«, schrie Oliver und »WAH!« und sicherheitshalber auch noch »BAH!«.

Es hatte den Anschein, als stürze das Flugzeug von ihnen weg und direkt auf den Horizont zu, während sie selbst Richtung Erde sausten. Der Wind tobte und Oliver schrie aus Leibeskräften, zuerst vor *Angst* und dann, ganz plötzlich, vor Vergnügen. Denn er hatte überhaupt nicht das Gefühl zu fallen.

Er hatte das Gefühl zu fliegen.

Wohlbehalten und sicher an die Mutter gezurrt und gegurtet, die den Fallschirm in die Tiefe lenkte, kam ihm ein ganz neuer, erstaunlicher Gedanke, der ihm, soweit er sich erinnern konnte, bisher noch nie gekommen war: nämlich dass sein Vater recht hatte.

Aus einem Flugzeug zu springen, konnte richtig viel Spaß machen, wenn man es freiwillig tat.

»Schau mal!«, rief ihm seine Mutter ins Ohr. Er blickte hoch und sah die Krümmung der Erdkugel, die wie die Oberfläche eines riesigen blauen Luftballons aussah. Wasser und Eis und Himmel und Wolken wölbten sich in einem großen Bogen.

»Wow!«, schrie er, denn was sollte man auch sonst sagen?

Celia sah, wie ihre Mutter und ihr Bruder Richtung Erde fielen.

»Bereit?«, schrie ihr Vater, aber bevor sie sagen konnte:

»Nein, ich bin ganz bestimmt nicht bereit, aus einem Flugzeug zu springen«, war er schon gesprungen.

Sie wollte finster gucken oder schreien oder sich über den Lärm beschweren, aber sie schaffte es nicht. Sie schaffte es nicht einmal, das Grinsen aus ihrem Gesicht zu verbannen. Denn es war einfach überwältigend.

Plötzlich drückte sie ihr Vater ganz fest an sich, presste ihre Arme an die Seiten und kippte nach vorne. Wie eine Pistolenkugel sausten sie abwärts, um Oliver und ihre Mutter einzuholen.

Nun war es an Celia, laut »AAH!« zu schreien.

Mit einem Wusch! rasten sie an ihrem Bruder vorbei.

Oliver spürte, wie ihm die Arme an die Seite gedrückt wurden.

»Wir kriegen sie«, schrie seine Mutter und schon ging die Verfolgungsjagd am Himmel weiter.

Ein Familienausflug in einen Vergnügungspark oder eine Wanderung in der freien Natur sind zwar recht unterhaltsam, aber eines steht fest: Nichts schweißt eine Familie enger zusammen als ein freier Fall Richtung Erde mit mehr als dreihundert Kilometern pro Stunde. Dr. Navel hätte an dieser Stelle angemerkt – vorausgesetzt, er wäre in der Lage gewesen zu sprechen –, dass sie mit der gleichen Geschwindigkeit flogen wie ein Wanderfalke beim Sturzflug.

Oliver fühlte sich allerdings ganz und gar nicht wie ein Wanderfalke beim Sturzflug. Er spürte den metallischen Geschmack von Adrenalin an seinem Gaumen und ein Kribbeln breitete sich von seinem Nabel aus und raste die Wirbelsäule hoch. Es war nicht Angst oder Furcht, auch nicht Langeweile oder Ärger. Und es war auch nicht wirklich ein gutes Gefühl. Es war gefährlich und verrückt und unheimlich, aber zugleich… aufregend.

»Schneller!«, schrie er und streckte sich, denn er hatte bemerkt, dass er auf diese Weise den Luftwiderstand verringerte, was ihnen noch ein bisschen mehr Tempo gab. Sie holten auf. Sie kamen näher an Celia heran. Und vielleicht fühlte er sich für einen kurzen Moment tatsächlich wie ein Wanderfalke im Sturzflug.

Wie der Blitz schossen sie an Celia vorbei. Claire Navel ließ seine Arme los und sie trudelten langsamer neben seiner Schwester her.

Oliver wollte ihr die Zunge rausstrecken, aber als er den Mund aufmachte, blähte der Wind seine Wangen auf und sie flatterten. Er sah aus, als drückte er sein Gesicht mit aufgeblasenen Backen an eine Fensterscheibe.

Celia lachte und der Wind blies ihre Wangen genauso auf. Einen Moment lang fielen alle vier Navels gemeinsam durch den Himmel, sie lachten und schnitten sich gegenseitig komische Gesichter, die der Wind noch mehr verzerrte.

Unter ihnen wurde Spitzbergen größer und größer. Das Meer, das die Insel umgab, war ein knisterndes Eisfeld, in dem kleine Wasserrinnen verliefen. Es sah aus wie ein Spinnennetz im Meer.

Dr. Navel tippte auf sein Handgelenk und zeigte mit dem Daumen nach oben. Claire Navel antwortete darauf, indem sie ebenfalls den Daumen reckte, und dann spürte Oliver, wie ihn etwas zurückriss. Mit einem dumpfen Wusch! öffnete sich ihr Fallschirm. Sie drehten sich im Kreis und schaukelten und wurden immer langsamer. Jetzt stürzten sie nicht mehr wie Falken der Erde entgegen. Jetzt schwebten sie.

Celia und ihr Vater fielen allerdings immer noch steil nach unten. Ja, es sah ganz so aus, als stürzten sie ab. Sie wurden kleiner und kleiner, während sie auf das vereiste Stückchen Erde zurasten.

»Warum öffnen sie ihren Fallschirm nicht?«, schrie Oliver, aber seine Mutter hörte ihn nicht. Plötzlich war in Olivers Gaumen nicht mehr der metallische Geschmack von Adrenalin, sondern die bittere Galle des Grauens. Irgendetwas lief gerade entsetzlich schief.

Dr. Ogden Navel zog die Reißleine.

Nichts passierte. Er zog wieder. Immer noch nichts.

Fassungslos schüttelte er den Kopf. Ausgerechnet jetzt hatten sie ein Problem, gerade als er dachte, seine Tochter würde die Aufregung ein bisschen genießen. Er konnte nur hoffen, dass sie nichts bemerkt hatte.

Aber sie hatte es sehr wohl bemerkt.

»Dad!«, rief Celia, »Daaad!«

Er konnte sie nicht hören. Von einem kleinen weißen Flecken im Ozean hatte sich Spitzbergen in eine erschreckende Felswüste verwandelt, die rasend schnell näher kam, um sie zu zerschmettern.

»Mach den Fallschirm auf!«, rief Celia. »Beeil dich!«

Ich hätte es wissen müssen, dachte sie. Oliver würde das garantiert auf seine Liste mit Regeln setzen. Wenn man im Fernsehen mit dem Fallschirm aus einem Flugzeug springt, geht der Fallschirm garantiert nicht auf. Auch wenn das im wahren Leben so gut wie nie passiert, im Fernsehen passiert es immer. Und das hieß, dass es auch Celia zustoßen würde. War das Ironie, fragte sich Celia, oder nur grausames Schicksal?

Dr. Navel zog die Leine, mit der man den Notfallschirm öffnete. Der bauschte und blähte sich und bremste ihren Fall. Erleichtert atmete Celia auf. Hin und wieder, dachte sie, geht manches doch einfacher als im Fernsehen. Vor allem wenn Dad dabei ist.

Sie landeten ziemlich unsanft und schlitterten über den Boden, aber sie waren wieder sicher auf der Erde. Es waren nur ein paar Minuten vergangen, seit sie aus dem Flugzeug gesprungen waren, aber es kam ihr wie ein ganzes Leben vor.

Dr. Navel packte den Fallschirm zusammen, damit der Wind sie nicht wieder in die Luft blies. Dann schnallte er seine Tochter los. Sie drehte sich zu ihm um, verschränkte die Arme und warf ihm einen vernichtenden Blick zu.

»Das Gute daran ist«, sagte Dr. Navel, »dass es diesmal besser ging als bei unserem ersten gemeinsamen Fallschirmsprung, nicht wahr?«

»Schon möglich«, antwortete Celia. Sie dachte zurück an den Flug nach Tibet, als sie keine Fallschirme gehabt hatten und ihr Vater obendrein bewusstlos gewesen war. Auch wenn nicht alles glattgegangen war, hatte es diesmal eindeutig mehr Spaß gemacht.

Nun, da sie am Boden waren und der Nervenkitzel des Absprungs verging, merkte sie erst, wie eisig kalt es war. Sie bibberte vor Kälte und ihr Vater legte den Arm um sie. Gemeinsam blickten sie zum Himmel hinauf und sahen zu, wie Oliver und seine Mutter sanft landeten.

»Deine Mutter war schon immer die bessere Fallschirmspringerin«, stellte Dr. Navel fest.

Sobald er wieder festen Boden unter den Füßen und sich von seiner Mutter losgemacht hatte, trottete Oliver zu Celia. Dr. Navel eilte zu seiner Frau.

»Wir sind gerade Fallschirm gesprungen«, sagte Oliver und musterte seine Schwester aufmerksam, um herauszufinden, wie es ihr gefallen hat.

»Ja«, antwortete sie und beäugte ihn genauso.

»Das war… das war…«, begann Oliver vorsichtig.

»Irgendwie lustig?«, beendete Celia den Satz.

»Ja!« Oliver hüpfte wie ein Ball. »Es war fantastisch. Ich

kam mir vor wie Agent Zero! Ich kann es gar nicht abwarten, Corey davon zu erzählen. Ich kann gar nicht glauben, dass wir ein Wettrennen am Himmel gemacht haben. Ich kann es gar nicht glauben, dass ihr euren Notfallschirm öffnen musstet. Ich dachte, mit euch ist es vorbei. Ich meine, das ist ja auch eine Regel! Es ist verrückt! Ich möchte das noch mal machen!«

»Oliver«, unterbrach ihn Celia. »Beruhige dich. Du klingst ja schon wie Dad.«

Das ließ ihn verstummen. Er blickte zu seinem Vater und seiner Mutter hinüber, die gerade den defekten Fallschirm untersuchten, um die Ursache des Fehlers herauszufinden.

»Wahrscheinlich hast du recht«, gab Oliver zu. »Und das, obwohl ich Nervenkitzel früher nie leiden konnte.«

»Ich auch nicht«, sagte Celia. »Was ist nur los mit uns?«

»Ich glaube, wir werden älter«, seufzte Oliver. »Jetzt sind wir beinahe zwölf. Es wird nicht mehr lange dauern, dann essen wir Rosenkohl und gebackene Skorpione und gehen Tiefseetauchen wie alle alten Leute.«

»Ich glaube nicht, dass viele alte Leute Skorpione und Tiefseetauchen mögen«, sagte Celia. »Das tun nur Mom und Dad.«

»Sie sind echt verschroben«, stimmte Oliver ihr zu.

»Es gibt Schlimmeres«, sagte Celia.

»Ja«, sagte Oliver, »Rosenkohl zum Beispiel.«

»Nein«, widersprach Celia. »Mom könnte immer noch verschollen sein.«

»Ach ja, das«, sagte Oliver. »Stimmt.« Er dachte immer noch darüber nach, wie man Rosenkohl mögen konnte.

Ihre Mutter kam zu ihnen. »Okay. Wenn mich meine Orientierung nicht trügt, dann sind wir in der Nähe der Danskøya Forschungsstation.«

Celia blickte sich um. Sie sah nichts, das wie eine Forschungsstation ausgesehen hätte. Sie sah nicht einmal etwas, das auch nur im Entferntesten an die Zivilisation erinnert hätte. Der Boden war mit Eis und Felsen bedeckt. Am Horizont türmten sich Gletscher; das Licht war dämmrig wie bei Sonnenuntergang und es wurde rasch kälter.

»Können wir uns bitte beeilen?«, fragte Celia, die schon mit den Zähnen klapperte.

»Das müssen wir wohl«, antwortete ihre Mutter. »Sonst sind wir in wenigen Minuten erfroren.«

Die Mutter wickelte einen Fallschirm um Celias Schultern, damit ihr wieder ein bisschen wärmer wurde. Oliver bekam den anderen Fallschirm. Dann schlurften sie übers Eis. Sie sahen aus wie Könige, die ihre langen Mäntel hinter sich herzogen.

Das machte es der Grabräuberin in ihrem weißen Tarnanzug recht einfach, ihnen aus der Ferne zu folgen, ohne dass sie selbst etwas davon bemerkten. Jedenfalls nicht, bevor es zu spät war.

15. Wir erspähen einen Drachen

Der Eingang zur Forschungsstation öffnete sich wie ein Schlund im Eis, es war ein Tunnel, der von stählernen Trägern gestützt wurde. Normalerweise hätten Celia und Oliver kein Verlangen verspürt, einen finsteren Tunnel zu betreten, der aus massivem Eis gehauen war. Nach allen Regeln, die sie kannten, warteten dort nur unerfreuliche Überraschungen auf sie. Aber nun waren sie bemerkenswerterweise die Ersten im Tunnel, nachdem sie auf der Suche nach etwas Wärme durch Eis und heulenden Wind gestapft waren. Celia bestand nicht einmal darauf, dass Oliver voranging, obwohl es ihm diesmal nichts ausgemacht hätte.

Drinnen war die Luft vom Summen einiger Maschinen erfüllt. Der Tunnel war in den Permafrostboden gegraben, in eine Bodenschicht, die niemals auftaut, nicht einmal im Sommer. In der Mitte des Tunnels verlief ein eiserner Steg, den sie nun entlangliefen; alle paar Schritte waren Lampen an der Decke angebracht, ein Geländer gab es jedoch nicht. Durch die Wände zogen sich Streifen aus Eis wie Sahneschichten in einer Torte. Sie kamen an ein großes Stahltor, das tiefer in den Tunnel hineinführte. Daneben war eine Sprechanlage.

»Wie gemütlich«, murrte Celia.

»Wieso braucht man hier so eine schwere Tür?«, wunderte sich Oliver.

»Um zu verhindern, dass Eisbären auf einen Sprung vorbeischauen«, sagte sein Vater.

»Es gibt noch viel urzeitlichere Gefahren als Eisbären, die im eisigen Reich des Nordens eingefroren sind«, fügte ihre Mutter hinzu.

»Warum sagt sie ›Reich des Nordens‹?«, brummte Oliver. »Das klingt so ...«

»Enigmatisch?«, fragte Celia.

»Meinst du damit rätselhaft?«

Celia nickte.

»Dann ja. Enigmatisch. Sie hätte genauso gut einfach ›Nordpol‹ sagen können.«

»Sie ist eine Forschungsreisende«, erklärte Celia, als wäre das Antwort genug.

»Dieses Summen«, sagte Oliver. »Es klingt wie eine Klimaanlage.«

»Das ist es auch«, sagte seine Mutter.

»Wie bitte?«, wunderte sich Celia. »Weshalb braucht man in einer Eishöhle eine Klimaanlage?«

»Wenn es hier unten zu warm wird, schmilzt das Eis und der Boden wird zu schwer. Der Tunnel würde dann einstürzen und die ganze Forschungsstation unter sich zermalmen«, erklärte ihre Mutter.

»Oh«, sagte Celia und zog den Fallschirm fester um sich. Sie wackelte mit den Zehen und war froh, dass sie sie noch spürte.

Dr. Navel drückte auf den Türsummer.

Nichts passierte.

Er drückte noch einmal.

Keine Antwort.

»Wo ist er?« Dr. Navel schüttelte den Kopf. »Der Forscher verlässt sonst nie seinen Posten hier oben.«

Oliver drückte gegen das schwere Eisentor und es ging langsam auf.

»Das war ja so was von klar«, stöhnte er. »Ich wette, dass auf der anderen Seite etwas Unheimliches auf uns wartet.«

»Warum siehst du nicht nach?«, schlug Celia vor.

»Warum soll ich als Erster gehen?«

»Ich bin älter«, sagte Celia. »Außerdem ist das dein Slogan.« Sie schob ihn durch das Tor.

»Aah!«, schrie er auf.

Seine Schwester und seine Eltern rannten ihm hinterher und sahen Oliver vor einem Säbelzahntiger auf dem Boden kauern.

»Der ist doch längst tot, du Dummie.« Celia schüttelte den Kopf. Der Tiger steckte zur Hälfte in der Eiswand, zur anderen Hälfte ragte er heraus. Er sah aus, als würde er zum Sprung ansetzen. »Das ist ein Fossil oder so was.«

»Das weiß ich«, sagte Oliver und stand wieder auf.

»Ein außergewöhnlich gut erhaltenes Exemplar«, sagte Dr. Navel. »Der Säbelzahntiger ist vor mehr als zehntausend Jahren ausgestorben. Wer weiß, wie lange der hier schon im ewigen Eis steckt.«

»Zweiunddreißigtausend Jahre«, sagte Celia. Sie zeigte auf ein Info-Täfelchen, das danebenhing. »Sie nennen ihn Smilodon.«

»Das ist altgriechisch und ist zusammengesetzt aus den Wörtern ›lächeln‹ und ›Messer‹«, erklärte ihre Mutter.

»Ein Lächeln wie ein Messer«, sagte Oliver und schluckte. »Zum Glück ist das überhaupt nicht gruselig.«

»Mach dir keine Sorgen«, spottete Celia, »ich beschütze dich vor ausgestorbenen Tieren.«

Oliver streckte ihr die Zunge heraus.

»Kommt weiter«, rief ihre Mutter und sie gingen tiefer in die Höhle hinein.

Dr. Navel blieb zurück, um den Smilodon im Eis genauer zu

betrachten. »Außergewöhnlich.« Er steckte den Kopf beinahe in das Maul des Tieres. Oliver und Celia stellten sich vor, dass es ungefähr so riechen müsste wie Sir Edmunds Atem.

Tiefer in der Höhle wurde die Luft wärmer und das Summen der Klimaanlage lauter. Claire Navel blieb vor einer Reihe Knochen stehen, die aus der Wand herausragten. Jeder Knochen war fast so groß wie ein Teller. Voller Stolz zeigte sie darauf.

»Schaut euch das an!« Sie lächelte.

»Das sind Knochen«, stellte Oliver fest.

»Ach, Kinder«, seufzte die Mutter. »Ihr könnt nicht ewig Couch-Potatoes bleiben.«

»Wir sind keine Couch-Potatoes«, protestierte Oliver.

»Wir sind Audiovisionsliebhaber«, erklärte Celia.

»Und ich vermute, Knochen sind cool«, sagte Oliver.

Seine Mutter schmunzelte. »Das sind Dinosaurierknochen.«

Oliver trat näher.

»Die sind einhundertundfünfzig Millionen Jahre alt«, erklärte sie weiter. »Und sie gehören dem größten Seeungeheuer, das jemals lebte, dem Pliosaurus. Manche nennen ihn auch den Tyrannosaurus Rex der Meere. Diese Knochen sind nur die Rückenwirbel. Schau.«

Sie ging weiter in die Höhle hinein und Oliver folgte ihr. Aus der Ansammlung von Wirbelknochen wurde allmählich ein Brustkorb, der größer war als ihr Wohnzimmer zu Hause, dann kamen lange Flossen, die größer waren als seine Mutter, und dann ein Schädel, der drei Meter lang war, mit Zähnen so groß wie Olivers Arme.

»Das ist die größte und am besten erhaltene Versteinerung eines Reptils, die man je gefunden hat«, erklärte Claire ihren Kindern. »Der Pliosaurus war ein unerbittlicher Jäger der Tiefe – ein Meeresdrachen sozusagen. Der hier ist im Schlamm versunken, als er gestorben ist, deshalb ist er tadellos erhalten. Schaut euch die Krallen an. Er lebte wahrscheinlich amphibisch.«

»Das heißt, er konnte auch an Land gehen«, belehrte Celia ihren Bruder.

»Ich weiß, was es bedeutet«, sagte Oliver. »Wie ein Frosch eben.«

»Stellt euch nur mal vor, wie diese Drachen die Meere bevölkerten und sich auf der Erde tummelten.« Ihre Mutter seufzte entzückt.

»Das möchte ich mir lieber nicht vorstellen«, sagte Oliver, der Riesenechsen sogar noch weniger leiden konnte als normale, selbst wenn diese Riesenechsen schon ausgestorben waren.

»Wieso kennst du dich in dieser Forschungsstation eigentlich so gut aus?«, fragte Celia ihre Mutter.

»Euer Vater und ich haben uns hier kennengelernt.« Claire Navel lächelte. »Wir haben beide hier geforscht. Während unserer gemeinsamen Suche nach dem Gold der Wikinger haben wir uns verliebt. Leider haben wir nur Drachenknochen gefunden.« Sie seufzte. »Und uns beide.«

»Ihh.« Dass ihre Eltern romantisch zueinander waren, war noch schlimmer als die Vorstellung, von einem Pliosaurus gefressen zu werden.

»Das ist so ein romantisches Fleckchen hier«, schwärmte Claire Navel. »Die Drachen, von denen die alten Legenden erzählen, lieben Gold und können es sogar riechen. Damals haben wir uns überlegt, dass sich diese alten Legenden vielleicht auf Seedrachen beziehen. Wir hätten ewig hierbleiben und suchen können.«

»Und warum seid ihr dann weggegangen?«, wollte Oliver wissen.

»Weil ihr beide unterwegs wart.« Ihre Mutter lächelte. »Aber ich habe immer fest daran geglaubt, dass ich eines Tages zurückkommen würde. Hier gibt es so viel, über das man staunen kann, so viel Unbekanntes. Je tiefer man als Forscher in das Eis gräbt, desto erstaunlichere Spezies findet man.« Vor Aufregung verschlug es ihr fast den Atem. »In Tibet hat man Mammut-Rhinozerosse gefunden und hier einen Drachen.«

»Mom«, fragte Celia, »und was hilft uns das jetzt bei unserer Suche nach Atlantis?«

»Nun ja, ich hatte gehofft, mit dem hier lebenden Forscher darüber sprechen zu können, aber die Station scheint verlassen zu sein.«

»Das ist kein gutes Omen«, sagte Oliver.

»Wo ist eigentlich Dad?«, fragte Celia.

»Ach, ich wette, er untersucht gerade das versteinerte Tier«, sagte Claire. »Oggie? Ogden!«

»Oh nein«, stöhnte Oliver.

»Das ist nicht gut«, seufzte Celia.

Ihre Mutter drehte sich zu ihnen um und fragte: »Was ist denn los?«

»Wir haben ein Problem«, sagte Oliver.

»Was soll das heißen?«

»Es hat etwas mit seinen Regeln zu tun«, erklärte Celia.

»Das sind nicht meine Regeln«, sagte Oliver. »Das sind *die* Regeln. Schau dir einen x-beliebigen Film an. Wenn man an einem unheimlichen Ort ist und ruft jemanden und der kommt nicht, dann ist klar, dass gerade etwas Furchtbares passiert ist.«

Ihre Mutter blickte sie zweifelnd an.

»Er hat recht«, bestätigte Celia. »So ist es immer, wenn etwas Furchtbares passiert.«

»Ich bin sicher, dass euer Vater seinen Kopf nur in das Säbelzahntigermaul gesteckt hat«, sagte ihre Mutter. »Wir sind hier unten völlig sicher.«

»Siehst du?«, sagte Oliver. »Das sagt dann auch immer jemand.«

»Oggie?«, rief ihre Mutter erneut, aber diesmal mit Sorgenfalten auf der Stirn.

»Hier bin ich«, rief Dr. Navel und kam langsam auf sie zu.

»Seht ihr?«, sagte die Mutter. »Alles ist in bester Ordnung.«

»Nicht unbedingt«, sagte eine fremde Stimme. Jetzt kam auch ihr Vater in Sicht und zwar mit erhobenen Händen. Hinter ihm ging eine Frau in einem weißen Schneeanzug und mit einer weißen Wollmütze. Sie grinste höhnisch und hielt eine Pistole in der Hand.

»Janice«, flüsterte Celia.

»Seht ihr?«, raunte Oliver. Er hasste es, wenn er in solchen Angelegenheiten recht behielt. Wie alle ihre schlimmsten Feinde, angefangen von Ernest, dem Promi-Imitator, bis zu den Werbepausen in ihren Lieblingsserien, hatte auch Janice McDermott – Grabräuberin, Diebin und Söldnerin – die unangenehme Eigenschaft, immer wieder aufzutauchen.

16. Unsere Manieren sind uns egal

Sir Edmunds Telefon klingelte. Er ließ es eine Weile klingeln, während er die alte Landkarte genau studierte, die vor ihm lag. Fasziniert betrachtete er die seltsamen Kontinente, die alten griechischen Schriftzeichen und die Drachenzeichnung. Er zwirbelte seinen Schnurrbart und hing seinen Tagträumen von Atlantis nach.

Schließlich verstummte das Klingeln.

Sir Edmund ließ den Blick von der Karte zu den Porträts an der Wand schweifen, wuchtige Ölgemälde von den bedeutenden Führern des Rats, die seine Vorgänger gewesen waren: Napoleon und Julius Caesar, Dschingis Khan und Francisco Pizarro. Sie blickten grimmig auf ihn herab.

Er grinste höhnisch, denn er würde sie alle übertrumpfen.

Das Telefon klingelte erneut und diesmal hob er ab.

»Sag mir, dass du sie gefunden hast«, sprach er in den Hörer ohne ein Wort der Begrüßung. Es sollte uns nicht sonderlich überraschen, dass ein Schurke, der es auf die Weltherrschaft abgesehen hat, den Umgangsformen am Telefon keine große Bedeutung beimisst.

Er hörte sich schweigend die Antwort auf seine Frage an. Sein Lächeln wurde immer breiter, während Janice sprach. Als sie fertig war, antwortete er nicht sofort. Janice McDermott war eine hervorragende Söldnerin, was bedeutete, dass sie ihr grausames Handwerk – und dazu gehörten Grabräubereien, Stehlen und Morden – an den Meistbietenden verkaufte. Zurzeit stand sie in Sir Edmunds Diensten und er bezahlte sie fürstlich. Sie war seine Angestellte und sie konnte warten, bis er antwortete. Schon wieder dieses schlechte Benehmen am Telefon.

»Bist du dran? Hallo?«, sagte Janice. »Kannst du mich hören? Ich habe gesagt, dass die Navels hergekommen sind, genau wie du vermutet hast. Sie haben keine Tiere dabei, die ihnen aus der Patsche helfen könnten, und diesmal werden auch keine Freunde aus dem Nichts auftauchen. Sie sind alle beisammen und ich habe sie in meiner Gewalt.«

»Ich habe dich verstanden«, sagte Sir Edmund. Er stand auf und legte seine Hand auf den alten Runenstein des Drachen Nidhogg, den er an seinem Schreibtisch aufbewahrte. Er verstand kein Wort der alten Runensprache, aber er fuhr gern mit der Hand darüber, weil er wusste, dass dieser Gegenstand unbezahlbar war und dass er ihm gehörte.

Eines Tages, so glaubte er, würde man auch Denkmäler für Sir Edmund S. Titheltorpe-Schmidt III. errichten. So klein er an Statur war, so riesengroß war sein Ehrgeiz. Und jetzt war der Augenblick gekommen, um seine Pläne in die Tat umzusetzen. Nun war es so weit, dass er Atlantis und die verschollene Bibliothek für sich beanspruchen würde. Nun würde die ganze Welt seinem –

»Hallo? Hallo?« Janice' Stimme knisterte im Hörer und riss ihn aus seinen Träumereien.

Sir Edmund legte den Hörer zur Seite und drückte ein paar Knöpfe auf dem Schreibtisch. Das Bild von Dschingis Khan glitt zur Seite und gab den Blick frei auf einen Bildschirm, auf dem die Wikinger-Karte des Nordens abgebildet war. Das Gebiet um den Nordpol war heute noch genauso unbekanntes Terrain wie damals, ein gefrorenes Stück Meer, auf dem es nur gespenstisch weiße Eisbären und heimtückische Eisfelder gab. In den Zeiten der Wikinger befand sich Asgard, die Stadt der Götter, an der Spitze der Regenbogenbrücke. Das war der einzige Orientierungspunkt in den Eisfeldern des Nordens. Sir Edmund zoomte in die Karte hinein. Vor ihm erschien das Bild eines Drachens, er sah genauso aus wie auf Platos Karte. Alles passte perfekt zusammen.

Wieder drückte er einen Knopf und das Bildnis von Dschingis Khan glitt zurück an seinen Platz. Dann nahm er den Hörer in die Hand.

»Edmund?«, rief Janice. »Bist du noch da? Edmund?«

»Es heißt Sir Edmund«, sagte er. »Und hör endlich auf mit dem Gezeter.«

»Was soll ich jetzt machen?«, fragte Janice. Ihre Stimme bebte vor Ungeduld.

»Ich bin schon auf dem Weg in den Norden. Halte sie fest. Ich habe eine freudige Überraschung.«

Er beendete das Gespräch und legte seine Hände flach auf den Tisch. Dann holte er tief Luft und bemühte sich, nicht allzu aufgeregt zu sein. Er hätte am liebsten vor Freude gejubelt, aber das passte nicht zu einem so schlauen und mächtigen Schurken wie ihm.

Stattdessen atmete er langsam aus.

Er nahm das Telefon und wählte eine Nummer. Als sich jemand mit unfreundlichem Tonfall meldete, verzichtete Sir Edmund erneut auf einen Gruß. »Sag den anderen vom Rat, dass uns die Navels in die Falle getappt sind. Der Erfolg ist mit Händen zu greifen.«

»Das wird auch Zeit«, antwortete die Stimme am anderen Ende. »Sonst bist du nämlich erledigt. Ihre Geduld ist am Ende.«

»Sieh lieber zu, dass du unter deiner Basketballmütze nicht ins Schwitzen kommst. Ich weiß, dass du den Rat übernehmen willst. Tut mir leid, wenn ich dich enttäuschen muss.«

»Das werden wir noch sehen«, antwortete der Mann am Telefon.

Sir Edmund hätte ihm am liebsten die Zunge rausgestreckt und laute Würgelaute in den Hörer gekeucht, aber das hätte zu einem so schlauen und mächtigen Schurken wie ihm nicht gepasst, Außerdem wäre das am Telefon nicht sehr wirkungsvoll gewesen. Stattdessen grunzte er nur und legte auf.

Zufrieden fuhr er mit den Fingern über die alte Landkarte.

Er würde höchstpersönlich nach Spitzbergen reisen und dort den höchsten Ruhm für sich beanspruchen.

Und sich ganz nebenbei die Navel-Familie für immer vom Hals schaffen.

17. Wir finden etwas Zeit zum Fernsehen

Janice behielt die Pistole in der Hand, während sie an einer dampfend heißen Tasse Kakao nippte. Die Navels standen mit erhobenen Händen an der Wand, genau so, wie sie es befohlen hatte.

Sie lehnte sich in dem Stuhl zurück, mit dem sie die einzige Tür des kleinen Esszimmers blockierte, in dem sonst immer der Forscher einsam seine Mahlzeiten verzehrt hatte. Bis er entführt worden war, sollte man wohl hinzufügen. Es war eine schwere Stahltür, stark genug, um einen umherstreunenden Eisbären fernzuhalten, falls dieser an den dicken Außentüren vorbei tätsächlich einen Weg ins Innere der Forschungsstation fände. Vermutlich konnte sie sogar noch viel mehr abhalten als nur Bären. Sie konnte wahrscheinlich auch einen Pliosaurus abhalten, wie den, der am Eingang der Höhle versteinert war. Aber so genau wollte das eigentlich niemand wissen.

Janice legte die Füße auf den Tisch. Von ihren nassen Schuhen tropfte Wasser auf die Forschungsunterlagen und Gletscherkarten. An der Wand hinter ihr standen auf bunten Postern Ratschläge für die Sicherheit, zum Beispiel:

Wenn die Hände kalt sich fühlen,
lass sie nicht noch weiter kühlen,
Freund, dann wärm sie schnellstens auf,
sonst hast du Frostbeulen darauf!

Oder kurz und knapp: *Denk daran, dich gegen Bären zu*

wappnen! Nicht zu vergessen der naheliegendste Ratschlag: *Warum bleibst du nicht einfach drinnen?*

»Pah«, murmelte Oliver, als er das las.

Celia starrte trotzig auf Janice' Pistole und überlegte, wie sie sich aus dem Schlamassel befreien könnten, in das sie ihre Eltern wieder einmal gebracht hatten. Oliver leckte sich die Lippen und starrte trotzig auf die dampfende Tasse mit der heißen Schokolade und überlegte, wie er an das köstliche Getränk kommen könnte.

Hier im hohen Norden brauchten sie nicht darauf zu hoffen, dass plötzlich ihre Echse, ihr Affe oder ihr Hahn auftauchen und sie retten würden. Corey Brandt und Professor Rasmali-Greenberg waren zusammen mit ihren anderen Freunden mit dem Flugzeug längst über alle Berge und es würde ihnen auch kein Junge von einem weit entfernten Stamm zu Hilfe eilen. So hoch im Norden wohnte niemand. Diesmal würde es für Celia und Oliver keinen Deus ex Machina geben.

»Ich habe mit Edmund telefoniert«, sagte Janice. »Er ist sehr beeindruckt, dass ihr ohne die Karte hierhergefunden habt. Er lässt euch seine Glückwünsche ausrichten.«

»Wir brauchen seine Glückwünsche nicht«, antwortete Claire barsch.

»Hör zu, Janice«, sagte Dr. Navel. »Was willst du denn mit Oliver und Celia? Sie sind doch noch Kinder. Lass wenigstens sie frei.«

»Ha!« Janice lachte. »Wie sich gezeigt hat, sind eure Kinder viel gefährlicher als ihr. Wenn, dann sollten wir besser sie festhalten und euch gehen lassen.«

»Auf gar keinen Fall«, sagte Oliver.

»Ich meinte ja nur«, sagte Janice. »Ich werde niemanden freilassen. Denn ich habe eine viel bessere Idee.«

»Und die wäre?«, fragte Dr. Navel verächtlich.

Janice stand auf und lächelte triumphierend. Sie schlenderte zu einer Kontrolltafel in der Ecke und drückte ein paar Tasten. Das laute Summen der Klimaanlage verstummte. Dann schoss sie mehrmals mit der Pistole auf die Kontrolltafel.

Die Navels konnten sich die Ohren nicht schnell genug zuhalten. Der laute Pistolenknall in einem so kleinen Raum zerriss ihnen fast das Trommelfell.

»So geht man nicht mit Feuerwaffen um!«, rief Dr. Navel.

»Jetzt wird es hier schön warm werden«, sagte Janice. »Und dabei wird das Eis schmelzen und der Boden wird aufweichen und die Forschungsstation wird vom Erdboden zermalmt werden. Vielleicht werden ein paar Forscher in ein paar Tausend Jahren eure Gebeine bei den alten Drachenknochen finden und sich darüber wundern, was für merkwürdige Geschöpfe hier zugrunde gegangen sind, während sie vor einem Fernsehgerät saßen. Ein passendes Ende für zwei Couch-Potatoes, meint ihr nicht auch?«

»Wir sind keine Couch-Potatoes«, sagte Oliver.

»Wir sind Audiovisionsliebhaber«, erklärte Celia erneut.

»Moment mal«, sagte Oliver. »Hier gibt es einen Fernseher?« Er sah sich um und entdeckte in der Ecke einen kleinen Bildschirm in einer merkwürdigen Konsole.

»Viel Vergnügen damit«, sagte Janice. »Es wird die letzte Gelegenheit für euch sein, fernzusehen. Keiner von euch wird uns jemals wieder in die Quere kommen.«

»Sei kein Närrin, Janice«, warnte Claire Navel. »Du weißt, dass du dich auf Sir Edmund nicht verlassen kannst. Wenn du uns laufen lässt, dann können wir bestimmt eine Belohnung für dich herausschlagen.«

»Aber sicher doch«, höhnte Janice. »Meine Belohnung wird sein zu sehen, wie diese Höhle über dir und deinen rotznäsigen Kindern einstürzt. Und natürlich meine 25 Millionen Dollar.«

»Wir sind keine rotznäsigen Kinder«, sagte Oliver und wischte sich die Nase am Ärmel ab, um auch wirklich sicherzugehen.

»Wir sind rotznäsige Tweens«, sagte Celia. »Quatsch, ich meine, wir sind überhaupt nicht rotznäsig!«

»Sir Edmund wird den Untergang der Welt heraufbeschwören, dann nützt dir dein Geld auch nichts mehr«, sagte Claire Navel. »Ist dir eigentlich klar, was er vorhat? Falls er die verschollene Bibliothek tatsächlich findet, wird er versuchen, Atlantis zu heben. Das wird unvorstellbare Zerstörung über die Welt bringen. Ein neuer Kontinent wird entstehen, das ist eine geologische Katastrophe. Fluten und Brände und Hungersnöte werden die Folge sein.«

»Fantastereien«, lachte Janice. »Für mich sind das alles Fantastereien. Nur das Geld ist echt und davon kriege ich bald jede Menge. Und auch die Rache ist keine bloße Einbildung, und die bekomme ich jetzt sofort.«

»Du bist ein Monster«, sagte Dr. Navel.

Janice zuckte mit den Achseln. »So unterhaltsam es auch ist, mit euch zusammenzusitzen, ich schaue mir jetzt lieber an, wie das Eis schmilzt. Sir Edmund ist schon unterwegs hierher und ich kann es gar nicht abwarten, ihm zu zeigen, dass ich euch endlich losgeworden bin. Viel Spaß zusammen.«

Janice wandte sich zum Gehen, blieb aber an der Tür stehen. Sie holte sich die Tasse heiße Schokolade vom Tisch und nahm sie mit, ehe sie beim Hinausgehen die Tür hinter sich zuschlug.

»Verdammt!« Oliver trat ans Tischbein; seine Schokoladenhoffnungen waren mit einem Schlag zunichtegemacht.

Sie hörten Ketten klirren und Schlösser zuschnappen.

Dr. Navel lief zur Tür und hämmerte dagegen, aber es nützte nichts. Janice machte nicht wieder auf. »Jetzt sitzen wir in der Klemme.« Er lehnte sich gegen die Tür und rieb sich die Augen. »Was nun?«

»Wir könnten fernsehen«, schlug Oliver vor.

Seine Eltern starrten ihn mit offenem Mund an. Wer um alles in der Welt wollte in einer solchen Lage fernsehen?

»Was ist?«, fragte Oliver.

»Er hat recht«, sagte Celia. »Das ist besser, als dem Eis beim Schmelzen zuzusehen.«

18. Wir sehen dem Eis beim Schmelzen zu

Die Eltern sahen zu, wie die Wände vom schmelzenden Eis feucht wurden.

»Lass uns raus!« Dr. Navel trommelte wieder gegen die Tür. »Lass uns raus!«

»Sie wird uns nicht rauslassen, mein Lieber«, sagte Claire. »Sie kann uns wahrscheinlich nicht einmal hören.«

Während die Luft in der Forschungsstation mit jedem Atemzug wärmer wurde, kondensierte die Feuchtigkeit an den Wänden so wie an einem Glas kalter Limonade an einem heißen Sommertag.

Oh, wie sehr wünschten sich Oliver und Celia, sie könnten Limonade an einem heißen Sommertag trinken, statt in einer unterirdischen Forschungsstation eingeschlossen zu sein und zusehen zu müssen, wie die Decke unter ihrem eigenen Gewicht zusammenstürzt! Das schmelzende Eis bildete schon Pfützen, es tropfte auf den Tisch und rann an der Stahltür hinab.

Die Zwillinge machten sich an dem kleinen Fernsehgerät zu schaffen, das in der Ecke stand. Es hatte eine Menge merkwürdiger Knöpfe und Tasten und Anzeigen, aber sie fanden nicht heraus, wie man es einschalten konnte.

»Du kannst die Fernbedienung nehmen, wenn du willst«, sagte Celia.

Oliver holte das Gerät aus dem Rucksack, froh, dass er endlich einmal mit der Fernbedienung machen konnte, was er wollte. Er drückte einen Knopf. Summend erwachte der Fernseher zum Leben.

»Ich kann nicht glauben, dass ihr jetzt fernsehen wollt«, sagte ihr Vater.

»Es beruhigt«, antwortete Oliver.

»Das Fernsehen hat uns schon einmal aus der Patsche geholfen«, fügte Celia hinzu. »Außerdem macht es mehr Spaß, als an die Tür zu hämmern.«

In Wirklichkeit machte das Fernsehen nicht mehr Spaß, als an die Tür zu hämmern, denn es war kein normales Fernsehgerät. Man konnte damit kein einziges Programm empfangen. Dennoch sollte es sich als nützlich erweisen.

Es war der Monitor einer Überwachungskamera und er zeigte ihnen ein Bild von sich selbst, wie sie vor dem Monitor standen. Die beiden Geschwister blickten sich in dem Raum um und entdeckten an der Decke die dazugehörige Überwachungskamera.

Oliver winkte in die Kamera und sah sich gleichzeitig auf dem Bildschirm winken.

Celia nahm ihm die Fernbedienung aus der Hand und schaltete auf einen anderen Kanal um.

»Hey, ich wollte mir das gerade anschauen«, protestierte er.

Ihre Eltern kamen und sahen ebenfalls zu.

Kanal zwei zeigte den Tunnel draußen vor der Tür, wo der Säbelzahntiger und das Skelett des urzeitlichen Drachen in der Wand eingefroren waren. Celia drückte noch einmal auf den Knopf und jetzt sahen sie einen verschneiten Hubschrauberlandeplatz auf dem Dach der Forschungsstation. Der nächste Kanal zeigte die Vorderseite der Station, wo Janice ein beleuchtetes Zelt aufgestellt und ein Heizgerät an ihr Schneemobil angeschlossen hatte, von dem sie den Strom bezog.

»Warum campiert sie denn draußen vor der Station?«, wunderte sich Oliver.

»Sie wartet wahrscheinlich, bis wir vom Eis zermalmt werden«, sagte Celia. »Das ist ihre Vorstellung von guter Unterhaltung.«

»Vermutlich wartet sie auf Sir Edmund«, sagte Dr. Navel. »Und darauf, dass wir zermalmt werden«, fügte er hinzu.

Celia schaltete auf den nächsten Kanal. Jetzt sahen sie einen Hundezwinger auf der anderen Seite der Forschungsstation. Ein halbes Dutzend Hundehütten und ein Vorratslager standen da, alles eingezäunt, damit die Hunde nicht weglaufen und die Bären nicht hereinkommen konnten.

»Hunde«, sagte Oliver.

»Das ist es!«, rief ihre Mutter. »Damit werden wir das Wettrennen gegen Sir Edmund zum Nordpol gewinnen. Mit einem Hundeschlitten!«

»Na klar doch«, sagte Celia. »Und wie kommen wir hier raus?«

»Hmm.« Alle im Raum verstummten. Nur das Tropfen des Wassers zeigte an, wie die Zeit verrann.

Oliver trat von einem Fuß auf den anderen; der Gedanke, mit einem Hundeschlitten zu fahren, faszinierte ihn. Vielleicht musste er auch aufs Klo. Vielleicht war es beides.

Celia fing an zu schwitzen. Unfassbar, wie heiß einem am Polarkreis werden konnte. Sie lockerte ihren Kragen und ließ sich gegen die Wand fallen. Missmutig starrte sie auf das Wasser, das von der Decke tropfte. »Es ist so heiß«, murrte sie. »Mir fehlt die Klimaanlage.«

»Oh, Celia!« Ihre Mutter sprang auf. »Du bist ein Genie!«

»Wirklich?«, fragte Oliver.

»Wirklich?«, fragte Celia. »Ich meine, ja, ich bin eins ... aber ... ähm ... weshalb denn eigentlich?«

»Die Klimaanlage läuft nicht!«, sagte ihre Mutter und sprach damit aus, was ganz offensichtlich war. Die Klimaanlage, die nicht lief, war genau der Grund dafür, dass sie bald zermalmt werden würden.

Die Zwillinge sahen, wie ihre Mutter einen Stuhl quer durch den Raum schob, hinaufstieg und zum Lüftungsschacht hochkletterte. Sie löste die Schrauben und spähte hinein. Dabei stieß sie mit dem Kopf gegen beide Seiten des Schachts.

»Er ist breit genug, dass ihr zwei hindurchkriechen könnt, dann geht ihr zurück in den Tunnel und öffnet die Tür von außen«, sagte sie zu ihnen.

»Muss das sein?«, stöhnte Celia.

»Wollt ihr unter Tausenden Tonnen Eis und Fels begraben werden, bis irgendein Forscher in ferner Zukunft eure Knochen ausgräbt?«

»Ich gehe als Erster.« Seufzend stand Oliver auf.

Dr. Navel hob Oliver in den Lüftungsschacht.

»Halt dich fest.« Ihre Mutter packte Celia an den Füßen, damit auch sie in den Schacht klettern konnte. Aber zuerst zog sie ihren goldenen Ring, in den das Symbol der Mnemonen eingraviert war, vom Finger. »Nimm das.« Sie drückte Celia den Ring in die Hand und blickte ihrer Tochter fest in die Augen. »Nur für den Fall, dass etwas passiert.«

Beide verstanden, was das bedeutete. Celia wusste, wenn irgendetwas schiefgehen würde, dann mussten sie die verschollene Bibliothek suchen und die Lage retten und Oliver davor bewahren, von einem Eisbären gefressen zu werden.

Celias Mutter wusste, wenn ihre Kinder Erfolg hatten, dann würden beide einen Fernseher bekommen und sie würde zu Hause bleiben und zusammen mit ihnen fernsehen und sie niemals wieder verlassen, um aberwitzige Abenteuer zu bestehen.

Ehe ihr recht klar wurde, was sie tat, hatte Celia ihre Mutter schon umarmt.

»Hoffen wir, dass es nicht so weit kommt«, flüsterte ihre Mutter.

Währenddessen wunderte sich Oliver, warum Celia so lange brauchte, um in den Schacht zu kommen. Ihm passte es ganz und gar nicht, wie eng es dort war. Sein Atem hing wie eine schwere Wolke vor ihm. Der Lüftungsschacht war gerade so breit, dass Oliver auf Händen und Füßen vorwärtskriechen konnte, aber sich umsehen oder kehrtmachen konnte er nicht. Es gab kein Zurück mehr. Er hörte das laute Poltern, als seine Schwester nach ihm in die Röhre geschoben wurde. Im Gänsemarsch krochen sie durch den kalten metallenen Schacht.

»Das erinnert mich daran, wie wir im Klub der Forschungsreisenden durch den Geheimgang geschlichen sind, weil wir fortlaufen wollten«, sagte Oliver. »Aber das war, bevor wir Mom gefunden haben.«

»Ja.«

»Hast du es jemals bereut, dass wir nicht fortgelaufen sind?«, fragte Oliver seine Schwester.

Celia dachte an all die Situationen, bei denen sie aus Flugzeugen gefallen, von wilden Tieren angegriffen oder von mörderischen Halunken verfolgt worden waren. Sie dachte daran, wie sie Corey Brandt kennengelernt hatten, wie sie den Amazonas und das weite Meer gesehen hatten und wie sie ihre Zeit mit der Familie zusammen verbracht hatten. Sie dachte an all die Fernsehsendungen, die sie verpasst hatten. »Keine Ahnung«, antwortete sie.

»Ich bin jedenfalls froh, dass wir nicht weggelaufen sind«, sagte Oliver.

»Ich schätze, wenn ich von einer Familie nicht davonlaufen

muss, dann ist diese Familie zumindest nicht zum Davonlaufen«, sagte Celia.

»Wie?«, fragte Oliver, der nicht den leisesten Schimmer hatte, wovon seine Schwester sprach. Aber sie kam auch nicht mehr dazu, es ihm zu erklären. Oliver hielt plötzlich vor einem Gitter inne und Celia stieß von hinten gegen ihn.

»Aua!«, rief er.

Er rüttelte an dem Gitter, aber es ging nicht auf. Die Schrauben bewegten sich keinen Millimeter. Er schlug dagegen und zerrte daran, aber es tat sich nichts.

»Beeil dich«, drängte ihn Celia. »Ich bekomme einen Krampf in den Beinen!«

»Ich versuche es ja«, sagte er.

»Streng dich an!« Celia gab ihm einen Schubs. Oliver stieß mit dem Kopf gegen das Gitter und es bog sich. Oliver starrte das Gitter an, dann atmete er tief aus.

»Mach das noch mal«, sagte er.

»Was? Dich anschreien?«

»Mich schubsen.«

»Du willst, dass ich dich schubse?«

»Ja.« Er seufzte.

»Bist du sicher? Du beschwerst dich doch sonst immer, wenn ich dir einen Schubs gebe. Hast du dir einen giftigen Parasiten oder so was eingefangen?«

»Nein, gib mir einfach einen Schubs«, wiederholte er.

Celia zuckte mit den Schultern, dann stemmte sie sich mit aller Kraft gegen Oliver.

Mit einem dumpfen Aufprall von Olivers Kopf und dem Klappern von Metall sprang das Gitter auf und die Zwillinge purzelten in den Tunnel hinunter, direkt neben einer Reihe von Spinden in dem Gang, der zu dem Gefängnis ihrer Eltern führte.

Sie standen auf und klopften sich den Schmutz aus den Kleidern.

Celia sah sich nach rechts und links um.

»Was machst du da?«, fragte Oliver.

»Ich will mich nur vergewissern, dass Janice nicht irgendwo auf uns lauert.«

»Gute Idee«, sagte Oliver, der froh war, dass Celia an solche Dinge dachte.

»Die Luft ist rein.« Celia wandte sich wieder ihrem Bruder zu. »Und jetzt retten wir Mom und Dad.«

»Wie immer«, murmelte Oliver.

19. Wir können nicht weiter, tun es aber doch

Die Zwillinge gingen zu der schweren Stahltür. Sie wussten, auf der anderen Seite warteten ihre Eltern voller Ungeduld. Oliver hielt Ausschau nach Janice, während Celia die Ketten untersuchte.

»Es sind zu viele«, sagte sie. Sie zerrte an einem Riesenschloss. Es war so schwer, dass sie es kaum bewegen konnte. Und es war nur eines von fünf Schlössern, mit denen die Ketten befestigt waren, die Janice um die Türgriffe gelegt hatte. Die Sache war aussichtslos.

»Gibt es denn gar keine Möglichkeit, Mom und Dad herauszuholen?«

»Jedenfalls nicht durch diese Tür«, sagte Celia. »Und der Lüftungsschacht ist zu eng.«

»Lass uns mal hören, was wir ihrer Meinung nach tun sollten«, schlug Oliver vor. Er drückte auf den Knopf der Sprechanlage neben der Tür. »Äh… hi«, sagte er. »Hier ist Oliver.«

»Alles in Ordnung mit euch?«, tönte die Stimme ihres Vaters durch den Lautsprecher. »Wir haben uns schon Sorgen gemacht.«

»Uns geht's gut«, sagte Celia und ging mit dem Gesicht ganz dicht vors Mikrofon.

»Könnt ihr die Tür öffnen?«, krächzte die Stimme ihrer Mutter aus dem Hintergrund.

»Sie ist mit Ketten gesichert«, antwortete Celia. »Wir kriegen sie nicht auf.«

»Sucht in den Spinden nach einem Bolzenschneider«, schlug ihr Vater vor.

Oliver lief zu den Spinden und begann, darin herumzuwühlen. Jede Menge komischer Spezialausrüstung war dort zu finden, aber nichts, womit man Ketten durchschneiden konnte. Atemlos rannte er zurück und überbrachte die schlechte Nachricht.

»Was sollen wir jetzt machen?«, rief Celia in die Sprechanlage.

Die eintretende Stille lastete schwer. Sie warteten darauf, dass ihre Eltern Antwort gaben.

»Ich glaube, du weißt es«, sagte ihre Mutter schließlich.

»Sie weiß es?«, fragte Oliver.

»Ich weiß es?«, fragte Celia.

»Ja, du weißt es«, antwortete ihre Mutter.

Celia ließ die Schultern hängen. Sie blickte ihren Bruder an, der wiederum sie erwartungsvoll mit aufgerissenen Augen anblickte. Sie war drei Minuten und zweiundvierzig Sekunden älter. Und jetzt spürte sie, wie die Last ihres Alters und ihrer Verantwortung sie niederdrückte.

»Ich weiß es«, seufzte sie. »Mom möchte, dass wir uns hinausschleichen, den Hundeschlitten nehmen und noch vor Sir Edmund den Nordpol erreichen.«

»Wie?«, fragte Oliver. »Das will sie?«

»Ja«, sagte Celia.

»Das will ich«, tönte die Stimme ihrer Mutter traurig aus der Sprechanlage.

»Aber... aber... wir sind doch noch Kinder«, sagte Oliver.

»Wir sind Tweens««, sagte Celia.

»Ihr seid Tweens«, sagte ihre Mutter gleichtzeitig. »Und ich glaube, ihr schafft das.«

»Und was wird mit dir? Wir können dich und Dad doch nicht hier zurücklassen«, protestierte Oliver.

»Die verschollene Bibliothek ist wichtiger als euer Vater und ich«, erwiderte die Mutter.

»Aber nicht für uns«, entgegnete Oliver.

Jetzt war es ihre Mutter, auf der die Stille schwer lastete.

»Uns wird es hier noch eine Zeit lang gut gehen. Im Kühlschrank haben wir Essen und Wasser, und bis diese Höhle einstürzt, dauert es ein paar Tage. Bis dahin wird uns schon was einfallen.«

»Wir werden euch befreien!«, sagte Oliver. »Wir müssen es einfach versuchen! Wir können uns nicht alleine auf den Weg machen!«

»Wir können sie nicht befreien!« Celia zog Olivers Hand von dem Sprechknopf weg, damit ihre Eltern nicht hören konnten, was sie sagte. »Wir müssen alleine gehen. Wenn wir Atlantis finden, dann können wir vielleicht unsere Eltern bei Sir Edmund gegen die verschollene Bibliothek auslösen. Er bekommt, was er will, wenn er unsere Eltern rettet und sie freilässt.«

»Aber Mom wäre damit niemals einverstanden«, sagte Oliver. »Und was ist mit Sir Edmund, der Brände und Fluten und Hungersnöte und was auch immer für Geo-Dingsda verursachen würde, wie sie gesagt hat?«

»Glaubst du das allen Ernstes?«

Oliver zuckte mit den Schultern. »Ich glaube eine ganze Menge.«

Celia blickte ihn auf ihre ganz bestimmte Art an, nur diesmal sehr, sehr lange, und schließlich schüttelte Oliver den Kopf. »Schön«, sagte er. »Wir machen das.«

»Schön«, sagte Celia, froh darüber, dass sie ihren Bruder immer noch dazu bewegen konnte, das zu machen, was zu tun war, ohne dass sie es laut sagen musste. »Du wirst jetzt durch den Lüftungskanal zurückklettern und unseren Rucksack holen. Ohne das Tagebuch und den Kompass finden wir den Weg nie.«

»Wieso ausgerechnet ich?«

»Einer von uns muss die Ausrüstung holen und aufpassen, dass Janice nicht zurückkommt.«

»Und warum kann ich das nicht machen?«

»Ich dachte mir, du willst Mom und Dad vielleicht noch einmal in den Arm nehmen und dich von ihnen verabschieden«, sagte Celia.

»Ja, das will ich…« Oliver bohrte die Fußspitze in den Boden. »Du nicht?«

»Ich werde es tun, wenn wir wieder zurück sind«, sagte Celia. Sie wollte ihm nichts von dem Augenblick erzählen, den sie mit ihrer Mutter geteilt hatte, auch nicht vom Ring der Mnemonen. Irgendwie gehörte er nur ihnen beiden.

»Oliver kommt und holt unsere Sachen«, sagte sie in die Sprechanlage. »Und dann machen wir uns auf den Weg und retten die Welt.«

»Bis bald, mein Schatz«, sagten ihre Mutter und ihr Vater. »Wir haben dich lieb.«

»Hhm-hm«, erwiderte Celia. »Wir lassen euch die Fernbedienung da.« Etwas anderes fiel ihr nicht ein.

20. Wir feuern die Schlittenhunde an

Als Oliver mit dem Rucksack zurückkam, war sein Gesicht schweißnass, vielleicht waren auch ein, zwei Tränen dabei, aber Celia fragte nicht. Er würde es ohnehin nicht zugeben und überhaupt, das war seine Angelegenheit. Sie hatte inzwischen die Spinde durchwühlt und es war Zeit, die Spezialausrüstung anzuziehen.

Die viel zu groß für sie war.

Weil ihnen die Hosenbeine und die Ärmel viel zu weit waren, um sie vor der Kälte zu schützen, mussten sie Unmengen von Klebeband verwenden. Unter ihren übergroßen Kapuzen trugen sie unförmige Wollmützen, außerdem hatten sie sich Leuchtstreifen einer Rettungsdecke über Gesicht und Nacken geklebt. Zum Schutz ihrer Augen setzten sie Eisbrillen auf.

Als sie durch den Tunnel hinaus an die eiskalte arktische Luft gingen, glichen sie eher außerirdischen Forschern, die aus dem Innersten der Erde kamen, als zwei Elfeinhalbjährigen, die zu einem Schneespaziergang aufbrachen, dessen Ausgang ungewiss war.

Celia blickte verzagt auf das Thermometer am Höhlenausgang, das die Außentemperatur maß. Sie betrug minus 29 Grad.

Sie musste an die Sicherheitshinweise auf den Postern denken. *Warum bleibst du nicht einfach drinnen?*

Oliver hatte wohl gerade dasselbe gedacht, denn sie seufzten im Chor, ehe sie in die beißende Kälte hinaustraten. Janice' Zelt lag wie eine leuchtende Seifenblase im Schnee, aber es war fest verschlossen. Hinter der Zeltwand waren ihre Umrisse zu erkennen. Sie konnte nicht nach draußen schauen und umgekehrt hörten die Geschwister auch nicht, wie sie die Erkennungsmelodie von *Weltbeste Rodeo-Clowns* vor sich hin sang.

»Rote Nase und fest im Sattel! Rote Nase und fest im Sattel! Hi-ho, hi-ho, hi-ho! Beim Rodeo geht es lustig zu, da gibt's rote Nasen und große Schuh!«

Die Zwillinge sahen einander an und überlegten, ob sie Janice überrumpeln und ihr die Schlüssel zu all den Schlössern abnehmen sollten. Als sie wieder zum Zelt blickten, sahen sie, dass Janice ihre Pistole in der Hand hielt. Ein Überrumpelungsveruch wäre viel zu gefährlich. Sie beschlossen, lieber bei Plan A zu bleiben: auf eigene Faust zum Nordpol reisen und die Welt retten.

Aber während sie so darüber nachdachten, kam ihnen Plan A auch nicht weniger gefährlich vor.

Geduckt schlichen sie an der eingeschneiten Wand entlang zur Rückseite der Forschungsstation. Dort befanden sich der bärensichere Zaun, die Hundehütten und die Vorratsschuppen im Zwinger, genau wie sie es auf dem Überwachungsmonitor gesehen hatten.

»Okay, hinauf mit dir«, sagte Celia.

»Und du bist sicher, dass das kein Elektrozaun ist?«, fragte Oliver.

Celia bückte sich und formte einen kleinen Schneeball. Dann warf sie ihn. Oliver ging in Deckung. Der Schneeball traf den Zaun und zerfiel.

»He, was soll das?«, fragte Oliver.

»Wenn der Zaun elektrisch geladen wäre, hätte es gezischt«, sagte Celia.

»Du hättest mich vorwarnen können.«

»Dann hätte es keinen Spaß gemacht.« Celia lächelte, aber weil sie einen Schal übers Gesicht gezogen hatte, konnte Oliver das nicht sehen. Und sie sah nicht, wie er ihr unter seinem Schal die Zunge herausstreckte.

Flink kletterte Oliver an dem vereisten Maschendrahtzaun hoch. Es war so kalt, dass seine Handschuhe beim Klettern festklebten. Er schwang die Beine über die Zaunkrone und ließ sich auf der anderen Seite in den knirschenden Schnee fallen. Er kam sich wie Agent Zero vor, der in eine geheime Arktisstation eindrang. Durch den Maschendraht hindurch blickte er Celia an und reckte den Daumen nach oben.

»Pass auf! Hinter dir!«, warnte sie ihn.

Oliver drehte sich schnell um und sah sich sechs sibirischen Huskys gegenüber. Sie waren weiß wie Polarwölfe und kamen laut bellend und jaulend aus ihren Hütten auf ihn zugerannt.

»Uahh!« Er sprang an den Zaun und wollte wieder zurückklettern – er wusste ja nicht, wie lange die Hunde nicht gefüttert worden waren, und hatte keine Lust, ihre nächste Mahlzeit zu werden. Aber sie waren zu schnell für ihn.

»Psst«, zischte Celia. Wenn die Hunde ihren Bruder in Stücke rissen, dann wollte sie wenigstens nicht, dass auch noch Janice kam und sie erschoss.

Der erste Hund, der Oliver erreichte, sprang an ihm hoch, packte den Kragen seiner Jacke mit den Zähnen und riss Oliver zu Boden. Ein zweiter großer Hund stellte seine riesige Pranke auf seine Brust, sodass er nicht mehr aufstehen konnte. Und schon beugten sich auch die anderen Hunde über ihn.

»Bitte nicht fressen!« Oliver versuchte, sein Gesicht mit den Händen zu schützen, doch es war schon zu spät. Er spürte, wie eine warme, feuchte Schnauze ihm die Brille vom Gesicht riss und wie ihn dann eine große, nasse Zunge vom Kinn bis zur Stirn abschleckte. Sofort machten die anderen Hunde mit, sie leckten ihn von Kopf bis Fuß ab, stupsten ihn und wälzten sich neben ihm im Schnee. Seit der Forscher entführt worden war, hatte niemand mehr mit ihnen gespielt. Aber Hunde, selbst riesige sibirische Huskys, die zum Schlittenziehen abgerichtet sind, wollen nun mal spielen.

Als Oliver begriffen hatte, dass sie ihn nicht auffressen wollten, kroch er unter ihnen hervor und stand auf, um das Tor zu öffnen. Die Schlittenhunde bereiteten Celia einen begeisterten Empfang. Sie warfen sie um und leckten ihr Gesicht ab, bis es klatschnass und der Hundespeichel gefroren war.

»Igitt«, sagte sie und wischte sich mit dem Ärmel übers Gesicht, aber ein wenig schmunzeln musste sie schon. Es war ein schönes Gefühl, von einem ganz gewöhnlichen Tier eine ganz gewöhnliche Zuneigung zu verspüren. Sie hatten immer nur exotische Echsen und wilde Affen als Haustiere gehabt und neuerdings sogar einen ehemaligen Piratenhahn namens Dennis.

Die Zwillinge liefen zum Vorratsschuppen. Die Hunde wedelten mit dem Schwanz und hin und wieder befolgten sie sogar Celias ständige Aufforderungen, still zu sein.

Im Schuppen stand ein hochmoderner Hundeschlitten aus Fiberglas, der mit allen Vorräten, die man für eine Expedition brauchte, beladen war. Der Forscher war offenbar gerade im Begriff gewesen, irgendwohin aufzubrechen, bevor ihn Janice entführt hatte.

»Hey, cool«, sagte Oliver und hob die Abdeckplane des Schlittens an. »Er hat Käsebällchen eingepackt! Und gefriergetrocknete Suppe!«

»Es ist zu kalt für Suppe«, sagte Celia. »Lass uns den Schlitten nach draußen schieben und die Hunde anschirren.«

Am vorderen Teil des Schlittens hing ein dickes Seil, an dem sechs dünnere Leinen mit Hundegeschirren befestigt waren. Während Oliver um den Schlitten herumging, um ihn zu ziehen, schnappte sich Celia eine Blechdose mit der Aufschrift ANTI-BÄREN-SPRAY und steckte sie in die Tasche zu dem goldenen Ring ihrer Mutter.

Dann ging sie zu ihrem Bruder und packte mit an. Gemeinsam zogen und zerrten sie den Schlitten nach draußen, während die Hunde die Köpfe schief legten und ihnen aus strahlend blauen Augen zusahen.

»Sollten nicht eigentlich die Hunde den Schlitten ziehen?«, fragte Oliver.

»Zuerst müssen wir sie anspannen«, sagte Celia und zerrte noch einmal kräftig am Schlitten, ehe sie sich in den Schnee fallen ließ, um kurz zu verschnaufen.

»Und wie fangen wir das an?«, fragte Oliver.

Die Zwillinge blickten die Hunde an. Die Hunde blickten die Zwillinge an. Keiner bewegte sich.

»Los!«, versuchte es Celia.

Die Hunde rührten sich nicht vom Fleck.

»Hopp! Hopp! Hopp!«, versuchte es Oliver.

Die Hunde rührten sich noch immer nicht vom Fleck.

»Wie sind hier nicht im Zirkus«, sagte Celia.

Sie versuchte es mit ihrem Ihr-tut-jetzt-was-ich-euch-sage-Blick, aber auch das funktionierte nicht. Sie warf die Arme in die Luft. Sibirische Huskys ließen sich noch schwerer herumkommandieren als jüngere Brüder.

»Das ist ja noch schlimmer, als eingesperrt zu sein«, sagte Oliver. »Ich brauche jetzt eine kleine Stärkung.«

»Genau das ist es!« Celia sprang aus dem Schnee auf und wühlte in den Vorräten auf dem Schlitten herum. Sie zog eine Packung Käsebällchen hervor und hielt sie in die Höhe.

»Nein, nicht die«, protestierte Oliver.

»Glaubst du, Hunde mögen so was nicht?«

»Jeder mag Käsebällchen!«, sagte Oliver. »Aber die brauchen wir selbst!«

Celia schüttelte den Kopf. »Wir haben genug, es reicht für alle.« Sie riss die Packung auf und sofort spitzten die Hunde die Ohren. Sie kamen angerannt und setzten sich artig hin. Oliver schirrte sie nacheinander vor den Schlitten und Celia belohnte jeden von ihnen mit einer Handvoll Käsebällchen.

Als sie fertig waren, blickte Oliver seine Schwester an wie ein gieriger kleiner Hund. Auch er bekam eine Handvoll Käsebällchen.

Auf dem Schlitten war genug Platz für eine Person samt allen Vorräten, während sich eine zweite Person mit den Füßen auf die beiden Kufen stellte und mit den Leinen lenkte. Diese Person war der sogenannte Musher, der den Schlitten führte und die Hunde anfeuerte, indem er »Mush! Mush!« rief.

»Du lenkst den Schlitten«, sagte Celia und kletterte mit ihrem Rucksack an Bord.

Diesmal beschwerte sich Oliver nicht, dass er etwas als Erster tun sollte. Celia hatte das geahnt. Sie hatte gewusst, wie begeistert ihr Bruder sein würde, wenn er den Hundeschlitten lenken durfte, und das war ihr gerade recht. Sie freute sich darauf, gefahren zu werden und dabei die Füße hochlegen zu können.

»Also, ähm«, sagte Oliver. »Wo fahren wir hin?«

Celia seufzte. »Ich denke, wir sollten mal einen Blick in das Tagebuch werfen.« Sie kramte im Rucksack und zog Percy Fawcetts Tagebuch hervor.

»Glaubst du wirklich, dass dieses Buch uns helfen kann?«

»Hör zu.« Sie las laut vor: *»Ich beginne meine Aufzeichnungen im Eis des Nordens. Mich erfasst, das gebe ich zu, die Angst vor dem, was vor mir liegt. Wird mich das Treibeis vom*

Kurs abbringen? Werde ich dem urzeitlichen Drachen begegnen? Wer kann das sagen?«

»Drachen?« Oliver schluckte. »Die gibt es doch nicht wirklich, oder?«

»Psst«, machte Celia. Sie fuhr fort: *»Aber ich werde mich immer nach dem Kompass richten und ich werde triumphieren; kein Forscher, und wäre er größer als ich, wenn es ihn denn gäbe, könnte diesem Weg folgen, auf den ich mich nun begebe. Ich werde der Letzte sein.«*

»Dieser Typ war ganz schön von sich selbst überzeugt«, befand Oliver.

»Die größten Entdecker werden die kleinsten sein«, sagte Celia. »So lautete unsere Prophezeiung. Also können wir den gleichen Weg einschlagen, den auch er eingeschlagen hat.«

Oliver war nicht überzeugt.

»Wir haben außerdem seinen Kompass«, fügte Celia hinzu.

Sie kramte in ihrem Rucksack und zog den kleinen kupfernen Kompass hervor, auf dessen Rückseite die Anfangsbuchstaben P.F. eingraviert waren. Sie hielt ihn in der hohlen Hand. Dort, wo bei den meisten Kompassen ein N stand, war das Symbol des Schlüssels abgebildet, das Wahrzeichen der Mnemonen. Dieser Kompass würde sie so weit nach Norden führen, wie nur irgendein Mensch auf der Welt nach Norden gehen konnte, nämlich zum Nordpol.

Celia gab Oliver den Kompass. »Verliere ihn nicht«, sagte sie und schloss seine Hand fest um den Kompass. Dann sah sie Oliver mit hochgezogenen Augenbrauen an. Ihr Bruder hatte nämlich so ein Talent, alles zu verlieren.

»Ich verliere ihn bestimmt nicht«, brummte Oliver.

»Verliere ihn nicht.«

»Ich verliere ihn nicht.«

»Wirklich nicht?«

»Bestimmt nicht!«

»Dann verliere ihn nicht!«

Oliver verdrehte die Augen, dann wandte er sich den Hunden zu. Er merkte, wie sein Herz schneller klopfte. Die Hunde blickten ihn erwartungsvoll an. Der Leithund bellte ungeduldig, die anderen Hunde machten es ihm nach und bald wurde ein großes Gejaule daraus.

Oliver erinnerte sich, wie er und seine Mutter mit dem Fallschirm abgesprungen waren. Nicht sicher, geschweige denn bequem, aber in einer Art und Weise froh, wie er sich noch nie gefühlt hatte, nicht einmal während einer Sondersendung *Agent Zero* mit extra wenig Werbeeinblendungen für Käseballchen der Marke Käseklump. Er überlegte, ob Corey Brandt schon wieder in Hollywood war und wer den Oliver in seinem Film spielen würde. Wäre da nicht die Gefahr gewesen, in der sie alle schwebten, und das Schicksal der Welt, das nun auf ihren schmalen Schultern ruhte, hätte Oliver vielleicht sogar Spaß gehabt.

»Weißt du, was man den Hunden zurufen muss?«, fragte Celia.

»Klar«, antwortete Oliver grinsend. »Ich kenne jede einzelne Folge von *Großmütterrennen – Mit weißen Haaren um die Welt.*«

Celia verdrehte die Augen.

»Mush! Mush!«, rief Oliver. Es gab einen kräftigen Ruck und die Hunde rannten los und zogen den Schlitten zum Tor hinaus.

»Ahhh! Ihhh!« Celia klammerte sich am Schlitten fest, aber ihr Schrei ging in Lachen über. Oliver lehnte sich zur Seite und die Hunde zogen sofort in die angezeigte Richtung. Celia musste wieder lachen. »Du fährst wie ein Irrer!«, rief sie, aber sie meinte es nicht böse.

»Ich mache das zum ersten Mal!«, rief Oliver zurück. Er zog die Zügel an und stieß die Luft aus. Die Kälte formte Dampfwölkchen aus seinem Atem. Celia blickte zum Horizont, dorthin, wo das oberste Ende der Welt war, dann steckte sie die Hände in die Taschen und vergewisserte sich, dass sie den Ring ihrer Mutter noch hatte.

»Wir kommen zurück«, flüsterte sie, denn Helden geben solche Schwüre ab, ehe sie zu einem Abenteuer aufbrechen. Mehr als sonst hoffte sie, dass sie recht hatte.

21. Wir verdünnisieren uns

Celia lehnte sich entspannt auf dem Schlitten zurück, während sie leise über das Eis glitten. Wenn sie nicht zu oft an die Gefahr dachte, in der ihre Eltern schwebten, oder an die schrecklichen Prüfungen, die ihnen bevorstanden, dann machte es beinahe Spaß.

Oliver dachte das Gleiche, als er sich mit der Lenkleine in der Hand auf die eine, dann auf die andere Seite lehnte und dabei übte, die Hunde zu lenken.

»Mush! Mush!«, rief er wieder und die Hunde legten einen Zahn zu. Der eisige Wind biss in das kleine Stückchen Haut, das von seinem Gesicht noch zu sehen war. Rasch zog er den Schal bis zu seiner Schutzbrille hoch. Ihm wurde ganz behaglich zumute.

Am Horizont ragten zerklüftete schwarze Berge in den Himmel. Das Eis vor ihnen war glatt und fest und die Hunde wichen geschickt jedem Hindernis aus.

Hundeschlittenfahren ist gar nicht so übel, dachte Oliver. Und »Mush, Mush« zu rufen, machte sogar Spaß.

»Mush!«, rief er und als Antwort bellten die Hunde freudig.

Celia wurde das Schlittenfahren in der eintönigen Landschaft bald langweilig. Sie zog das zerfledderte Tagebuch hervor und blätterte darin. Sie überschlug die Seiten mit den Zeichnungen von El Dorado und dem Amazonas und auch die ersten Notizen des Forschers, bis zu der Stelle, als er am Ende seiner Suche angelangt war und die Bilder von dem

Baum und den Ungeheuern und dem Mann, der aussah wie der Weihnachtsmann, gezeichnet hatte.

Alle verschollenen Orte sind dieselben Orte, hatte der Forscher geschrieben. *So wie auch alle verlorenen Seelen dieselben verlorenen Seelen sind. Das Verlangen, gefunden zu werden, brennt in uns allen.*

»Was soll das heißen?«, fragte sich Celia und blätterte ein paar Seiten weiter. Unter einem Bild vom Weihnachtsmann stand zu lesen: *Odin, Gott der Schlachten, der Weisheit und der Weissagungen, Herrscher der Götterstadt Asgard, ging über die Brücke des Regenbogens zum Yggdrasil und hängte sich an ihn. Neun Tage lang hing er am Weltenbaum, während Ratatosk das Eichhörnchen ihm Beleidigungen entgegenschleuderte und Nidhogg der Drache sich an den Wurzeln gütlich tat. Odin blickte in alle Richtungen auf die Welt unter ihm und sah alles, was die Zukunft für die Götter und die Menschen bereithielt. Er würde in der Schlacht am Ende aller Zeiten untergehen, aber er würde immer und immer wieder zurückkehren. Denn die Zeit ist ein ewiger Kreislauf.*

»Ich glaube nicht, dass wir wirklich auf der Suche nach dem Weihnachtsmann sind«, sagte Celia.

»Nur weil du nicht an ihn glaubst, heißt das nicht, dass ich es nicht darf«, sagte Oliver.

»Nein, das meine ich nicht«, sagte Celia. »Wir sind auf der Suche nach Odin. Und der ist niemand anderes als der Weihnachtsmann oder auch Santa Claus. Das ist wie mit der Wiedergeburt in Tibet. Alles wiederholt sich immer und immer wieder. Die Zeit ist ein ewiger Kreislauf.«

»Geht's dir gut?«, fragte Oliver. »Du klingst schon wie eine Forschungsreisende.«

Celia erwiderte nichts darauf. Sie betrachtete das Bild des bärtigen Mannes, der über eine Stadt herrschte, die Asgard hieß. Ihre Mutter hatte behauptet, dass Asgard und Atlantis ein und dasselbe wären. Sie betrachtete auch das Eichhörnchen mit den vorstehenden Zähnen und den Drachen. Sie wollte keinem von beiden über den Weg laufen. Aber das waren ja ohnehin nur Geschichten, oder etwa nicht?

»Hey, sieh dir den Himmel an«, sagte Oliver.

»Ich denke gerade nach«, erwiderte Celia. Ihre Eltern hatten ihr nie gesagt, dass Forscher so viel lesen müssen.

»Schau doch mal«, beharrte Oliver.

»Ich versuche gerade herauszufinden, wohin wir fahren müssen«, sagte sie. »Und dieses Buch könnte uns dabei helfen.«

»Nur einen kurzen Moment.«

»Also schön, was gibt's?« Celia blickte von dem Tagebuch auf und sah zum Himmel.

Die Aurora borealis, auch Nordlicht genannt, webte grüne Lichtschleier in das Zwielicht. Die alten Wikinger hatten geglaubt, dass es der Abglanz der Rüstungen war, die die Walküren trugen, Odins erwählte Jungfrauen, die über die Schlachtfelder herrschten.

Oliver und Celia aber wussten, dass die Nordlichter von elektrisch geladenen Teilchen stammten, die in die Atmosphäre eindrangen. Sie hatten *Wally Worms Wunder der Wissenschaft* gesehen. Bildungsfernsehen war zwar langweilig, aber man konnte vieles dabei lernen.

Natürlich nicht absichtlich.

»Das ist wie in einem Naturfilm«, staunte Oliver.

»Madame Mimi hatte recht«, sagte Celia. »Wow.«

Oliver legte den Kopf in den Nacken, damit er die Lichtshow am Himmel sehen konnte, wo es funkelte und wogte und sich das Rosa und Grün in dem weißen und blauen Eis spiegelte.

»Pass doch auf!«, rief Celia.

»Was ist?« Oliver sah wieder nach unten. »Aaah!«, schrie er entsetzt.

Die Hunde rannten in vollem Tempo auf eine Eisspalte zu, die viel zu breit war, um darüber hinwegzuspringen. Es war ein tiefer Gletscherriss mit scharfen, weiß glitzernden Kanten.

»Sag ihnen, sie sollen umkehren!«, schrie Celia.

»Das versuche ich ja«, rief Oliver und zerrte an den Leinen. »Mush! Mush!«

Die Hunde rannten schneller.

»Das war der falsche Befehl!«

»Ich spreche nicht hundisch!«

Oliver lehnte sich ganz weit zur Seite und riss den Schlitten herum. Die Hunde jaulten und bellten, machten aber im letzten Augenblick eine Kurve und rannten längs an der Spalte weiter, ohne auf dem Eis auszurutschen. Der Schlitten jedoch wurde von der Wucht seines eigenen Gewichts weitergeschleudert. Der hintere Teil ragte über den Gletschergrat, und Oliver, der hinten auf den Kufen stand, verlor den Halt und rutschte ab. Im letzten Moment klammerte er sich am Schlitten fest. In hohem Bogen flog der Kompass in das kalte Wasser. Olivers Beine baumelten hilflos über dem eisigen Abgrund.

»Hilfe, ich falle gleich!«, schrie Oliver. »Mush! Mush!«

Celia warf sich nach hinten und packte ihren Bruder an den Armen. Eis und Schnee wirbelte um sie herum auf.

Die Hunde kämpften sich vorwärts, um den Schlitten wieder auf festen Grund zu bringen. Sie zogen und zerrten. Celia zog ebenfalls und schließlich rutschte der Schlitten wieder auf das Eis und weg von der Gletscherspalte.

Oliver sackte atemlos über den Haltegriffen zusammen. Jetzt glitten sie wieder ruhig dahin. Keuchend verlangsamten die Hunde das Tempo. Auch Oliver keuchte. Etwas Gutes hatte die Rutschpartie allerdings bewirkt: Er fror nicht mehr. Er schwitzte sogar in seinem Schneeanzug.

»So was darf nicht noch mal passieren«, sagte Celia.

Oliver widersprach nicht. Er schluckte schwer. Gut war, dass er noch lebte. Schlecht war, dass er den Kompass verloren und Celia wieder einmal recht behalten hatte. Falls sie sich nicht zuvor verirrten und erfroren, würde Celia ihn garantiert umbringen, sobald sie es erfuhr. Oder sie würde ihm einen ihrer Hab-ich-es-dir-nicht-gesagt-Blicke zuwerfen. Die waren beinahe schlimmer als der Tod.

»Mush«, seufzte er. Die Hunde blickten ihn lange an, aber sie rannten nicht schneller. »Faule Hunde«, brummte er.

»Das sagen die Leute auch über uns«, sagte Celia.

Oliver warf ihr einen finsteren Blick zu, dann widmete er sich wieder den Hunden. Es tat ihm leid, dass sie so hart für ihn schuften mussten. Aber es tat ihm auch leid, dass er selbst so hart schuften musste.

»Tut mir leid, Jungs«, murmelte er. »Ich bin auch nicht gerade scharf darauf, aber wir müssen weiter.«

»Redest du mit den Hunden?«, fragte Celia.

»Ich baue ein Vertrauensverhältnis zwischen uns auf«, erklärte Oliver. »Wie in der *Hunde-Universität.*«

»Die verstehen uns doch gar nicht«, sagte Celia.

»Hunde verstehen Menschen sehr gut«, widersprach Oliver. »Sagt jedenfalls Professor Wuff.«

»Der ist nur eine Erfindung des Fernsehens.«

»Also glaubst du weder an den Weihnachtsmann noch an Professor Wuff?«

»Ich glaube, dass meine Hände und meine Zehen taub sind. Ich glaube, dass das, was wir hier machen, wirklich dämlich ist, aber ich mache trotzdem weiter, denn in diesem Tagebuch steht, dass wir die Stadt Asgard finden müssen, weil sie Atlantis ist und weil dort die verschollene Bibliothek von Alexandria versteckt ist und weil wir sie brauchen, um Mom und Dad zu retten.«

Sie hielt das in Leder gebundene Tagebuch in die Höhe und fuchtelte damit in der Luft herum.

»Wenn du das Buch liest, machst du alles noch viel wirrer«, sagte Oliver.

»Was ist daran wirr?«, entgegnete Celia. Sie holte tief Luft und dann folgte ein schier endloser Wortschwall. »Der Forschungsreisende, der dieses Tagebuch geschrieben hat, hat die verschollene Bibliothek in Atlantis versteckt. Atlantis liegt tatsächlich am Nordpol und am Nordpol wohnt der Weihnachtsmann, also Santa Claus. Santa Claus ist Nikolaus, aber gleichzeitig der nordische Gott Odin. Odin lebte in einer geheimen Stadt, die Asgard hieß, aber Asgard wurde irgendwann vor langer, langer Zeit zerstört (genauso wie Atlantis, denn Asgard und Atlantis sind ja ein und dasselbe) und wir sind hierhergekommen, um die Überreste dieser unter dem Eis verborgenen Stadt zu finden, damit wir sie gegen Mom und Dad eintauschen können, weil Sir Edmund mithilfe der verschollenen Bibliothek Atlantis wiederauferstehen lassen will, um die Welt zu beherrschen. Alles klar?«

»Logo«, sagte Oliver.

»Hast du es kapiert?«, fragte Celia.

»Ich habe logo gesagt, oder etwa nicht?«

»Ich möchte das nicht noch einmal erklären müssen.«

»Ich bin doch nicht blöd«, sagte Oliver. »Ich schaue genauso viel Bildungsfernsehen wie du.«

»Tust du nicht.«

»Tue ich doch.«

»Tust du nicht.«

»Tue ich doch.«

»Was bedeutet dann verdünnisieren?«

»Äh...«

»Siehst du. Wenn du wirklich aufgepasst hättest, dann wüsstest du, dass ver-dün-ni-sie-ren bedeutet, dass sich jemand eilig davonmacht. *Du solltest keine Zeit verlieren und dich schnell verdünnisieren«*, sang sie und ahmte dabei die Puppenstimme von Wally dem Wurm nach.

»Ist doch egal«, sagte Oliver und rief: »Mush! Mush! Mush!«

Mit einem lauten Jaulen zog der Leithund an. Die anderen zögerten einen Moment, dann begannen auch sie zu ziehen und der Schlitten setzte sich wieder in Bewegung. Oliver versuchte herauszufinden, in welche Richtung sie zuvor gefahren waren. Er wollte seiner Schwester noch immer nicht gestehen, dass er den Kompass verloren hatte. Aber je länger er zögerte, umso schlimmer würde es werden, wenn sie es schließlich doch herausfand. Vielleicht brauchte er es ihr aber auch gar nicht zu sagen. Vielleicht wussten die Hunde ja, wo Norden war, und sie würden dort ankommen, noch ehe Celia entdeckte, dass er wieder einmal alles vermasselt hatte, genau wie sie gesagt hatte.

Er war froh, dass sie sein Gesicht nicht sehen konnte. Sie hätte sofort gemerkt, dass etwas nicht stimmte. Das Problem mit Zwillingsschwestern war, dass man nichts vor ihnen verheimlichen konnte.

»Mush!«, sagte er noch einmal und seine Stimme war ganz rau vor Anspannung. Aber Celia schien das nicht zu bemerken.

Und es war auch gut so, dass die Zwillinge sich verdünnisierten, denn in diesem Moment schreckte viele Kilometer entfernt ein Eisbär auf, weil ihm der Wind den Geruch von Menschen und Hunden zugetragen hatte. Er schnüffelte und lief der Witterung nach. Und in seinem Eisbärenhirn herrschte nur ein Eisbärengedanke: Abendessen.

22. Wir erklimmen den Ozean

Der Schlitten kam vor einer Eiswand zum Stehen, die ungefähr fünfmal so hoch war wie Oliver und Celia. Während die Hunde sich hinlegten, stiegen die Zwillinge vom Schlitten und sahen sich das Hindernis an, das sich scheinbar endlos nach beiden Richtungen erstreckte.

»Sieht so aus, als hätten Riesen eine gigantische Mauer erbaut, um Menschen fernzuhalten«, sagte Oliver.

»Es gibt keine Riesen«, sagte Celia und blätterte in ihrem Buch. Sie fand die Stelle, die sie gesucht hatte, und las laut vor: *»Im hohen Norden gibt es einen Ort, an dem das Land endet und der vereiste Ozean anfängt. Eine hohe Wand aus Eis, mindestens zwanzig Fuß hoch, steht an der Grenze zwischen Land und Meer. Sie ist eine gefrorene Welle, die sich ganz langsam am Ufer bricht. Die Eisplatten darunter schürfen und schieben sich ineinander, werden hochgedrückt und bilden große Kämme, die immer in Bewegung sind. Sie werden zu Bergen von Eis, die sich erheben und wieder vergehen, in jeder Sekunde, an jedem Tag, weshalb ihr Anblick nie gleich ist. Jeder Forscher, der in die Arktis kommt, erblickt einen neuen Ort, den nie zuvor jemand gesehen hat und den auch niemals wieder jemand sehen wird.«*

»Häh?«, sagte Oliver.

»Das ist das Meer«, erklärte Celia und berührte das Eis. »Es ist nur zugefroren. Aber es bewegt sich.«

»Na toll«, sagte Oliver, »und wie kommen wir da rüber? Ich glaube kaum, dass es von sich aus Platz machen wird.«

Aus dem Eis ertönte ein Stöhnen, als der gefrorene Ozean gegen das feste Land drückte. Eine Schneelawine stürzte herab. Die Hunde winselten; sie wären am liebsten weitergerannt, aber sie fürchteten sich vor dem Knistern und Knirschen.

»Wir müssen drüberklettern«, sagte Oliver. »Dann ziehen wir die Hunde nacheinander hoch und zum Schluss den Schlitten.«

Celia erwiderte nichts. Sie wusste, dass sie und ihr Bruder nicht kräftig genug waren, um auch nur einen der Hunde hochzuziehen, geschweige denn den Schlitten mit allen Vorräten. »Ich lese noch einmal im Tagebuch nach«, sagte sie.

»Du und dein Buch«, meckerte Oliver. »Allmählich wird unser Abenteuer zu einer Schulstunde! Leg es weg! Lass uns lieber klettern!«

»Wir können nicht klettern«, sagte Celia.

»Nur weil du Klettern nicht leiden kannst, heißt das nicht, dass wir es nicht tun müssen.«

»Du kannst Klettern auch nicht leiden!«

»Nur manchmal nicht.«

»Nenn mir eine einzige Situation, bei der du gerne geklettert bist.« Celia verschränkte die Arme vor der Brust und wartete. Sie tippte ungeduldig mit den Zehenspitzen. Der Wind heulte.

Oliver konnte sich an keine einzige Situation erinnern. Er hasste Klettern wirklich. »Also gut, du hast recht«, sagte er. »Aber hast du eine bessere Idee?«

»Hör zu.« Celia las wieder laut aus dem Tagebuch vor: *»Am Ende des Landes sehe ich vor mir eine hohe Wand aus Eis und ich zögere. Die Kraft, mit der das Eis an das Land gedrückt wird, lässt Wälle entstehen, die so hoch sind, dass weder ich noch mein Schlitten sie überwinden können. Ich schaffe es ja nicht einmal, meine Hunde über diesen Wall zu heben.*

Ich muss rasch eine Möglichkeit finden, wie ich die Barriere überwinden kann, ehe mich der Eisbär, der mich verfolgt, angreift.«

»Eisbär?« Oliver blickte über die Schulter. Er bezweifelte, dass Drachen wirklich existierten, aber dass es Eisbären gab, das wusste er. Er wusste auch, dass sie die gefährlichsten und stärksten Landraubtiere der Welt waren. Umso weniger Lust hatte er, tatenlos herumzusitzen, bis er einem von ihnen als Abendessen diente. Aber der Blick über die Schulter zeigte keinen Bären, sondern nur endloses Weiß.

»Das meine ich nicht«, sagte Celia. »Er konnte seinen Schlitten nicht über den Eiswall heben, aber er hat einen Weg gefunden, ihn zu überwinden. Wenn er das geschafft hat, dann schaffen wir das auch. Komm!«

Sie stieg auf den Schlitten. »Mush! Mush!«, rief sie. Folgsam trabten die Hunde an der Eiswand entlang.

»He, warte mal! Ich bin hier der Schlittenlenker!« Oliver sprang auf die Kufen und schubste Celia weg. Sie kletterte wieder nach vorne auf den Schlitten, damit sie weiterfahren konnten.

»Was ist denn das?« Celia zeigte nach vorn, wo ein großer Klumpen und versteinerte Holzstücke aus dem Eis ragten. Als sie näher kamen, sahen sie, dass es sich dabei um Konservendosen und zersplitterte Kisten handelte. Es waren die Überreste eines alten Lagers. Sie hielten an und sprangen vom Schlitten. Celia kratzte das Eis weg und zog eine Dose aus dem Schnee. Sie war offen und leer, aber auf dem Boden war der Name S. A. Andrée und die Jahreszahl 1897 aufgedruckt.

»Sieht aus wie ein verlassenes Camp«, sagte Oliver. »Wer war S. A. Andrée?«

»Irgendein Forschungsreisender, schätze ich«, sagte Celia. »Aber sieh mal!« Sie zeigte auf eine schmale Einkerbung im

Eis, die neben ihnen wie eine Rampe auf das Eis hinaufführte. »Was sagst du dazu? Wir müssen überhaupt nicht klettern!«

Der Schlitten hüpfte auf dem holprigen Untergrund auf und ab, als die Hunde die schmale Rampe zwischen den Eiswänden hinaufrannten.

»Wartet auf uns!« Oliver und Celia folgten dem Hundeschlitten und lauschten dabei auf das Klopfen, Hämmern und Knirschen des Eises, das von unten hochdrang. Sie tasteten sich an den kobaltblauen Eiswänden entlang, die neben ihnen aufragten. Am Ende des eisigen Ganges konnte man einen kleinen Streifen blauen Himmels sehen.

»Liegt es nur an mir«, keuchte Oliver, »oder wird es immer steiler?«

»Du bist nur schlecht in Form«, sagte Celia. »Wenn du nicht so viele Käsebällchen futtern würdest, dann würde es dir nicht so schwerfallen. Komm schon. Die Hunde sind längst oben.«

Sie kletterten weiter, einen rutschigen Schritt nach dem anderen.

»Liegt es nur an mir«, fragte Oliver ein paar Minuten später keuchend, »oder wird das Stück Himmel immer kleiner?«

»Das bildest du dir ein«, sagte Celia.

»Weshalb gehen wir dann dichter nebeneinander als vorhin?«

Celia sah zu ihrem Bruder hinüber, den sie inzwischen mit der Schulter berühren konnte. Als sie zusammen mit den Hunden die Rampe betreten hatten, waren sie eine Armlänge voneinander entfernt gewesen.

»Die Eiswände werden zusammengedrückt«, sagte Celia. »Schnell!«

Die Zwillinge beeilten sich, denn das Eis umschloss sie unaufhaltsam. Das vereiste Meer hob die Rampe empor, während zur selben Zeit die Wände immer näher zusammenrückten.

Sie stapften auf das Stückchen Himmel zu und stießen sich gegenseitig vorwärts, damit keiner zurückblieb. Mit vor Anstrengung schmerzenden Beinen kamen sie schließlich oben an. Sie warfen sich in den Schnee, genau in dem Moment, als sich der eisige Pfad hinter ihnen schloss und sich ein neuer Eiskamm dort auftürmte, wo die beiden Wände mit der ganzen Gewalt des Polarmeeres aneinandergestoßen waren.

Die Zwillinge lagen auf dem Rücken und starrten auf die hechelnde Hundemeute. Nach einer Weile setzte sich Celia auf.

»Wow«, sagte sie.

Auch Oliver setzte sich auf.

Vor ihnen erstreckte sich das Polarmeer wie die Oberfläche des Mondes. Der gefrorene Ozean war mit Eisbrocken bedeckt und von Spalten durchsetzt, an denen Eisschollen aneinandergestoßen waren wie schon zuvor an der Rampe.

Sie sahen zu, wie direkt vor ihnen ein Eiskamm wuchs, während ein anderer mit donnerndem Getöse in sich zusammenstürzte und eine schwarze Wasserfläche von ein paar Metern Größe hinterließ. Überall um sie herum knackte es.

»Lass uns lieber losfahren, ehe sich die Landschaft wieder verändert«, schlug Celia vor.

»Okay.« Oliver klopfte sich ab und schüttelte die Hände aus, damit das Taubheitsgefühl wich.

»Darf ich wieder den Schlitten lenken?«, fragte er.

»Meinetwegen«, sagte Celia, die froh darüber war, dass es weiterging. Und auch, das musste sie zugeben, darüber, dass sie weiterlesen konnte. Wie es schien, konnte man eine Menge aus einem Buch lernen.

Oliver lächelte, er war glücklicher, als er es unter diesen Umständen eigentlich hätte sein dürfen. »Mush! Mush!«, rief er und die Hunde setzten sich in Bewegung. Er zog an den

Griffen, lehnte sich nach rechts und links und steuerte den Schlitten durch die zerklüftete Landschaft.

Der Schlitten holperte ziemlich und Celia wurde von einer Seite auf die andere geschleudert. Sie versuchte, in dem Tagebuch zu lesen, aber sie wurde viel zu sehr durchgerüttelt, um sich aufs Lesen konzentrieren zu können. Deshalb betrachtete sie nur die Bilder.

Sie stieß auf eine weitere Zeichnung des bärtigen Mannes. Diesmal kämpfte er gegen einen riesenhaften Drachen, der jenem Pliosaurus ähnlich sah, dessen Skelett sie in der Höhle gesehen hatten.

Es gibt keine Drachen, ermahnte sich Celia selbst. Oliver durfte nicht merken, dass sie beunruhigt war. Er hasste ja sogar die kleinsten Echsen. Bei einem Drachen würde er ausflippen.

Schnell schlug sie eine andere Seite mit einer neuen Zeichnung auf. Sie stellte einen riesigen Baum dar, der aus dem Eis ragte. War das Yggdrasil, der Weltenbaum? Aber was zum Teufel war eigentlich ein Weltenbaum? Sie suchte die verschneite Landschaft mit den Augen ab und war sich ziemlich sicher, dass es hier nirgendwo Bäume gab. Kein Wunder, sie waren ja mitten auf dem Meer. Der feste Boden unter ihren Füßen war nur ein oder zwei Meter dick, vielleicht sogar weniger, und er war ständig in Bewegung. Sie schlug das Buch zu und steckte es weg.

»Hopp, hopp!«, rief Oliver und sofort rannten die Hunde schneller. Er konnte nur hoffen, dass sie noch immer die richtige Richtung einschlugen.

Nach ein paar Stunden wurde das Gelände flacher. Das Eis war glatter, weil es älter war. Hier war es einfacher zu fahren, sie mussten nicht ständig nach rechts und links ausweichen, deshalb kamen die Hunde gut voran. Die sanfte Fahrt des

Hundeschlittens, die schimmernden Bänder, die das Nordlicht in das Halbdunkel webte, und das seltsame Knacken unter der Eisfläche machten die Navel-Zwillinge schläfrig.

Als Oliver sich einmal umdrehte, schien es ihm, als folge ihnen am Horizont ein Eisbär, aber als er sich erneut umsah, war er verschwunden. Vielleicht hatte er sich ihn nur eingebildet. Die Kälte machte das Denken schwer; es war, als würden ihre Gehirne einfrieren, was in der Tat der Fall war.

Oliver gab sich alle Mühe, beim Lenken nicht einzuschlafen; er lehnte sich nach vorne, um seine Beine zu entlasten. Auch Celias Lider wurden immer schwerer. Bei jedem fröhlichen Hundegebell oder Krachen einer fernen Eisscholle riss sie die Augen auf, aber es dauerte nicht lange und die Welt versank wieder hinter ihren Augenlidern.

Sie hörte, wie ihr Bruder »Mush, Mush!« rief, allerdings nicht mehr so laut wie zuvor, eigentlich war es nur ein Flüstern. Aber die Hunde rannten weiter, angetrieben von ihrer Lust, auf dem offenen Eis zu laufen.

Sie brauchen mich doch eigentlich gar nicht, dachte Oliver. Und während ihm die Augen zufielen, sah er, wie sich die Hunde selbst einen Weg um eine Eisspalte herum suchten und den Schlitten sicher auf die andere Seite der schmalen Wasserrinne zogen. »Gute Hunde«, murmelte er. Er lehnte sich über die Haltegriffe und schloss die Augen. »Nur einen Moment lang«, sagte er sich. »Nur einen Moment lang ausruhen.«

Celia war schon fest auf dem Schlitten eingeschlafen und auch Oliver nickte ein. Die Gefahr konnte so groß sein, wie sie wollte, keine Situation war so bedrohlich, dass die Navel-Zwillinge nicht trotzdem schlafen konnten.

Es war ihr Glück, dass die Schlittenhunde so gut ausgebildet waren und aus Freude an der Bewegung weiterrannten.

Es war ihr Pech, dass ihnen noch immer ein Eisbär folgte.

Das große Raubtier lief gemächlich über Eisschollen, hielt schnüffelnd zwischen Eisbrocken inne, schwamm durch schmale Wasserrinnen, in denen das Eis aufgebrochen war, und blieb ihnen immer auf der Spur. Bei der wenigen Nahrung, die man so hoch im Norden fand, verfolgten hungrige Eisbären ihre Beute angeblich Hunderte von Meilen übers Eis.

Und dieser Bär, das sei an dieser Stelle angemerkt, war sehr, sehr hungrig.

23. Wir sind kein Brunch

Man kann nie wissen, was man beim Fernsehen alles lernt«, sagte Claire Navel, während sie und ihr Mann das unscharfe Schwarz-Weiß-Bild auf dem Überwachungsmonitor betrachteten. »Vielleicht haben Oliver und Celia ja einen Plan.«

Dr. Navel sah seine Frau mit hochgezogenen Augenbrauen an.

»Schließlich gucken sie ja manchmal auch Bildungsprogramm«, schob sie hinterher. »So wie das hier.«

Sie tippte auf den Bildschirm, auf dem ein großer Doppelrotor-Transporthubschrauber zu sehen war, der gerade auf dem Dach der Forschungsstation landete. Schließlich öffneten sich die Türen des Helikopters und Sir Edmund stieg heraus. Er trug einen flauschigen weißen Schneeanzug mit einer gefütterten Fellkapuze und eine viel zu große Schutzbrille. Mit seinem großen Schnauzbart sah er wie ein Walross aus und trotz der Gefahr, in der die Navel-Familie schwebte, fing Claire an zu kichern.

»Nicht zu fassen, dass er mein Todfeind ist«, sagte sie.

»Unser Todfeind«, verbesserte sie Dr. Navel.

»Natürlich«, sagte sie und rieb geistesabwesend über die Stelle am Finger, an der der Ring gesteckt hatte. Sie dachte an ihre Kinder, die jetzt gerade mit einem Hundeschlitten übers Eis fuhren, und atmete tief aus. Sie würde Sir Edmund und Janice nicht so einfach davonkommen lassen, nach allem, was sie den Kindern angetan hatten. Diese Schurken waren niederträchtig, aber ihre bösen Pläne waren nichts verglichen mit dem Zorn einer Mutter. Sie würden ihre Quittung schon noch bekommen.

Sie lächelte wieder. »Ihre Quittung bekommen« war ein Ausdruck, der ihr gut gefiel.

Auf dem Monitor sah man, wie Sir Edmund den Männern, die ihn begleiteten, Befehle zurief. Sie begannen damit, eine riesengroße Holzkiste aus dem Heck des Hubschraubers zu laden. Sie war mindestens sechs Meter lang und es brauchte acht kräftige Männer, um sie zu tragen.

Janice rannte die Eisentreppe zum Landedeck hoch, um Sir Edmund zu begrüßen. Sie warf nur einen kurzen Blick auf die Kiste, denn der Wind der Rotoren wirbelte Schnee in ihr Gesicht. Sie rief Sir Edmund etwas zu. Die beiden Navels verstanden es nicht, aber den Gesten nach zu urteilen, erklärte sie ihm gerade, wie sie das Ehepaar Navel um die Ecke bringen wollte. Sie lachte sogar dabei.

Sir Edmund schien allerdings nicht sehr erfreut zu sein.

Janice wirkte enttäuscht und sie redete weiter auf ihn ein. Sir Edmund gestikulierte heftig.

»Ich glaube, sie kommen hierher«, sagte Dr. Navel. »Sir Edmund will mit uns reden.«

»Woher willst du das wissen?«, fragte seine Frau.

»Er hat es gerade gesagt«, antwortete Dr. Navel achselzuckend. »Während du auf der Suche nach der verschollenen Bibliothek verschollen warst, habe ich gelernt, von den Lippen zu lesen. Auf diese Weise verging die Zeit schneller.«

Seine Frau umarmte ihn, sie war beeindruckt.

»Ich werde niemals wieder einfach so weggehen«, versprach sie ihm. »Wenn Oliver und Celia wieder da sind, bleiben wir für immer beieinander.«

Dr. Navel lächelte, auch wenn er nicht so recht an dieses Versprechen glauben mochte. Er wusste ja, dass seine Frau sowohl Draufgängerin als auch Mutter war, und manchmal gewann die Draufgängerin die Oberhand. Aber bei ihrer Rückkehr würde er immer da sein und alles wieder ins Lot bringen.

»Was machen wir jetzt?«, fragte er. »Es könnte ein Problem geben, wenn sie merken, dass die Zwillinge geflohen sind.«

»Wenigstens ist es dann unser Problem und nicht das unserer Kinder. Draußen im Eis sind sie sicherer als hier drinnen.«

Sie wechselte den Kanal und schaltete auf den Tunnel um, damit sie Janice und Sir Edmund kommen sahen und auch seine Begleitmannschaft, die er zur Verstärkung mitgebracht hatte.

»Ich freue mich schon auf Sir Edmunds Gesicht, wenn er merkt, dass Oliver und Celia entwischt sind«, fügte sie hinzu.

»Was, wenn er sie verfolgen will?«

»Das will er garantiert«, sagte sie. »Aber dazu muss er erst einmal mit uns fertigwerden.«

Sir Edmund blickte an dem Stahltor hoch.

»Sie sind also auf der anderen Seite dieses Tores, ja?«

»Ganz genau«, sagte Janice.

Er zog an der Tür und zerrte an den Ketten. »Scheint fest verschlossen zu sein«, sagte er.

»Sie ist gebaut, um Eisbären abzuhalten; dagegen können auch die Navels nichts ausrichten.«

»Bist du dir da sicher?« Sir Edmund zwirbelte seinen Schnurrbart. Die Navels waren ihm öfter durch die Lappen gegangen, als er zählen konnte. Er würde sie nicht noch einmal unterschätzen. Er hatte seine eigenen Vorstellungen, wie man sie richtig hinter Schloss und Riegel brachte. »Sonst gibt es keinen Weg nach draußen?«

»Nein«, sagte Janice beleidigt, weil Sir Edmund ihr nicht vertraute.

»Bist du dir sicher?«

Janice blickte ihn böse an. Sie mochte es nicht, wenn man ihre Niedertracht infrage stellte. Sie hatte die Gräber der alten Könige von Burma geplündert, um die Zahnstocher aus Jade zu klauen, sie hatte die Identität eines berühmten tibetanischen Bergsteigers angenommen, sie hatte mehr Forschungsreisende entführt, als sie zählen konnte. Sie war bestens imstande, die Navels gefangen zu halten!

»Ich habe dich näher an Atlantis herangebracht, als du jemals gewesen bist, und du zweifelst an meinen Worten?« Sie verschränkte die Arme vor der Brust.

»Ich schätze, du hast recht«, sagte Sir Edmund. »Wie es aussieht, brauche ich deine Dienste in Zukunft nicht mehr.«

»Ach ja? Ich habe also meine Aufgabe erledigt?«

»Das hast du«, bestätigte Sir Edmund.

»Dann will ich mein Geld.«

»Du wirst großzügig belohnt werden für deine Arbeit.« Sir Edmund lächelte. »Ich nehme an, du akzeptierst Goldbarren als Bezahlung?«

»Oh ja«, sagte sie. »Das tue ich.« Sie unterdrückte ein Lächeln. Für eine Grabräuberin schickt es sich nicht, wie ein Schulmädchen zu kichern.

»Gut«, sagte Sir Edmund. »Ich habe meine Leute angewiesen, dass sie es in die obere Ladebucht ausladen sollen. Du kannst es dir dort holen.«

Er hatte kaum ausgeredet, da rannte Janice schon den Tunnel entlang zur Ladebucht.

»Du brauchst die Zahlenkombination, damit du sie aufschließen kannst!«, rief er ihr hinterher.

»Ich breche das Schloss auf«, rief sie zurück und rannte weiter. Sie hatte nicht die Absicht, umzudrehen und Sir Edmund die Gelegenheit zu geben, sie um das Gold zu betrügen, das er ihr versprochen hatte. Sie hatte nicht die Absicht, überhaupt irgendetwas zu tun, ehe sie das Gold nicht mit eigenen Augen gesehen hatte.

Sobald sie außer Sichtweite von Sir Edmund war, hüpfte und sprang sie freudestrahlend auf und ab. Ihr Partner Frank war an einen Yeti verfüttert worden, ihren nächsten Partner, Ernest, hatte man vor Kurzem in Dschibuti zusammen mit Bonnie, der Piratin, ins Gefängnis geworfen. Jetzt war Janice als Einzige übrig, was ihr sehr recht war. Wenn es um Gold ging, dann teilte sie nur ungern.

»Nett, dich kennengelernt zu haben«, raunte Sir Edmund und ein hinterhältiges kleines Lächeln trat auf sein hinterhältiges kleines Gesicht. Er strich mit den Fingern über die große Versteinerung in der Wand. Zufrieden atmete er aus.

Auf der anderen Seite der Tür klebte Dr. Ogden Navel förmlich am Überwachungsmonitor und sah gebannt zu, wie sich Janice und Sir Edmund unterhielten. Sie hatten sich von der Kamera abgewandt, deshalb konnte er nicht von ihren Lippen ablesen, aber er sah, wie Janice weglief. Dabei musste er immer wieder den Bildschirm abwischen, weil immer mehr Wasser von der Decke tropfte.

Die Zimmerdecke sackte nach und nach ein. Das Eis schmolz und das Gewicht, das über ihnen lastete, würde die Decke bald zum Einsturz bringen. Es war erstaunlich, welche Katastrophen ein geringer Temperaturanstieg am Polarkreis auslösen konnte.

»Wir sollten uns lieber beeilen«, sagte er.

»Nur noch ein paar Minuten«, erwiderte seine Frau, die zu ihm gekommen war. »Ich möchte wissen, weshalb Janice es so eilig hat. Sieh mal, ob du sie findest.«

Dr. Navel drückte auf einen Knopf der Fernbedienung. Auf

dem Bildschirm sah man die leeren Hundezwinger mit dem offenen Tor, das hin und her schwang. Er drückte noch einmal auf den Knopf. Auf dem Bildschirm war nur Flimmern.

»Tut mir leid«, sagte er. »Oliver und Celia können das besser.«

Nachdem er eine Weile mit der Fernbedienung herumhantiert hatte, sahen sie den Helikopter, der schon ganz mit Eis bedeckt war, und dann die große Ladebucht mit der großen Kiste. Janice ging gerade darauf zu.

»Ich hab sie!«, sagte Dr. Navel.

»Was wohl in dieser Kiste ist?«, flüsterte seine Frau.

»Wir sehen ja zu, um das herauszufinden«, entgegnete Dr. Navel.

»Das war nur eine rhetorische Frage«, erwiderte seine Frau. »Ich habe keine Antwort darauf erwartet.«

Sie sahen, wie Janice sich bückte und an der Kiste herumfummelte.

»Sie knackt das Schloss«, sagte Dr. Navel.

»Du musst es nicht kommentieren, mein Lieber«, sagte Claire. »Das sehe ich selber.«

Janice richtete sich auf. Lächelnd hob sie den Kistendeckel an. Vom Winkel der Kamera aus konnten die beiden Forscher zwar nicht in die Kiste hineinblicken, aber sie sahen Janice' Gesicht. Sie sahen, wie ihr Lächeln erlosch und sie bestürzt die Stirn runzelte. Dann verwandelte sich ihre Miene in eine Fratze der Wut. Sie riss den Mund auf und sogar durch die dicke Eisschicht und durch das Stahltor hindurch waren dumpf ihre Schreie zu hören, ehe sie plötzlich in die Kiste hineingezogen wurde.

»Hm«, war alles, was Dr. Navel dazu einfiel.

Entgeistert beobachteten sie, wie die große Kiste hin und her gerüttelt wurde. Dann sahen sie, wie Janice hilflos ihre Hände herausstreckte. Aber was immer sich in der Kiste befand, es war stärker als sie. Plötzlich hörte die Kiste auf zu wackeln. In der Ladebucht wurde es still.

»Was war das?«, fragte Dr. Navel und trat ein paar Schritte vom Monitor zurück, so als könnte das Ding in der Kiste durch die Überwachungskamera schlüpfen und ihn packen. »Was ist da drin?«

»Es könnte alles Mögliche sein«, antwortete Claire. »Der Privatzoo von Sir Edmund ist voll von seltenen, exotischen und gefährlichen Tieren.«

»Ganz genau. Schließlich bin ich der bedeutendste Kryptozoologe der ganzen Welt«, sagte Sir Edmund und betrat den Raum. Die Navels fuhren herum. Sie hatten nicht gehört, wie er die Ketten aufgeschlossen und die Tür geöffnet hatte, aber jetzt stand er vor ihnen, in Begleitung zwei seiner Halunken, und strich über seinen großen roten Schnauzbart.

»Sie sind ein ganz gewöhnlicher Wilderer«, sagte Dr. Navel. »Sie rauben Tiere aus ihrer heimischen Umgebung und sperren sie in Käfige. Einmal haben Sie sogar einen Yeti auf Celia und Oliver gehetzt.«

»Und einen Kraken«, fügte seine Frau hinzu.

»Oh ja, das war köstlich«, sagte Sir Edmund. »Aber das ist alles nichts im Vergleich zu dem, was ich diesmal mitgebracht habe. Es war ganz schön kompliziert, es zu fangen.«

»Ich glaube, ich weiß, was es ist«, sagte Claire.

»Tatsächlich?«, fragte Sir Edmund.

»Tatsächlich?«, fragte Dr. Navel.

»Tatsächlich«, antwortete sie. »Und Sie sind komplett verrückt. Wenn das Tier ausbricht, kann es niemand mehr bändigen. Es könnte auch Sie fressen.«

»Was ist es denn?«, fragte Dr. Navel.

»Sagen Sie es ihm oder soll ich das übernehmen?«, fragte Sir Edmund. »Ich wundere mich, dass er es noch nicht selbst herausgefunden hat… wo doch auf der anderen Seite der Wand eine gefrorene Versteinerung dieses Tieres ist.«

»Soll das etwa heißen…?« Dr. Navel schluckte

»Ja«, seufzte Claire. »Sir Edmund hat Janice soeben als Mittagessen an einen Drachen verfüttert.«

»Ach, ist es schon Zeit zum Mittagessen?« Sir Edmund blickte auf seine Uhr. »Ich dachte, er genehmigt sich einen Brunch.«

»Drachen brunchen nicht«, sagte Claire.

»Ich bin der Experte hier«, sagte Sir Edmund. »Immerhin stammt der Drache aus meinem Zoo und ich sage, er hat Janice zum Brunch gefressen.«

»Einen Menschen kann man nicht brunchen«, sagte Claire.

»Ein Drache schon«, erwiderte Sir Edmund.

»Man braucht Sachen zum Frühstücken und Sachen zum Mittagessen, damit es ein richtiger Brunch ist.«

»Braucht man nicht.«

»Wenigstens Kaffee oder Saft.«

»Drachen trinken keinen Kaffee und keinen Saft.«

»Dann war Janice auch kein Brunch.«

»War sie doch.«

»War sie nicht.«

»War sie doch!«

»War sie nicht!« Claire Navel stampfte mit dem Fuß auf. »Drachen brunchen nicht!«

»Ein Drache frisst, was er will!« Sir Edmund lief rot an.

Dr. Navel nahm seine Frau bei der Hand. Er konnte nicht fassen, dass sie über so etwas einen Streit vom Zaun brach. Mit einem Nicken gab sie ihm zu verstehen, dass alles in Ordnung war. Sie wusste genau, was sie tat.

Sir Edmunds Augen wurden schmal. Auch er wusste, was sie tat. Sie wollte ihn ablenken. Er bückte sich und spähte unter den Tisch, ja er warf sogar einen Blick hinter einen Aktenschrank.

»Wo sind eure Bälger?«, fragte er. Dann sah er das offene Gitter am Lüftungsschacht. »Nein«, rief er und sein Gesicht wurde röter als sein Schnurrbart. »Nein!«

»Durchsucht die Station«, schnauzte er seine Begleiter an. »Sucht im Eis! Sucht Oliver und Celia und bringt sie hierher! Beeilt euch!« Zu den Navels sagte er: »Das werdet ihr bitter bereuen!« Dann rannte er hinaus. »Frühstück, Mittagessen, ein Happen zu Mitternacht… egal was, ich werde euch alle an den Drachen verfüttern, das garantiere ich euch!«

»So lange es nicht zum Brunch ist«, rief ihm Claire Navel hinterher, als er die Tür zuschlug.

Die beiden Navels hörten, wie die Ketten klirrend verschlossen wurden, und sahen sich beunruhigt an.

»Ich habe uns ein wenig Zeit verschafft«, sagte Claire und lächelte zuversichtlich. »Sir Edmund ist jetzt wütend. Keiner kann einen klaren Gedanken fassen, wenn er wütend ist.«

»Hast du einen Plan?« Dr. Navel presste die Lippen aufeinander.

Seine Frau nickte.

»Wir brechen aus?«

Sie nickte wieder.

»Und was genau ist das für ein Plan?«

»Ich dachte, ich nenne ihn einfach Polar-Plan.«

»Kein übler Name«, sagte Dr. Navel. »Und wie fangen wir es an?«

»Das ist der Teil, der dir weniger gut gefallen wird.«

Dr. Navel hörte sich den Plan seiner Frau an, dann stimmte er ihm zögernd zu. Wenn es klappte, würden sie fliehen, Oliver und Celia finden und gemeinsam Atlantis entdecken. Wenn der Plan fehlschlug, würden die Kinder ihre Eltern niemals wiedersehen.

24. Wir schlafen bei den Walrossen

Als Oliver und Celia aufwachten, waren sie zu Tode erschrocken – denn der Schlitten kam gerade schlingernd am Rande einer Eisspalte zum Stehen, die so breit war wie ein Fußballfeld. Sie waren sogar noch mehr erschrocken, als sie sich inmitten einer Walrossherde wiederfanden. Es waren Hunderte von Tieren, die sich anschnaubten und anknurrten und in einer Art und Weise trompeteten, die Wally der Wörterwurm als Kakophonie bezeichnet hätte. Jeder andere würde einfach Gebrüll dazu sagen.

Oliver, der sich auf die Haltegriffe gestützt hatte und jetzt nicht loskam, weil seine Handschuhe festgefroren waren, riss die Augen auf, denn er stand von Angesicht zu Angesicht einem großen Walrossbullen gegenüber. Die Schnurrbarthaare kitzelten seine Wangen und die großen gebogenen Stoßzähne stießen fast an seine Knie. Das Tier hatte eine große Narbe auf der linken Gesichtshälfte, die ihm das Aussehen eines ergrauten Veterans aus längst vergangenen Schlachten verlieh.

Das Walross schnaubte so laut, dass Oliver rückwärts vom Schlitten in den Schnee fiel.

Celia kicherte. Das narbengesichtige Walross drehte sich zu ihr, hob seinen massigen Körper und baute sich drohend vor ihr auf. Celia war, wie wir wissen, niemand, der sich von einem Tier einschüchtern ließ, auch wenn es hundertmal mehr wog als sie selbst und zwei elfenbeinerne Stoßzähne hatte, mit denen es sie aufspießen könnte. Sie hatte es schon mit einem Riesenkraken zu tun gehabt. Da würde sie auch mit einem Walross fertig werden.

Sie schob die Schutzbrille zurück, stellte sich möglichst aufrecht hin und warf sich in die Brust. Dabei funkelte sie das Walross böse an. Das Walross wich zurück, seine Stoßzähne schwebten aber immer noch bedrohlich über Celias Kopf.

Das Walross brüllte.

Celia brüllte zurück.

Das Walross schnaubte wieder und drehte sich dann auf die Seite. Es legte sich auf den Bauch und rutschte grunzend und knurrend übers Eis.

Als die anderen Walrosse sahen, dass diese komische kleine Kreatur den Anführer in die Flucht geschlagen hatte, verzogen auch sie sich und machten Platz auf dem Eis für die Navel-Zwillinge und ihre Schlittenhunde.

Celia nickte zufrieden. Sie war froh, ihre Überlegenheit bewiesen zu haben. Die Walrosse waren auch nicht viel anders als Oliver frühmorgens nach dem Aufstehen.

»Und was jetzt?«, fragte Oliver mit Blick auf die Walrossherde.

Die nächste Eisscholle war mindestens hundert Schritte entfernt, dazwischen war eiskaltes Wasser.

»Woher soll ich das wissen?«, sagte Celia. »Warum schaust du nicht auf den Kompass?«

Oliver blickte zu Boden.

Celia ließ die Schultern hängen. »Weil du ihn verloren hast, stimmt's?«, fragte sie ahnungsvoll.

Oliver zuckte mit den Achseln. »So ähnlich.«

»Wie kann man etwas so ähnlich wie verlieren? Entweder du hast ihn verloren oder du hast ihn nicht verloren!«

»Ich habe ihn verloren.«

»Ich hab's ja gewusst!«

»Wenn du es gewusst hast, warum hast du ihn mir dann überhaupt gegeben?«

Jetzt war Celia baff. Entweder hatte sie nicht gewusst, dass er ihn verlieren würde, oder aber sie hatte es gewusst und ihm den Kompass trotzdem gegeben. Sie wollte nicht zugeben, dass sie so oder so einen Fehler gemacht hatte, deshalb ignorierte sie Oliver und blickte zum Himmel.

»Wir müssen übers Wasser«, sagte sie. »Dort ist Norden.«

»Woher weißt du das?«

»Es wird dunkel«, antwortete Celia. »Und da ist der Polarstern.« Sie zeigte auf einen hellen Lichtfleck am Himmel.

»Na und? Da sind so viele Sterne.«

»Folge 237 von *Liebe in 30.000 Fuß Höhe«,* sagte Celia. »Captain Sinclair verliebt sich in eine Astronomin, die es, wie sich später herausstellt, nur in seiner Einbildung gibt. Aber sie erklärt ihm, wie man navigieren kann, wenn man den Stern am Ende des Sternbilds Kleiner Wagen kennt. Der steht immer genau über dem Nordpol. Und dorthin müssen wir.«

»Okay«, sagte Oliver. »Aber es wird dunkel.«

»Das habe ich gerade gesagt«, antwortete Celia.

»Ich finde, wir sollten hier ein Lager aufschlagen.«

Celia nickte. Sie war müde, um nicht zu sagen erschöpft, und konnte eine gesunde Nachtruhe gut gebrauchen. Jedenfalls so gesund, wie eine Nachtruhe eben sein kann, wenn man sie mit seinem Bruder zusammen in einem Zelt auf einem arktischen Eisfeld verbrachte und von einer Herde von Walrossen umringt war.

Oliver fing an, die Vorräte vom Schlitten zu laden. Die Hunde beobachteten ihn gespannt.

»Ich glaube, sie wollen etwas fressen«, sagte Celia.

»Ich auch«, sagte Oliver und kramte herum. Er zog eine Tüte

Käsebällchen hervor und begann sie aufzuessen. Die Hunde wedelten mit dem Schwanz und winselten.

»Willst du nicht mit ihnen teilen?«, fragte Celia.

»Hunde essen kein normales Essen«, sagte er.

»Du isst wie ein Walross«, sagte Celia. »Zu dumm, dass wir kein Walrossfutter haben.«

Oliver lachte und hielt sich zwei länglich verformte Käsebällchen so vor den Mund, dass sie aussahen wie die Stoßzähne eines Walrosses. Er brüllte Celia an. Sie stemmte die Arme in die Hüften und warf ihm einen Blick zu, der den Ozean hätte gefrieren lassen, wäre er nicht schon gefroren gewesen.

Oliver hörte mit dem Brüllen auf. Celia schüttelte den Kopf und holte eine Tüte Hunde-Trockenfutter hervor, die unter den Käsebällchen gelegen hatte. Sie warf die Tüte in den Schnee. Während sich die Hunde darum stritten, ging Oliver zum Schlitten zurück, kramte das Zelt hervor und fing an, es aufzubauen.

Celia starrte auf das eisige Meer hinaus und dachte angestrengt nach, wie sie auf die nächste Eisscholle gelangen konnten, aber ihr fiel rein gar nichts ein.

»Könntest du mir mal helfen?«, rief Oliver, der sich gerade abmühte, damit der Wind das Zelt nicht umwehte, ehe er die Stangen eingeschlagen hatte. Jedes Mal, wenn er eine Ecke aufgerichtet hatte, riss der Wind die andere Ecke wieder ein.

»Ich versuche gerade herauszufinden, was wir jetzt machen sollen«, sagte Celia. »Wir haben kein Boot.«

»Schlafen«, schlug Oliver vor.

»Ich vermute, Zahnbürsten oder Schlafanzüge gehören nicht zur Ausrüstung auf dem Schlitten?«, fragte Celia.

»Ich nehme an, den Walrossen ist es egal, ob wir die Zähne putzen«, sagte Oliver. »Und überhaupt, es ist zu kalt, um jetzt einen Schlafanzug anzuziehen. Ich schlafe in den Sachen, die ich anhabe.«

Celia musste insgeheim zugeben, dass ihr Bruder recht hatte, und half ihm, das Zelt aufzustellen. Die Hunde hatten sich schon zusammengerollt und dösten zufrieden im Schnee. Ihre Pfoten zuckten im Schlaf und sie winselten, während sie davon träumten, Eichhörnchen oder Walrosse zu jagen oder wovon Schlittenhunde eben so träumen. Celia kroch mit Oliver ins Zelt und sie kuschelten sich in ihre Schlafsäcke und zogen den Reißverschluss zu, dass nur noch ihre Gesichter hervorschauten.

Celia fragte sich, wie sie bei all dem Prusten und Schnauben der Walrosse jemals in den Schlaf finden sollten, als sie bemerkte, dass Oliver schon genauso fest schlummerte wie die Hunde draußen. Erstaunlich, wie ähnlich sich ihr Bruder und die sabbernden sibirischen Huskys waren.

»Typisch«, murmelte sie vor sich hin.

Aber bei Celia wollte der Schlaf einfach nicht kommen. Sie machte den Reißverschluss ihres Schlafsacks wieder auf und schnappte sich eine Taschenlampe. Bibbernd las sie in dem Tagebuch des alten Forschungsreisenden weiter. Gegen Ende wurde seine Handschrift immer krakeliger.

Beinahe am Ziel. Reise viel beschwerlicher, als ich sie mir vorgestellt hatte. Essen ist ausgegangen. Die Hunde verhungern, aber ich brauche sie doch, damit sie den Schlitten ziehen. Ich muss aus meinem Stiefelleder eine Suppe kochen und sie mit ihnen teilen.

»Igitt«, murmelte Celia.

Habe jetzt Frostbeulen an den Zehen. Seit Tagen verfolgt mich ein Eisbär, aber heute Morgen habe ich einen bemerkenswerten Ort erreicht. Eine gefrorene Schlucht hat sich vor meinen Augen aufgetan, das Eis war purpurrot. Woher die

Farbe kam, weiß ich nicht. Ich habe jede Nacht fürchterliche Träume, vielleicht sind es Visionen, von Ratatosk, dem tratschenden Eichhörnchen, das mir rät umzukehren. Aber ich darf nicht umkehren. Ich muss unbedingt die Schlucht überwinden, muss über die Knochen von Urzeitriesen klettern, bis zur untergegangenen Stadt des Nordens. Nur dort wird die Bibliothek in Sicherheit sein. Ich höre ein Brüllen in der Ferne. Vielleicht verfolgt mich der Bär, weil er verrückt vor Hunger ist. Oder vielleicht sind die Geschichten ja doch wahr… vielleicht gibt es hier tatsächlich Drachen. Die kommenden Tage werden es zeigen.

Nach diesen Zeilen folgten keine weiteren Einträge mehr, bis auf den letzten, den er Tausende Meilen von hier entfernt geschrieben hatte.

Was auch immer in der Zwischenzeit geschehen sein mochte, der Forscher hatte nichts darüber aufgeschrieben. Wahrscheinlich war er verrückt geworden und hatte sich ganz in seinen Träumen von tratschenden Eichhörnchen und brüllenden Drachen verloren.

Während Celia der Kakofonie draußen lauschte, glaubte sie fast, durch den Wind das Brüllen eines Drachen zu hören. Und das Plappern der Walrosse hörte sich fast so an wie das Schwätzen ihrer Kameraden aus der sechsten Klasse.

Bei dem Gedanken an die Schule bekam Celia Heimweh. Sie sehnte sich nicht nur nach dem Fernseher, sondern auch nach ihrer Wohnung im Klub der Forschungsreisenden, nach ihrem Vater und ihrer Mutter und danach, zu Hause langweilige Sachen zu machen, wie etwa Gemüse essen, Hausaufgaben erledigen oder sogar im Sportunterricht an Seilen hochzuklettern.

Sie spürte, wie ihre Lider schwer wurden und sie von dem Knirschen und Knacken des Eises und dem Glucksen des Wassers, das an den Eisrand schwappte, und der eiskalten Stille der Arktis eingelullt wurde.

Sie riss die Augen weit auf.

Die eiskalte Stille.

Da stimmte etwas nicht. Wieso war es so still? Wie lange hatte sie geschlafen?

»Oliver!« Sie stieß ihren Bruder an. »Oliver, wach auf! Oliver!«

Oliver machte ein Auge auf und blinzelte mürrisch. »Ich bin müde«, murmelte er.

»Hör mal«, sagte Celia. »Hörst du das?«

»Was denn?«, fragte Oliver und stützte sich auf seine Ellenbogen. »Ich höre gar nichts.«

»Genau!«, sagte Celia. »Was ist mit den Walrossen passiert? Und warum schnarchen die Hunde nicht mehr?«

»Oh«, sagte Oliver und setzte sich ganz auf.

»Oh ist gut«, sagte Celia. »Geh raus und sieh nach.«

»Ich?«, fragte Oliver. »Warum ich? Warum muss immer ich –«

Celia blickte ihn mit hochgezogenen Augenbrauen an.

»Schon gut«, sagte er. »Mein Slogan.«

Er kroch aus seinem Schlafsack, setzte seine Kapuze auf und robbte an den Rand des Zelts. Vorsichtig spähte er hinaus.

»Es sind keine Walrosse mehr da«, sagte er.

Celia machte Anstalten, aufzustehen und sich selber ein Bild zu machen.

»Die Hunde sind auch weg«, fügte er hinzu.

»Wie bitte?« Celia drängte sich hinter ihren Bruder. »Wo sind sie denn hingegangen?«

»Sie sind nirgendwohin gegangen«, sagte Oliver und öffnete den Zelteingang noch ein Stückchen weiter. »Wir sind gegangen.«

Celia streckte den Kopf durch die Öffnung und schnappte erschrocken nach Luft. Das Zelt stand mitten auf einer großen, runden Eisscholle, die unaufhaltsam von der Stelle wegschwamm, auf der die Walrossherde tief und fest schlief.

»Wir sind vom Eis abgebrochen!«, schrie Celia. »Wir treiben auf dem Wasser!«

25. Wir treiben uns herum

»Wir treiben aufs Polarmeer hinaus«, erklärte Oliver.

In der Ferne standen die Hunde neben dem Schlitten auf dem festen Land und bellten, während ihre zweibeinigen Anführer auf der Insel aus Eis davonschwammen.

Celia ließ die Schultern sinken.

Sie hätte es wissen müssen.

Alles, was sie und ihr Bruder anfingen, ging mit ziemlicher Sicherheit schief.

Sie sah, wie die Hunde zuerst die Walrosse und dann einander anblickten und zuletzt einen Eisbären, der durch den Schnee angerannt kam.

Huskys sind sehr anhängliche Hunde und sehr kluge noch dazu. Aber in dieser Situation wogen sie in ihrem kleinen Hundehirn die Anhänglichkeit gegen die Klugheit ab. Die Anhänglichkeit befahl ihnen, zu bleiben und auf ihre Schlittenführer zu warten. Die Klugheit sagte ihnen, dass sechs Hunde für einen hungrigen Eisbären keine ernsthaften Gegner darstellten. Und wie es schien, behielt die Klugheit die Oberhand, denn die Hunde ergriffen die Flucht und zerrten den Schlitten hinter sich her. Laut bellend rannten sie in die Richtung zurück, aus der sie gekommen waren.

Der Eisbär achtete nicht weiter auf die Hunde, sondern rannte mitten in die Walrossherde hinein. Die meisten Tiere sprangen ins Wasser, aber einige der größeren stellten sich zum Kampf. Oliver und Celia hatten genügend Naturfilme gesehen, um zu wissen, wie grausam das war, was jetzt kam.

Sie wandten sich ab. Es reichte schon, das Brüllen und Knurren vom Eisbär-gegen-Walross-Kampf zu hören, sie mussten es nicht auch noch mit ansehen.

Die fliehenden Walrosse tauchten unter dem Eisfeld hinweg, aber einige Tiere schwammen zu der Eisscholle, auf der die Zwillinge dahintrieben. Sie stießen dagegen und brachten sie bedrohlich zum Schwanken. Einige rissen sogar ganze Stücke von der Scholle ab oder schlugen Löcher und Risse, die sich sofort mit Wasser füllten.

»Passt doch auf!«, schrie Oliver, als könnten ihn die verängstigten Walrosse verstehen.

Wieder stieß ein Walross mit der Eisscholle zusammen und dann noch eines. Oliver rutschte aus und fiel hin. Celia nahm ihn bei der Hand und zog ihn in die Mitte, wo das Eis am dicksten war. Sie sahen hinüber zu dem Eisfeld, auf dem irgendwie in weiter Ferne der Nordpol lag und zu dem die Walrosse jetzt mit Schnauben und Brüllen zurückkehrten. Nur die Zwillinge trieben in die andere Richtung.

Und diese Richtung führte aufs offene Meer hinaus. Sie hatten nur das Zelt und ein paar Tüten mit Käsebällchen, die Oliver für einen späten Imbiss eingesteckt hatte. Die Vorräte würden nicht sehr lange reichen.

»Wenn wir es nicht schaffen, zurück aufs feste Eis zu gelangen«, sagte Oliver, »dann sind wir dem Tod geweiht.«

»Logo«, sagte Celia.

Sie würde sich etwas einfallen lassen. Alle möglichen Gedanken schossen ihr durch den Kopf, von Dschibuti und Drachen, von Janice und Eichhörnchen, ja, sogar der Titelsong von *Weltbeste Rodeo-Clowns*. Jeder von uns, der sich jemals dringend etwas einfallen lassen musste, weiß, wie störend es ist, wenn ständig andere Gedanken auftauchen, die nur ablenken.

»Streng dich an, Celia!«, befahl sie sich selbst, denn sie trieben immer weiter aufs offene Meer hinaus. »Denk nicht mehr an die Rodeo-Clowns!«

»Das ist es!«, rief Oliver. »Du hast es geschafft!«

»Was?«, fragte Celia. »Was habe ich geschafft?«

»Rodeo-Clowns!«, jubelte Oliver und fing an, das Zelt zu zerlegen.

»Was ist los?«, fragte Celia. Sie war es nicht gewohnt, dass sie diejenige war, die nichts kapierte.

»Hilf mir, das Zelt auseinanderzubauen«, sagte Oliver. »Schnell!«

Celia zögerte.

»Komm schon!«, schrie Oliver. »Wir dürfen unsere Chance nicht verpassen! Wir müssen ein Walross fangen.«

»Wir müssen was?«

»Das war doch deine Idee!«, sagte Oliver. »Wir müssen ein Walross ans Zelt binden. Dann wird es uns an Land ziehen.«

Celia spähte ins Wasser. Unten tummelten sich noch ein paar Walrosse, aber nicht mehr allzu viele. Wenn sie sich nicht beeilten, war die Chance vertan. Sie rannte zu Oliver und half ihm, das Zelt zu zerlegen.

»Okay«, sagte er. »Wenn ein Walross unter uns herschwimmt, lassen wir das Zelt an der Seite hinunterfallen wie ein Netz. Dann wird uns das Walross an Land ziehen.«

»Und was ist, wenn das Zelt zerreißt?«, fragte Celia.

»Das wird es nicht«, sagte Oliver.

»Woher willst du das wissen?«

»Weil du mich gezwungen hast, *Modesünden der Promis* anzusehen«, sagte Oliver.

Celia erinnerte sich, was Madame Mimi über ihr Zelt-Kostüm gesagt hatte. »Warm, feuerfest und unverwüstlich.«

»Bei drei«, sagte Oliver, als zwei Walrosse knapp unter der

Wasseroberfläche auf sie zugeschwommen kamen. »Eins... zwei... drei!«

Sie warfen das Zelt ins Wasser. Als die Walrosse auftauchten, verfingen sie sich darin. Oliver und Celia gruben ihre Absätze ins Eis und stemmten sich dagegen. Aber die großen Meeressäugetiere waren zu kräftig und zu schnell. Sie zerrten die Zwillinge quer über ihre schwimmende Insel. Eine Seite der Scholle hob sich an, die andere Seite tauchte unter, was dazu führte, dass die beiden Geschwister ins Rutschen kamen.

»Hoppla!«, konnte Oliver gerade noch rufen, ehe er und Celia von der Eisscholle plumpsten.

Als das eiskalte Wasser über seinen Kopf schwappte und die Walrosse ihn unter die Wasseroberfläche zogen, wurde ihm klar, dass er den Plan vielleicht etwas gründlicher hätte durchdenken sollen.

Und kurz bevor auch Celia unterging, fiel ihr ein, weshalb sie es war, die immer die guten Ideen hatte.

26. Wir kämpfen um unser Leben

Celia drehte den Kopf zur Seite. Mit beiden Fäusten umklammerte sie das Zelt und hielt verzweifelt die Luft an. Vorsichtig machte sie die Augen auf. Sie sah die verschwommenen Umrisse ihres Bruders, der sich an einem schmalen Streifen Zeltplane festhielt. Sie war froh, dass er nicht losgelassen hatte. Wenn sie es aus dem Wasser heraus ans Land schafften, würde sie ihm gehörig die Meinung sagen.

Viel wahrscheinlicher war es jedoch, dass sie in den nächsten Sekunden erfroren.

Das Wasser zerrte an ihren schweren Kleidern, was bedeutete, dass sie sich sehr schnell fortbewegten. Die Walrosse waren in Angst und Schrecken, sie schwammen blindlings los und gaben dabei laute Geräusche von sich, die sich fast wie Glockenläuten anhörten. Vermutlich ginge es dir nicht anders, wenn du gerade vor einem Eisbären fliehst und dir plötzlich zwei Kinder ein Zelt über den Kopf stülpen. Du würdest vermutlich kein lautes Glockenläuten von dir geben, weil du keinen luftgefüllten Kehlsack wie ein Walross hast, weshalb du auch den Atem nicht so lange anhalten kannst wie sie. Genau das wurde auch Oliver und Celia in diesem Moment klar.

Es fühlte sich an, als würden sie tausend kleine Nadeln stechen, so kalt war das Wasser. Celia spürte ihre Zehen und Finger nicht mehr. Und Oliver war sich nicht sicher, ob er noch eine Nase hatte.

Plötzlich tauchten sie an die Wasseroberfläche und wurden

in das Licht und an die Luft katapultiert. Die Walrosse hüpften auf die Eisscholle, rutschten weiter und schleppten die Zwillinge hinter sich her. Oliver und Celia ließen das Zelt los und rollten sich auf die Seite, während sie die Plane über die beiden darunter verborgenen Tiere zogen.

»Sie sehen aus, als würden sie Gespenster spielen«, keuchte Oliver. Nur dass sie keine… leeren Augenhöhlen haben.«

»Du…«, stieß Celia hervor. Sie bibberte am ganzen Körper, »hättest uns beinahe umgebracht.«

»Wir… wir haben es geschafft… oder nicht?«

Celia blickte sich um. »Nein, haben wir nicht.«

Sie hatten es nicht über das Wasser bis auf die andere Seite geschafft. Sie waren wieder auf dem Eisfeld, von dem sie aufgebrochen waren. Sie waren dem Nordpol keinen Schritt näher gekommen, nur dass sie jetzt auch noch nass und ihre Hunde und ihre Vorräte los waren. Sie starrten auf die Schlittenspuren im Schnee, die sich im Nichts verloren.

»Die Walrosse haben kehrtgemacht, während wir unter Wasser waren«, vermutete Oliver. »Sie konnten ja durch die Zeltplane nichts sehen.«

»Moment mal«, sagte Celia. »Das heißt ja, dass der Bär hier irgendwo ist.« Sie drehte sich um und sah, wie der Eisbär mit dem narbengesichtigen Walross kämpfte. Die beiden waren ganz nah. So nahe wollte Celia nicht einmal dem Lehrerpult im Klassenzimmer kommen, geschweige denn diesen Tieren. Sie wich zurück und zog ihren Bruder mit sich.

Die zwei Walrosse, die die Zwillinge gezogen hatten, schüttelten das Zelt ab und kamen ihrem Gefährten zu Hilfe. Wenn drei Walrosse mit einem Eisbären kämpfen, dann klingt das wie die wütende Meute in Dschibuti, nur dass sich Geräusche von brechenden Knochen darunter mischen.

»Ich finde, wir sollten schleunigst abhauen«, sagte Celia.

»Ja, aber dazu müssen wir hinüber aufs Eis«, sagte Oliver.

»Wir erfrieren, wenn wir nicht bald irgendwohin kommen, wo es warm und trocken ist. Hast du schon mal was von Hypothermie gehört?«

»Logo«, sagte Oliver. »Das ist, wenn die Körpertemperatur unter 35 Grad fällt und man sich nicht aufwärmen kann. Dann hören die Organe auf zu arbeiten und man erfriert. Ich hab dir doch gesagt, ich schaue genauso viel Bildungsfernsehen wie du, und ich habe die Nase voll, dass du mich immer für einen Dummkopf hältst.«

»Ich halte dich nicht für einen Dummkopf!«, sagte Celia.

»Aber du tust immer so.«

»Du bist mein Bruder, ich muss dich so behandeln.«

»Wer sagt das?«

»Alle!«, sagte Celia. »So gehen Schwestern mit ihren kleinen Brüdern eben um!«

»Ich bin nicht dein kleiner Bruder! Du bist nur drei Minuten älter!«

»Und zweiundvierzig Sekunden«, antwortete Celia. »Aber das lässt du ja immer weg.«

»Weil es keine Rolle spielt! Wir sind gleich alt!«

»Du bist mein kleiner Bruder!«

»Bin ich nicht!«

»Bist du wohl!«

Während sie sich stritten, tobte hinter ihnen der Kampf zwischen dem Eisbären und den Walrossen. Fleisch wurde zerfetzt, Zähne ausgerissen und das Eis war blutdurchtränkt, aber der Kampf ging weiter. Jedes Mal, wenn der Bär mit seiner Pranke auf ein Walross einschlug, wuchtete ein anderes sich gegen dessen offene Flanke. Tausende Pfund Fett und Muskeln prallten aufeinander. Aber Celia und Oliver nahmen kaum Notiz davon.

»Ich bin kein Dummkopf!«, schrie Oliver.
»Ich habe nie gesagt, dass du einer bist!«
»Du sagst es immer und du entschuldigst dich nie dafür!«
»Es tut mir leid, dass du denkst, dass ich denke, dass du ein Dummkopf bist!«, sagte Celia.
»Das ist keine Entschuldigung!«, sagte Oliver.
»Weil es nichts gibt, wofür ich mich entschuldigen müsste. Ich habe mir den Plan nicht ausgedacht, der dazu geführt hat, dass wir jetzt Hypothermie haben!«
»Aber ich hatte wenigstens einen Plan!«
»Ich habe auch einen Plan!«
»Ach ja? Und wie sieht der aus?«
»Ich werde dich weiter anschreien! Denn wenn ich dich anschreie, wird mir warm!«
»Mir auch!«, schrie Oliver.
»Wir müssen uns streiten, damit wir nicht erfrieren!«
»Aber ich bin jetzt nicht mehr auf dich sauer!«
»Und wenn ich wieder Dummkopf zu dir sage?«, schrie sie.
»Wenn du es nicht meinst, dann funktioniert es nicht.« Oliver hörte auf zu schreien und fing wieder an zu bibbern.
»Und wenn ich es doch so meine?« schrie ihn Celia an.
»Du bist meine Schwester«, antwortete Oliver. »Ich weiß, dass du es nicht so meinst.«
Er war nicht mehr wütend. Genau genommen war er gar nichts mehr. Nur noch müde. Hätte er gründlich nachgedacht, dann hätte er gewusst, dass es ein Anzeichen von Hypothermie ist, wenn man plötzlich schläfrig wird und einem alles egal ist, sogar ob man erfriert oder ob ganz in der Nähe womöglich ein Bär mit Walrossen kämpft.
Celia blickte über die Schulter zu den kämpfenden Tieren. Es sah ganz nach einem Unentschieden aus. Der Bär umkreiste die Walrosse und die Walrosse hatten sich zusammenge-

drängt und schnaubten und knurrten den Bären an. Keine der beiden gegnerischen Parteien brachte noch die Kraft auf, einen neuen Angriff zu starten, aber keine wollte sich ergeben.

Celia ging es genauso. Sie war müde, aber Streiten war die einzige Möglichkeit, sich warm zu halten, deshalb gab sie nicht auf. Wenn sie nicht mehr stritten, dann würde ihre Körpertemperatur noch weiter absinken. Vielleicht hatte Oliver ja bereits eine Hypothermie, deshalb musste sie ihn anbrüllen, sie musste dafür sorgen, dass er schrecklich wütend wurde. Sie dachte an das, was ihn mehr als alles andere kränken würde.

»Ich wette, du bist nur deshalb nicht wütend, weil du selbst ein Forscher bist!«, warf sie ihm vor. »Du bist genau wie Mom und Dad!«

Oliver zuckte mit den Schultern. Er war nicht wütend. Denn es stimmte ja. Der Kampf zwischen dem Bären und den Walrossen war ziemlich cool. So etwas hatte er im Fernsehen noch nie gesehen. Und einen Hundeschlitten zu lenken, machte ihm auch Spaß.

»Vielleicht hast du recht«, sagte er.

»Nein!«, schrie Celia. »Ich habe nicht recht. Du musst dich ärgern. Sonst bist du nicht Oliver Navel, mein Bruder. Du hasst das Forschen und du hasst es, wenn ich recht habe, und du möchtest mit mir streiten, weil ich immer will, dass du als Erster gehst, und weil ich immer so tue, als ob du ein Dummkopf wärst!«

»Ich will nicht mehr streiten«, sagte Oliver. Wenn er nur eine Minute lang schlafen könnte, dann könnte er nach dem Aufwachen sofort wieder streiten. Er schloss die Augen.

»He!«, schrie Celia ihn an. »Du musst wach bleiben. Reiß dich zusammen! Werde wütend!!«

»Kannnichtwütendaufmeine Schwestersein«, murmelte Oliver. Er konnte sich kaum noch auf den Beinen halten. Ihm wurde schwindelig. Er war durcheinander. Er brachte keinen vernünftigen Satz mehr zustande. »Schwester«, wiederholte er, »du bist mein bester Freund.«

»Du meiner auch«, sagte Celia. Wäre Oliver bei Sinnen gewesen, dann hätte er seiner Schwester so etwas niemals gesagt und sie hätte es ihm auch nie geantwortet. Aber es waren hoffnungslose Zeiten. Celia musste schleunigst radikale Maßnahmen ergreifen. Sie gab ihrem Bruder eine Ohrfeige und schrie: »Wach auf!« Dann schlug sie ihn noch einmal.

Oliver lächelte dümmlich und öffnete die Augen einen kleinen Spalt. Er zitterte nicht einmal mehr vor Kälte.

»Mach die Augen richtig auf!«, schrie Celia.

Als er Celia schreien hörte, drehte der Eisbär den Kopf in ihre Richtung und hob die Nase in die Luft. Die Walrosse schnaubten und bäumten sich vor ihm auf. Mehr Ermutigung brauchte der Eisbär nicht, um sich nach einer leichteren Beute umzuschauen. Von den beiden Menschenkindern würde er zwar längst nicht so satt werden wie von einem Walross, aber sie waren ein schneller Happen und so leicht zu verschlingen wie zwei Käsebällchen.

Er drehte sich um und trabte los.

Celia sah den Bären kommen. Er lief langsam, denn er war geschwächt vom Kampf. Sein Maul war von Walrossblut verschmiert und an den Krallen klebte Walrossspeck. Seine dunklen Augen schauten so starr wie die Augen der Zwillinge, nachdem sie am Samstagmorgen fünf Stunden lang Zeichentrickfilme angesehen hatten.

Die drei Walrosse waren erschöpft und wahrscheinlich immer noch sauer, weil Oliver ihnen das Zelt übergestülpt hatte. Sie sprangen ins Wasser und schwammen an das andere Ende des Eisfelds. Sie hatten keine Lust, ihr Leben wegen zwei

Menschenkindern aufs Spiel zu setzen. Sie hatten ja ihre eigenen Familien, um die sie sich kümmern mussten. Ehe sie abtauchten, schien das Narbengesicht Celia noch spöttisch mit einer Flosse zuzuwinken.

»Blödes Walross«, maulte Celia. »Oliver…« Sie wandte sich wieder ihrem Bruder zu. »Du musst aufwachen… wir müssen fliehen. Der Bär kommt…«

»Ich mache nur ein kurzes Nickerchen«, seufzte Oliver und ließ sich in den Schnee fallen. »Weck mich auf, wenn die Sendung vorbei ist.«

»Du redest wirres Zeugs«, sagte Celia. »Wir schauen nicht fern. Ein Eisbär kommt und will uns fressen.«

»Gib ihm ein paar Käsebällchen.« Oliver machte es sich im Schnee bequem. Für ihn war das überhaupt nicht wirr. Warum sollte der Eisbär ihn fressen wollen, wenn er doch die extra knusprigen Käsebällchen haben konnte?

»Nein«, bettelte Celia. »Komm mit! Bitte!« Sie packte Oliver am Arm und wollte ihn auf die Beine stellen. Aber sie schaffte es nicht. So blieb ihr nichts anderes übrig, als ihn durch den Schnee zu ziehen, mühsam rückwärts gehend und den Bären dabei immer im Blick. Der Bär tappte mit gesenktem Kopf vorwärts und starrte sie aus unerbittlichen Augen an. »Husch, husch, Bär!«, rief Celia. »Husch!«

Der Bär machte nicht husch, sondern kam näher. Celia griff in ihre Tasche und zog die Dose mit dem Anti-Bären-Spray hervor. Sie zielte auf den Bären, drehte sicherheitshalber den Kopf zur Seite und kniff die Augen zu, bevor sie auf den Sprayknopf drückte. Der Bär lief in den Sprühnebel hinein und blieb plötzlich stehen. Er schüttelte den Kopf und blinzelte.

»Ja, genau!«, rief Celia. Sie schnüffelte. Es roch nach Pfeffer. »Bleib, wo du bist!«

Celia schleppte Oliver weiter und bei jedem Schritt, den sie zurückging, machte der Bär einen Schritt nach vorn. Ein Schritt von Celia, ein Schritt vom Bären. Sobald Celia stehen blieb, blieb auch der Bär stehen. Wenn er ihr zu nahe kam, nahm sie das Bären-Spray und sprühte ihn voll. Dann wich der Bär knurrend zurück, geduckt und in Angriffshaltung. Celia wusste, wenn sie ihm jetzt den Rücken zuwandte oder hinfiel oder falls ihr – nein, sobald ihr das Anti-Bären-Spray ausging, dann erwartete sie und ihren Bruder ein entsetzliches Ende.

Sie musste immer weitergehen.

Das Schicksal der Navels lag jetzt in ihren eiskalten, zitternden Händen.

27. Wir bekommen einen Bären aufgebrummt

Ihre Schneekleidung war von Eis überzogen, ebenso ihre Haare und ihre Wangen. Zum Glück waren ihre Kleider unter den Anzügen trocken geblieben. Das Klebeband hatte das Wasser ferngehalten. Vermutlich waren sie und ihr Bruder nur deshalb noch nicht erfroren.

Celia machte vorsichtig einen Schritt rückwärts.

Der Bär machte einen Schritt vorwärts.

»Komm schon, Oliver«, ächzte Celia und zerrte ihn weiter.

»Lass mich einfach hier liegen«, murmelte er im Halbschlaf.

»Ich lasse meinen kleinen Bruder nicht einfach liegen«, erwiderte sie.

»Wir sind gleich alt«, sagte er und schlug die Augen auf.

»Sind wir nicht!« Celia zog ihn weiter.

»Sind wir doch!« Oliver strampelte mit den Füßen und richtete sich auf, während Celia an ihm zerrte und zog. Ein bisschen Leben war noch in ihm.

Unglücklicherweise hatte Celia nicht wirklich damit gerechnet, dass ihr Bruder auf die Beine zu kommen versuchte, deshalb zog sie viel zu fest und die beiden kullerten über den eisigen Boden. Dann fiel ihr auch noch das Anti-Bären-Spray aus der Hand.

Das war der Moment, in dem der Bär angriff.

Er kam über den Schnee auf die beiden zu und stellte sich auf die Hinterpfoten, um sie mit seinen Pranken zu packen. Instinktiv warf sich Celia schützend auf ihren kleinen Bruder, während

Oliver sich schützend auf seine Schwester warf – schließlich war sie nur drei Minuten und zweiundvierzig Sekunden älter als er –, was dazu führte, dass sie mit den Köpfen zusammenstießen und von dem Aufprall in entgegengesetzte Richtungen geschleudert wurden. Im selben Moment donnerten die Pranken zwischen ihnen auf den Schnee, wo sie zum Glück keinen Schaden anrichteten. Der Bär drehte sich zu Oliver, um ihn zu fressen, aber der versetzte ihm einen Tritt gegen die Schnauze. Dann drehte sich der Bär zu Celia und schnappte nach ihr, aber sie versetzte ihm einen Schlag auf dieselbe Stelle.

Der Bär richtete sich zur vollen Größe auf und brüllte. Die Zwillinge versuchten sich stolpernd außer Reichweite zu bringen. Der Bär zögerte, blickte von einem zum anderen, aber er griff nicht an.

»Was macht er?«, fragte Oliver seine Schwester, die auf der anderen Seite des Bären stand.

»Ich glaube, er ist benommen von meinem Schlag!«, sagte sie.

»Ich glaube, er ist benommen von meinem Tritt!«, sagte Oliver.

»Ich glaube, er überlegt, wer von uns beiden besser schmeckt«, sagte Celia. »Also lauf!«

Oliver rappelte sich auf und lief los. Celia hob die Dose vom Boden auf und wollte den Bären besprühen, aber aus der Dose kam nur ein leises Zischen. Sie war leer. Celia schleuderte sie auf den Bären und rannte hinter ihrem Bruder her.

Beide liefen, rutschten und schlitterten übers Eis. Der Bär wirkte unschlüssig und schnüffelte an der leeren Spraydose. Er schien zu überlegen, wie viel Kraft er aufwenden konnte, um ein mageres Kind zu fangen. Als die Zwillinge ungefähr die halbe Länge eines Fußballfeldes entfernt waren, begann er hinter ihnen herzutrotten. Er hatte alle Zeit der Welt.

»Wir dürfen nicht langsamer laufen«, keuchte Celia. Der Schweiß war unter ihren Kleidern schon an der Haut festgefroren. Sie zitterte unkontrolliert. »Der Bär wartet nur darauf, dass wir das tun.«

Die Geschwister stapften nebeneinander durch den Schnee und stützten sich gegenseitig. Der Bär folgte ihnen und ließ sie nicht aus den Augen.

»Ich bin schon wieder müde«, sagte Oliver.

»Ich auch«, sagte Celia.

»Ich spüre meine Füße nicht mehr«, jammerte Oliver.

»Ich auch nicht«, sagte Celia.

Sie liefen weiter, die Minuten verrannen. Vielleicht waren es auch Stunden. Sie hätten nicht genau sagen können, wie lange sie schon übers Eis liefen. Das Licht veränderte sich nicht. Über ihnen flirrte noch immer die Aurora borealis. Sie sprachen nicht miteinander, denn das war viel zu anstrengend. Celia hätte gerne gestritten, damit ihnen warm wurde, aber sie hatte nicht mehr die Kraft dazu. Die Kälte lähmte sie am ganzen Körper. Oliver hatte begonnen, vor sich hin zu brabbeln, er redete von *Bizarre Banditen* und *Weltbeste Rodeo-Clowns.*

»Meinst du, es gibt in Atlantis Kabelfernsehen?«, murmelte er. »Ich hoffe es sehr. Ich würde Corey Brandt gerne wiedersehen, auch wenn es nur in *Sunset High* ist. Ich bin froh, dass er sich für Lauren entschieden hat. Ich glaube, sie ist nett.«

Celia gab keine Antwort. Sie hatte nicht einmal mehr die Kraft, für Annabel in die Bresche zu springen oder über Corey Brandt oder das Fernsehen an sich zu reden. Sie fror viel zu sehr, sie war viel zu müde und sie hatte viel zu große Angst, von einem Eisbären aufgefressen zu werden.

Sie lief einfach weiter und hörte Oliver zu. Plötzlich verstummte ihr Bruder. Celia befürchtete schon, dass sie ihn jetzt auch noch tragen musste, weil ihm das Hirn eingefroren war oder so was in der Art. Sie drehte sich um und sah Oliver reglos dastehen.

Der Bär war in einiger Entfernung ebenfalls stehen geblieben und beobachtete die beiden. Er wartete darauf, dass einer von ihnen hinfiel. Ein gefrorenes Kind auf dem Boden war für ihn wie ein Eis am Stiel. Aber Celia wollte kein Eis am Stiel sein.

»Oliver, wir dürfen nicht stehen bleiben«, sagte sie. »Lauf weiter.«

»Ich finde, wir sollten klettern«, erwiderte er.

»Wie bitte?« Celia stapfte durch den Schnee zu ihm zurück. »Ist dein Gehirn eingefroren?«

»Ich glaube, er will, dass wir hochklettern«, sagte Oliver.

»Wovon redest du? Wer will, dass wir klettern?«

»Er.« Oliver zeigte nach oben. Hoch über ihnen schwebte ein leuchtender silberner Ballon am Himmel, an dem ein Korb hing. Und aus dem Korb baumelte ein Seil herunter.

Ein bärtiger Mann, der eine große Schutzbrille und einen hellbraunen Parka trug, beugte sich über den Rand des Korbs.

»Schnell!«, rief er. »Klettert herauf!«

Der Bär, dem es langsam dämmerte, dass ihm seine Mahlzeit gerade abhandenkam, rannte über das Eis.

»Dieser Typ sieht aus wie der Weihnachtsmann!«, sagte Oliver lächelnd. »Findest du nicht auch?«

»Das ist alles ein bisschen zu offensichtlich, meinst du nicht?«, sagte Celia. »Oder hast du noch nie etwas von einem Deus ex Machina gehört?«

»Nein«, sagte Oliver und packte das Seil. »Aber vom Weihnachtsmann habe ich schon gehört.«

»Es gibt keinen...« Celia sah sich nach dem Bären um, der auf sie zukam. »Ach, egal.«

Sie folgte dem Beispiel ihres Bruders und packte das Seil. Sofort zog der Ballon sie in die Höhe.

Der Bär sprang hoch und schlug mit seinen Pranken nach ihnen. Seine Krallen, die so groß waren wie ein Steak-Messer, schrammten über die Sohlen von Celias Stiefeln, ehe der Bär krachend zurück aufs Eis fiel. Er brach ein und landete im kalten Polarmeer. Während die Zwillinge immer höher stiegen, kletterte der Bär aus dem Wasser, schüttelte sich das Wasser aus dem Pelz, brüllte laut und trottete dann auf der großen Eisscholle hinter ihnen her.

28. Wir machen eine ulkige Bekanntschaft

Sie kletterten das Seil hinauf bis zum Korb und der Mann zog sie zu sich herein. Völlig außer Puste ließen sich die Zwillinge auf den Boden sinken. Sie waren froh, sich an dem elektrischen Ofen wärmen zu können, mit dem das Luftgefährt ausgestattet war.

Sie starrten ihren Retter an und versuchten herauszufinden, wer der Mann war. Die langen weißen Haare fielen ihm tief ins Gesicht und ein hellblaues Auge blitzte sie schelmisch an. Er lächelte und seine leuchtend rote Nase stach aus seinem eisgrauen Bart hervor. Er trug einen hellen Parka aus Tierfellen, eine Pelzmütze und eine große, flauschige weiße Fellhose.

»Eisbär«, sagte er und hüpfte von einem Fuß auf den anderen. »Gefällt sie euch?«

»Hm«, antwortete Celia.

»Oh, ich weiß«, sagte der Mann und schüttelte den Kopf. »Die jungen Leute heutzutage glauben, dass es grausam ist, Pelz zu tragen, aber ich sage euch, hier oben wird nichts verschwendet. Weder Fleisch noch Blut noch Knochen noch Pelze. Man muss alles nutzen. Das ist ein Zeichen von Respekt. Der Bär da unten würde mit euch dasselbe machen.«

»Hm«, sagte Oliver.

»Der Parka ist aus Rentierfellen gemacht«, fügte der Mann hinzu.

Oliver schauderte. »Bist du der Weihnachtsmann?«, fragte

er, wenngleich ihn der Gedanke entsetzte, dass Santa Claus sein Rentier als Jacke mit sich trug.

Der Mann lachte herzlich, zog seine Handschuhe aus und streckte Oliver eine große rote Hand hin.

»Ulk.«

Oliver sah den Mann stirnrunzelnd an und verschränkte die Arme vor der Brust. Oliver hatte zwar *Wally Wurms Wörterwelt* nicht so oft gesehen wie seine Schwester, aber er wusste, dass Ulk Scherz heißt. »Was? Ist das hier etwa alles nur ein Scherz?«

»Nein. Natürlich nicht.« Der Mann lachte. »Aber ich. Ulk ist mein Name!«

»Ulk?«, fragte Celia. »Sie heißen wirklich Ulk?«

»Gefällt dir der Name nicht?« Der Mann feixte.

»Nein, nein«, sagte Celia. »Er ist ... er ist einfach ... ulkig!«

»Genau!« Ulk lachte. »Und hier in der Gegend gar nicht ungewöhnlich. Bin gleich wieder da!«

Er drehte sich um und machte sich an Seilen und Hebeln zu schaffen, die Federn in Gang setzten, die wiederum Pedale bewegten, die Propeller am Korb in Gang setzten, die das Gefährt über das offene Meer, zerklüftetes Eis und die schnaubende Walrossherde Richtung Horizont trugen. Zwei schwarze Raben flatterten um den Ballon und krächzten.

»Ich habe dir gleich gesagt, dass er nicht der Weihnachtsmann ist«, flüsterte Celia.

»Du hast gesagt, er ist ein Deus ex Machina«, erwiderte Oliver. »So sieht er aber gar nicht aus.«

»Niemand sieht so aus«, sagte Celia. »Ein Deus ex Machina ist doch nur ein Theatertrick.«

»Meinst du, er spielt uns etwas vor?«

»Nein!« Celia verdrehte die Augen. »Es ist ein Trick, den man verwendet, wenn man Geschichten erzählt. Wenn sich alle

Hoffnungen schon zerschlagen haben, taucht etwas aus dem Nichts auf und löst alle Probleme des Helden.«

»Du meinst, er wird unsere Probleme lösen?« Hoffnungsvoll richtete Oliver sich auf.

»Nein«, sagte Celia. »Ich glaube, er wird uns nur noch mehr Probleme machen.«

»Woher weißt du das?«

»Er sieht aus wie der Mann auf den Zeichnungen«, sagte sie. »Das heißt, dass er wahrscheinlich total enigmatisch ist. Und dann werden wir von einem Ungeheuer oder sonst was übers Eis gejagt. So passiert es in solchen Geschichten immer.«

»Welchen Geschichten?«

»Unseren«, sagte Celia.

Der Mann kam zu ihnen. »Tja, wie schon gesagt, ich bin Ulk. Ich bin froh, dass ich euch gefunden habe. Der Bär schien mir einen sehr entschlossenen Eindruck zu machen.«

»Ja und danke, dass Sie unser Deus ex Mechanik sind«, sagte Oliver.

»Machina«, sagte Celia. »Entschuldigung, aber mein Bruder passt einfach nie auf, wenn Bildungsprogramme laufen.«

»Stimmt doch gar nicht«, grummelte Oliver.

»Ich heiße Celia und das ist…«, setzte Celia an, aber Ulk unterbrach sie.

»Das ist Oliver.«

»Wie bitte?« Olivers Mund blieb offen stehen. »Woher wissen Sie das? Sind Sie… ein Schamane?«

»Natürlich ist er ein Schamane«, sagte Celia und blickte vielsagend auf den langen Bart des Mannes und sein stechend blaues Auge.

Auf der ganzen Welt waren Oliver und Celia Schamanen begegnet, also Menschen, die sich mit den Geistern unterhalten konnten und Dinge wussten, die sonst niemand wusste. In jeder Gesellschaft gab es Schamanen, aber die einen fanden mehr Gehör, die anderen weniger. Bei den Wüstenstämmen in Nordafrika waren die Schamanen die Erzähler alter Geschichten und die Bewahrer der Sitten und Gebräuche. Im Regenwald Amazoniens waren sie manchmal Heiler. Dort wo Oliver und Celia lebten, waren die Schamanen meist Leute, die eine eigene Talkshow hatten.

»Ich wette, er wird uns gleich etwas Verrücktes erzählen, wie zum Beispiel«, Celia sprach mit dunkler, verstellter Stimme, damit es möglichst gruselig klang, »ich habe schon auf euch gewartet ...«

Der Mann lächelte und zog seine Kapuze tiefer in die Stirn, dann strich er das lange Haar, das ihm über ein Auge fiel, beiseite. Zum Vorschein kam eine Augenklappe, auf die mit Goldfäden ein Schlüssel gestickt war, ein Schlüssel wie auf dem goldenen Ring, den Celia in der Tasche trug, und wie auf dem Kompass, den Oliver verloren hatte: das Erkennungszeichen der Mnemonen.

»Oliver und Celia Navel.« Ulk verschränkte die Arme und lehnte sich an den Rand der Gondel. Hinter ihm war nichts als Himmel und die zwei Raben, die ihn umflatterten. »Lasst mich raten. Da ihr beide alleine hier seid, steckt eure Mutter in Schwierigkeiten.«

Die Zwillinge nickten.

»Und ihr müsst unbedingt zum Nordpol, weil dort angeblich Atlantis liegt?«

Die Zwillinge nickten wieder.

»Ja, Celia.« Ulk senkte die Stimme. »Ich habe euch erwartet.«

29. Wir hassen unser Schicksal

Ulk war kein Schamane, jedenfalls nicht hauptberuflich. Aber er empfing und sendete Nachrichten wie vor Urzeiten und übte seine geheimen Künste in der Einsamkeit des eisigen Nordens aus. Er konnte Zeichen lesen, die nur wenige andere lesen konnten, und wandelte auf Pfaden, auf denen wenige andere wandelten.

»Ich bin Briefträger«, erklärte er stolz und deutete auf drei Säcke in der Ecke des Korbs, die von Briefen und Postkarten überquollen. »Der einzige am Polarkreis.«

»Nur ein Briefträger?«, fragte Oliver und nippte an dem heißen Kakao, den ihnen Ulk aus einer Thermoskanne eingeschenkt hatte.

»Nur ein Briefträger!« Ulk warf die Hände in die Luft. »Das ist der ehrenvollste aller Berufe!«

»Ich meine... hmm...« Oliver wollte nicht unhöflich sein. Ulks Ofen, die Decken, der heiße Kakao und der Ballon hatten sie vor dem Erfrieren gerettet und davor, von einem Eisbären aufgefressen zu werden. Er war nur enttäuscht. Er hatte wirklich gedacht, dass es vielleicht doch der Weihnachtsmann gewesen war, der sie gerettet hatte. Dann hätte Celia nämlich ziemlich dumm aus der Wäsche geschaut.

»Was mein Bruder fragen wollte, Sir, ist, warum die Geheimgesellschaft unserer Mutter einen Briefträger in ihren Reihen braucht?«, versuchte es Celia eine Spur höflicher.

»Die Geheimgesellschaft eurer Mutter?« Ulk zog die Braue seines gesunden Auges hoch.

»Ähm, ja«, antwortete Celia. »Die Mnemonen. Sie wissen schon, das Abzeichen auf Ihrer Augenklappe. Das waren die Schreiber der verschollenen Bibliothek und unsere Mutter ist die Anführerin.«

»Das hat sie euch gesagt?« Ulk grinste.

Celia verstand den Unterton in seiner Stimme nicht. »Nein«, sagte sie, »aber wir haben die Weissagung gehört…«

Ulk bekam einen Lachanfall. Er schlug mit der Hand aufs Knie und beugte sich vornüber, als hätte eben jemand zehnmal Dschibuti gesagt. Seine Nase und seine Wangen liefen noch röter an, als sie ohnehin schon waren, und vor lauter Lachen machte er die unmöglichsten Verrenkungen.

»Ist Mom denn nicht die Anführerin?«, fragte Celia nach. Sie konnte es nicht leiden, wenn jemand sie auslachte, weder ihr Bruder, wenn sie Dschibuti sagte, noch dieser alte Briefträger in dem Ballon.

»Die Mnemonen sind viel älter als die Bibliothek in Alexandria«, erklärte Ulk. »Sie sind älter, als ihr es euch in den kühnsten Träumen vorstellen könnt.«

»Ich kann mir eine ganze Menge vorstellen«, sagte Celia.

»Sie sind die Bewahrer der Erinnerungen«, sagte Ulk.

»Das wissen wir«, sagte Celia. »Das ist uns schon lange bekannt.«

»Aber wisst ihr auch, dass jede Gesellschaft ihre eigenen Mnemonen hat? Ihre Schreiber und Geschichtenerzähler, ihre Gelehrten und Bibliothekare. Ihre Forscher. Ihre Briefträger.«

Celia hüstelte pikiert.

»Entschuldigung«, sagte Ulk. »Ich meine natürlich Schreiberinnen und Schreiber, Geschichtenerzählerinnen und Geschichtenerzähler und so weiter und so fort.«

»Briefträger sind auch Mnemomen?« Oliver konnte es nicht ganz glauben.

Celia hüstelte pikiert.

»Ich meine natürlich Briefträgerinnen und Briefträger.«

»Boten«, sagte Ulk. »Wo wären wir ohne Boten? Wer würde hungrigen Eisbären und reißenden Schneestürmen trotzen, um Nachrichten an entlegene Orte zu bringen? Wer sonst würde die Botschaften von den Winden, dem Himmel und den Walrossen überbringen?«

»Walrosse kriegen keine Post«, sagte Oliver.

»Da sieht man wieder, wie wenig du weißt«, brummelte Ulk.

Dass der Briefträger ein Schamane war, bezweifelte Oliver. Allerdings redete er genauso seltsam daher.

»Egal«, sagte Celia. Sie mochte es nicht, wenn jemand ihr einen Irrtum nachzuweisen versuchte, und sie hatte erst recht keine Lust, das Geheimnis der Mnemonen zu enträtseln. Sie wollte Atlantis finden und nachsehen, ob die verschollene Bibliothek noch da war, und sie dann bei Sir Edmund gegen ihre Eltern eintauschen. Wenn das erledigt war, würden sie nach Hause gehen und sich niemals wieder in abenteuerliche Situationen verstricken. Sie hatte ohnehin ihre Zweifel, dass Sir Edmund die Welt beherrschen könnte, selbst wenn er die Bibliothek hätte.

»Bringen Sie uns zum Nordpol?«, fragte sie, da sie den Polarstern bei Tageslicht nicht sehen konnte.

»Ja, das tue ich«, antwortete Ulk.

»Gut«, sagte Celia. Nach allem, was sie durchgemacht hatten, hatte sie beschlossen, sich nur noch auf ihre eigenen Augen und auf ihren Bruder zu verlassen. Einem geheimnisvollen einäugigen Fremden in einem Wasserstoffballon traute sie ganz bestimmt nicht über den Weg.

»Wissen Sie vielleicht, was wir tun müssen, wenn wir erst einmal da sind?«, fragte Oliver.

Ulk strich sich über den Bart. »Die alten Völker des Nordens glauben, dass der Allvater aus der Stadt Asgard aufgebrochen ist, um sich neun Tage an Yggdrasil, den Weltenbaum, zu hängen. Von dort konnte er alle Welten unter sich betrachten.«

»Okay ...?«, sagte Oliver ratlos. Zu seiner Schwester gewandt sagte er: »Warum müssen immer alle so enigmatisch sein?«

»Nur weil du weißt, was enigmatisch bedeutet, musst du das Wort nicht andauernd benutzen«, sagte Celia. »Und überhaupt, er spricht vom Nordpol. Wie Dad schon sagte: Wenn du am Nordpol bist, dann kannst du hinschauen, wohin du willst, überall ist Süden.«

Ulk nickte bedächtig. »Von dort konnte er alle Welten unter sich betrachten«, wiederholte er.

»Ja, ich weiß«, murmelte Oliver. Er kratzte sich die Wange. »Aber, ähm, nur damit ich nichts falsch verstehe ... wie war das gleich noch mal?«

»Er meint, dass dieser Dingsda, dieser Weltenbaum, am Nordpol ist«, sagte Celia. »Wenn wir ihn finden, dann haben wir auch den Weg nach Asgard gefunden.«

»Okay ...?«, sagte Oliver.

»Und dieses Asgard ist nichts anderes als Atlantis«, fügte Celia hinzu. Sie hatte eigentlich gedacht, Oliver hätte es inzwischen kapiert.

»Also suchen wir einen Baum?«, fragte Oliver.

»Ja, wir suchen einen Baum«, bestätigte Celia.

»Weil irgendein Typ sich neun Tage lang da drangehängt hat?«

Celia nickte.

»Und den Weihnachtsmann suchen wir jetzt nicht mehr?«

»Das läuft doch mehr oder weniger auf dasselbe raus«, erwiderte Celia.

»Alle verschollenen Orte sind dieselben Orte«, sagte Ulk, *»so*

wie auch alle verlorenen Seelen dieselben verlorenen Seelen sind.«

»Das hat der Forscher in sein Tagebuch geschrieben«, sagte Celia. »Das ist so was von –«

»Enigmatisch«, ergänzte Oliver.

Celia warf ihrem Bruder einen finsteren Blick zu. Aber er hatte recht.

»Die Welt ist eine einzige große Bibliothek von Geschichten«, sagte Ulk. »Alle sind verschieden und doch irgendwie gleich.«

»Sind Sie sicher, dass Sie kein Schamane sind?«, fragte Oliver.

»Du wirst es zu gegebener Zeit verstehen«, sagte Ulk.

»Darauf kann ich verzichten«, sagte Celia und blickte über das Eis hinweg zum Horizont am oberen Ende der Welt. Sie hatte keine Lust auf geheimnisvolle Sprüche, die aus einem Glückskeks stammen könnten. Sie wollte keine rätselhaften Sätze von sich geben, wenn sie wieder in der Schule war. Sie wollte einfach nur in die sechste Klasse zurück. Und ihre Eltern retten. Und fernsehen.

Ulk brachte ihnen Plastikschüsseln mit etwas zu essen, dann ging er wieder, um den Ballon zu lenken. Er zog an Seilen und drehte an Hebeln und es hatte beinahe den Anschein, als würde er den Raben am Himmel folgen. Oliver beugte sich neben Celia über den Korbrand, betrachtete die endlose weiße Landschaft unter ihnen und knabberte an dem merkwürdigen Sülzfleisch, das blaugrün schimmerte.

»Was ist das?«, flüsterte sie.

»Eingelegte Walrossleber!«, sagte Ulk laut. »In Preiselbeersoße. Auf einem Bett aus Seetang angerichtet.«

Unwillkürlich musste Celia würgen.

Oliver roch daran, dann zuckte er die Schultern und nahm einen Bissen.

»Eigentlich gar nicht so übel«, sagte er mit vollem Mund. Celia hielt sich die Nase zu und aß ebenfalls. Aber sie teilte die Einschätzung ihres Bruders, was die nordische Küche anging, nicht. Nachdem sie gegessen hatten, beobachteten sie das Treibeis unter sich. Die Stunden vergingen.

»Ist das langweilig«, jammerte Oliver.

»Waren das Fallschirmspringen, das Hundeschlittenfahren, der Ritt mit den Walrossen und die Flucht vor dem Eisbären nicht schon aufregend genug?«, fragte Celia.

»Doch, das war es«, antwortete Oliver. »Ich kann bloß diese Warterei nicht leiden.«

»Du könntest etwas lesen«, schlug Celia vor und gab Oliver das Tagebuch des alten Forschers. Er rümpfte die Nase, aber nahm es trotzdem.

»Keine Sorge, Kinder«, sagte Ulk. »Das Warten hat bald ein Ende. Morgen früh werden wir am Pol sein und ihr könnt euch auf den Weg machen.«

»Was soll das heißen?« Celia wirbelte herum und sah ihn an. »Begleiten Sie uns denn nicht?«

»Ich muss Post austragen«, sagte er.

»Das soll wohl ein Scherz sein«, sagte Oliver.

»Sehe ich so aus, als würde ich Scherze machen?«, fragte Ulk.

Er sah nicht so aus.

»Ihr müsst euer Schicksal erfüllen«, fügte er hinzu. »Ich bin ein alter Mann, der sein Schicksal schon hinter sich hat.«

»Pff, Schicksal«, murmelte Oliver.

»Aber wir sind noch Kinder«, warf Celia ein.

»Alle Kinder haben ein Schicksal«, sagte Ulk. »Wie sonst sollen sie sonst erwachsen werden?«

»Ja, schon«, sagte Celia. »Aber das Schicksal der meisten Kinder hat etwas mit Fußballspielen und Zeugnissen zu tun und damit, aus Nudeln Bilderrahmen zu basteln.«

»Aber nicht immer in dieser Reihenfolge«, widersprach Oliver.

»Richtig«, sagte Celia. »Warum ist unser Schicksal so …«

»Aufregend?«, fragte Oliver.

Celia warf ihm einen finsteren Blick zu.

»Gefährlich«, sagte sie. »Warum muss sich unser Schicksal um untergegangene Städte, uralte Weissagungen und Drachen drehen?«

»Warte mal, was hast du gerade gesagt?«, fragte Oliver. »Drachen?«

»Erwachsenwerden ist viel gefährlicher als jeder Drache«, sagte Ulk. »Das werdet ihr schon sehen.«

»Warte mal, wie war das mit den Drachen?«, fragte Oliver. »Richtige, lebendige Drachen?«

Weder Ulk noch Celia hörten ihm zu.

»Vielleicht will ich das ja gar nicht sehen«, sagte Celia vorwurfsvoll. »Vielleicht will ich ja gar nicht gegen Drachen kämpfen oder irgendetwas entdecken! Vielleicht will ich ja nur ein ganz normales Leben führen.«

»Kleines Mädchen, das tut mir leid«, sagte Ulk. »Aber dir bleibt nichts anderes übrig. Kein Mensch führt ein ganz normales Leben.«

»Sagt mir jetzt bitte mal jemand, was mit den Drachen ist??«, fragte Oliver.

»Aber das ist unfair!«, rief Celia.

»Das ist der älteste Spruch der Welt«, sagte Ulk.

Oliver schlug das Tagebuch auf und blätterte wie wild darin.

»Das ist kein Spruch«, sagte Celia, »es ist wahr. Es ist einfach niemals fair!«

»Und was soll ich deiner Meinung nach dagegen tun?«, fragte Ulk.

»Sie sind erwachsen!«, schrie ihn Celia an. »Warum helfen

Sie uns nicht, diese Stadt zu finden, unsere Eltern zu retten, und warum beschützen Sie uns nicht vor all diesem gefährlichen Zeug, wie es Erwachsene eigentlich tun sollten?«

»Aha!«, sagte Oliver, denn er hatte die Stelle gefunden, die er gesucht hatte.

»Kein Erwachsener kann euch vor eurem Schicksal bewahren«, sagte Ulk zu Celia. »Sonst wäre es ja nicht euer Schicksal sondern seines!«

»Tja, vielleicht will ich ja gar kein Schicksal!«, schrie Celia.

»Tja, zu blöd, denn du hast ja schon eines!«, schrie Ulk zurück.

»Okay, da ist der Drache«, sagte Oliver und betrachtete die Zeichnung im Tagebuch des Forschers. Das Wesen sah dem versteinerten Drachen im Tunnel der Forschungsstation sehr ähnlich, allerdings hatte er schwarzblaue Haut und Schuppen, außerdem noch riesengroße Furcht einflößende Augen und gewaltige Klauen. Sein langer Leib war um den Stamm eines riesigen Baumes geschlungen. »Und dieses Tier soll es wirklich geben?«

»Gehören Janice und Sir Edmund auch zu meinem Schicksal?«, fragte Celia. »Denn die beiden werden sich die verschollene Bibliothek unter den Nagel reißen. Ist es mein Schicksal, dass ich den Schurken dabei helfe zu gewinnen?«

»Dein Schicksal wird sich nur dir selbst offenbaren«, antwortete Ulk.

»Was für eine faule Ausrede!«, sagte Celia.

»Celia ...«, begann Oliver und blickte von dem Tagebuch auf.

»Sie sind auch nicht anders als die anderen Erwachsenen, denen wir auf dieser Suche begegnet sind«, sagte Celia. »Ihr sagt alle eine Menge merkwürdiges Zeug und seid enigmatisch und dann –«

»Celia?«, setzte Oliver noch einmal an.

»Ja, ich weiß, das ist dein neues Lieblingswort«, fauchte Celia, ohne ihren Bruder dabei anzublicken. Sie hatte nur Augen für Ulk, gegen den sie ihre ganze Wut richtete. »Enigmatisch«, wiederholte sie. »Und wenn Sie einmal echte Fragen beantworten oder tatsächlich helfen sollen, dann sind Sie alles andere als hilfreich und wollen uns in der Wildnis oder sonst wo zurücklassen. Womöglich belügen Sie uns oder stecken mit Sir Edmund unter einer Decke.«

»Glaubst du das wirklich?«, fragte Ulk.

»Celia!«, rief Oliver. »Wir sind da.«

Er deutete auf eine Stelle, wo das Eis von einem tiefen Spalt durchbrochen und so aufgewölbt war, dass sich eine hohe Wand rund um die Öffnung gebildet hatte. Der Schnee, der auf dem Eis lag, war von rosafarbenen und dunkelroten Äderchen durchzogen. Er sah beinahe aus wie ein lebendiges Wesen.

»Purpurroter Schnee«, flüsterte Celia. »Genau so wie in dem Tagebuch.«

»Ist dieser Ort verflucht?«, fragte Oliver schaudernd.

»Nein, das sind Algen«, erklärte Ulk. »Bakterien und Algenblüten gefrieren im Eis und färben es in unterschiedlichen Farben.«

»Dann ist ja gut.« Eine wissenschaftliche Antwort war Oliver lieber als eine geheimnisvolle. Er hoffte, dass all dem Gerede von Drachen eine ähnlich banale Erklärung zugrunde lag.

Als sie über die Eiswand in Blau und Pink und Rot flogen und in den Spalt hinabblickten, sahen sie, dass er nicht wie alle anderen Eislöcher mit dem dunklen Wasser des Polarmeeres gefüllt war, sondern in eine Schlucht führte, die mindestens zehn Stockwerke tief lag. Und aus der Mitte dieser Schlucht ragte ein Baum, der größte Baum, den die Zwillinge jemals gesehen hatten. Er wuchs durch ein Loch aus dem Untergrund hervor und man musste dabei unwillkürlich an eine dieser Rutschstangen in einem Feuerwehrhaus denken. Sein Stamm verlor sich in der Dunkelheit, dort, wo eigentlich die Wogen des Meeres toben müssten. An dem Baum hinabzuklettern, war so ziemlich das Letzte, was die Zwillinge tun wollten.

»Das gibt es doch gar nicht«, staunte Celia.

»Diesen Satz vergesst ihr am besten gleich«, sagte Ulk und lenkte den Ballon durch den engen Eiskanal. Das Eis bewegte sich und in der Schlucht knarrte und knirschte es. Ein großer Brocken brach aus der Eiswand und fiel am Ballon vorbei in die Tiefe, wo er zerschellte. »Jetzt bleibt mir nur noch eines zu sagen: Auf Wiedersehen und viel Glück.«

Als sich der Ballon tief in die Schlucht hinabsenkte, ganz nahe bei dem Stamm des Riesenbaumes, sagte Celia zu ihrem Bruder: »Ist dir immer noch langweilig?«

Oliver schluckte. Nein, ihm war keine Spur von langweilig.

»Schön«, sagte Celia und nahm ihren Bruder an der Hand. »Machen wir uns also auf die Suche nach Atlantis.« Sie schubste ihn vorwärts.

»He, warum muss ich als Erster gehen?«, fragte er. Celia blickte ihn mit hochgezogenen Augenbrauen an. »Ach ja. Richtig.«

»Mm-hmm«, murmelte sie, als sie nach ihm das Eis betrat. Sie blieben nebeneinander stehen und sahen zu, wie Ulks Ballon zwischen den Eiswänden in die Höhe stieg und dann aus ihrem Blickfeld verschwand.

Und auch noch lange danach blieben die Zwillinge stehen. Am Fuße der Schlucht war es wärmer, deshalb nahmen sie ihre Kapuzen ab und lauschten. Das Eis ächzte und stöhnte. Bei jedem Geräusch fuhr Olivers Kopf herum, weil er glaubte, das Schnauben eines Drachen gehört zu haben. Oder das einer ganzen Drachenherde.

Er überlegte, ob Drachen in Herden zusammenlebten. Oder vielleicht in Scharen? Oder in Rudeln wie Wölfe?

»Wie war noch gleich dein Slogan?«, sagte er zu Celia.

»Das ist unfair?«, schlug Celia vor.

»Nein, ich meine den anderen.«

»Ach ja«, sagte sie und atmete tief durch. »Bringen wir's hinter uns.«

30. Wir fahren mit dem Drachen Schlitten

Die stellen ja die ganze Station auf den Kopf!« Dr. Navel beobachtete auf dem kleinen Monitor, wie Sir Edmund und seine Bande die gesamte Forschungsstation nach Oliver und Celia durchsuchten. »Ich glaube, sie haben noch gar nicht gemerkt, dass der Hundezwinger offen steht.«

»Gut«, sagte Claire Navel. »Wir müssen dafür sorgen, dass die Zwillinge einen möglichst großen Vorsprung haben.«

»Wie weit, denkst du, sind sie schon gekommen?«, fragte Dr. Navel. »Robert Pearys Expedition hat über einen Monat lang gebraucht, um den Nordpol mit Hundeschlitten zu erreichen. Und er war erfahren und gut ausgerüstet. Oliver und Celia sind kaum einen Tag unterwegs. Was wir von ihnen verlangen, ist beinahe unmöglich.«

»Beinahe unmöglich ist immerhin ein bisschen möglich«, sagte Claire lächelnd. »Und was Oliver und Celia angeht, ist alles möglich. Ihnen geht es bestimmt gut.«

»Woher willst du das wissen?«

»Ich habe Vertrauen in sie, Ogden.«

Dr. Navel runzelte die Stirn. Er war nicht gewillt, das Leben seiner Kinder nur dem Schicksal zu überlassen. Geistesabwesend schaltete er von einem Kanal der Überwachungskamera auf den nächsten.

»Hör auf damit«, sagte seine Frau.

Aber er hörte nicht auf.

»Gib sie mir«, sagte sie.

Er zappte weiter durch die Programmkanäle. Seine Frau streckte die Hand aus, um ihm die Fernbedienung wegzunehmen. Er wich zur Seite. Sie streckte wieder die Hand aus und wieder zog er die Fernbedienung weg.

»Sei nicht so kindisch«, sagte sie. Sie griff noch einmal danach und bekam sie zu fassen, dann kämpften sie miteinander, denn keiner von beiden wollte sie loslassen. Plötzlich erschien ein neues Bild auf dem Bildschirm und sie sahen etwas, das eigentlich völlig unmöglich war.

Celia und Oliver standen in einer vereisten Schlucht und blickten auf einen Riesenbaum.

»Oh ...« Dr. Navel ließ die Fernbedienung fallen.

»Sie haben es geschafft!«, jubelte ihre Mutter.

»Das gibt es doch gar nicht«, sagte Dr. Navel. »Die Entfernung ... der Baum ...«

»Es gibt mehr Dinge zwischen Himmel und Erde, als eure Schulweisheit sich erträumen lässt«, zitierte seine Frau erneut aus Hamlet. »Wir können ihnen bestimmt helfen, aber dazu müssen wir erst einmal den Hubschrauber von Sir Edmund stehlen.« Sie holte tief Luft. »Es ist Zeit.«

»Für den Polar-Plan?«, fragte er und starrte weiterhin wie gebannt auf den Bildschirm, auf dem Oliver und Celia den Baum betrachteten. Er holte tief Luft. Das Bild verschwand. Jetzt war wieder der Gang vor der Tür zu sehen.

Dr. Navel schaltete noch ein paarmal zwischen den Kanälen hin und her, von einem Bild zum anderen und wieder zurück, aber Oliver und Celia fand er nicht wieder. Er fuhr mit der Hand über den Bildschirm und atmete aus. »Nun gut«, sprach er sich selbst Mut zu. »Ich bin bereit.«

Seine Frau lächelte ihn an und legte sanft ihre Hand auf seine Schulter. »Wir schaffen es«, sagte sie. »Wir werden ihnen helfen.«

Dann ballte sie die Fäuste und schlug ihm, so fest sie konnte, in den Magen.

»Aua!«, stöhnte er und ging in die Knie.

»Geht's dir gut?« Sie bückte sich zu ihm hinunter.

»Mach's noch einmal«, stöhnte er. »Es muss glaubwürdig aussehen.«

Sie versetzte ihrem Mann noch einen zweiten Schlag. Sir Edmund war kein Dummkopf. Es musste echt wirken.

Dr. Navel war auf dem Fußboden zusammengesackt, sein Gesicht war fast grün. Es sah so echt aus, wie es nur aussehen konnte.

»Wir kommen, Kinder«, flüsterte Claire Navel. Sie schloss die Augen und dachte an die Zwillinge. Dann rannte sie zur Sprechanlage. »Hilfe! Mein Mann! Er ist krank!«

»Ruhe da drinnen!«, antwortete einer der Wachleute. Seine Stimme knackte und knisterte wegen der schlechten Leitung.

»Aber er ist wirklich krank!«, sagte sie in ihrer kläglichsten Stimme.

»Wen interessiert das?«, fragte der Mann. »Er ist sowieso bald Drachenfutter.«

»Und wenn er einen giftigen Parasiten hat?«, fragte Claire. »Sie wollen doch sicher nicht, dass der Drache krank wird? Sir Edmund wird Ihnen die Tierarztrechnung vom Lohn abziehen.«

Keine Antwort. Claire Navel wartete und biss sich auf die Lippe.

»Werfen Sie einen Blick auf den Überwachungsmonitor«, schlug sie vor. »Hier drinnen ist eine Kamera. Sie werden sehen, er ist wirklich krank.«

»Aahh«, stöhnte Dr. Navel und wälzte sich auf dem Fußboden. Er verstellte sich nicht – seine Frau konnte wirklich ordentlich zuschlagen.

Die Sekunden zogen sich hin wie Stunden. Sie warteten.

Dr. Navel lag auf dem Fußboden und ächzte, während Claire Navel versuchte, möglichst sorgenvoll auszusehen. Es fiel ihr nicht schwer. Langsam machte sie sich wirklich Sorgen.

Dann hörte sie ein Klicken wie von einem Schloss, das geöffnet wird, und Ketten fielen klirrend herab. Die Tür ging quietschend auf. Als der Wachmann hereinkam, verpasste ihm Claire Navel blitzschnell einen Karateschlag gegen den Arm, sodass er die Waffe fallen ließ, dann rammte sie ihm den Ellenbogen in die Nase, dass er zu Boden ging.

»Bravo.« Dr. Navel rappelte sich auf und hielt sich den Magen. Von dem Sturz hatte er eine dicke Beule am Kopf.

»Bravo, wie du dich vor Schmerzen gewunden hast.« Seine Frau drückte ihm einen Kuss auf die Stirn. »Und jetzt lass uns gehen.«

Dicht an der Tunnelwand entlang huschten sie durch das Dämmerlicht. Als sie Sir Edmund vom Gang aus in der Ladebucht rufen hörten, versteckten sie sich schnell im Brustkorb des Pliosaurus.

»Hunde?«, schrie er. »Ihr wollt mir weismachen, dass sie sich auf Hundeschlitten davongemacht haben? Für wen halten die sich? Für Dr. Frederick Cook etwa?«

»Robert Peary ist Frederick Cook im Jahre 1909 auf dem Nordpol zuvorgekommen«, flüsterte Dr. Navel. »Er meint also Peary und nicht Cook. Cook war ein Betrüger.«

»Wir haben jetzt keine Zeit für diese alte Streitfrage«, flüsterte seine Frau. »Komm weiter.«

»Ich komme schon.« Sir Edmund stürmte den Gang entlang und streifte fast die Navels, die sich in dem Skelett versteckt hatten.

»Wir müssen zu den Vorratsschränken und Schneekleidung anziehen«, flüsterte Claire. »Dann schleichen wir uns zum Hubschrauber-Landeplatz.«

»Kannst du einen Helikopter fliegen?«, fragte Dr. Navel.

»Natürlich, mein Lieber. Du nicht?«

Dr. Navel wurde rot.

»Schon in Ordnung.« Seine Frau tätschelte ihm tröstend den Arm. »Vielleicht kann ich es dir eines Tages beibringen, wenn die Kinder ihre Hubschrauber-Lizenz machen.«

»Glaubst du, das wollen sie?«

»Ich glaube, die vielen Abenteuer machen ihnen langsam Spaß. Sie wollen es nur nicht zugeben.«

»Wir werden sehen«, erwiderte Dr. Navel. Sie schlichen sich zu den Schränken und zogen die erstbesten Schneeanzüge an, die ihnen in die Hände fielen. Dr. Navel erwischte versehentlich eine Jacke in einem üppigen Damenschnitt, aber er hatte keine Zeit mehr, sie gegen eine andere zu tauschen, denn Sir Edmunds Männer kamen immer näher. Sie schafften es gerade noch, sich in den Schrank zu zwängen, als auch schon der erste um die Ecke kam. Der Mann blieb genau vor dem Spind stehen. Durch die Lüftungsschlitze sah man seine Brust, als er sprach.

»Sie sind entkommen!«, sagte er. »Die Navels sind entkommen!«

»Das weiß ich, du Holzkopf«, schnauzte ihn Sir Edmund an. Durch die Lüftungsschlitze sah man seinen Scheitel. Er stand nur wenige Zentimeter von den Navels entfernt. »Deswegen suchen wir sie ja!«

»Nicht die Kinder, die großen Navels!«, sagte der Mann. »Sie haben den Kleinen Franz zusammengeschlagen und sind getürmt!«

»Kleiner Franz«, flüsterte Dr. Navel. »So heißt er?«

»Vielleicht war er deshalb so gemein«, flüsterte seine Frau zurück.

»Idioten!«, schrie Sir Edmund. »Ich bin von Idioten umgeben.«

»Hey«, sagte der Wachmann. »Ich habe nichts falsch gemacht. Schreien Sie mich nicht so an.«

Sir Edmund erwiderte nichts darauf. Die Navels hörten, wie er schnaufte. Er war so nahe, dass sie seinen entsetzlichen Atem riechen konnten.

»Macht den Hubschrauber bereit«, schnauzte er den Wachmann an. »Die Eltern interessieren uns jetzt nicht. Wir müssen die Kinder aufhalten. Ich werde es nicht zulassen, dass mir die Navels wieder zuvorkommen. Wenn wir erst die Kinder haben, dann wird sich das mit den Eltern schon finden.«

Sie hörten, wie Sir Edmund und sein Wachmann zum Hubschrauber-Landeplatz stapften. Im Tunnel wurde es wieder still.

»Was jetzt?«, sagte Dr. Navel. »Sie nehmen den Hubschrauber. Das wirft deinen Polar-Plan über den Haufen.«

»Dann müssen wir den Plan eben anpassen«, erwiderte Claire.

»Ich sage es nur ungern, Liebling«, sagte Dr. Navel. »Aber deine Pläne und Prologe, deine Finten und Fallen ... scheinen nie so richtig zu funktionieren.«

»Abwarten, es ist noch nicht aller Tage Abend«, sagte sie und schlüpfte aus dem Schrank. »Komm weiter!«

Sie liefen durch den Tunnel in die kalte Polarluft hinaus. Über ihnen hörten sie, wie sich die Rotorblätter des Hubschraubers in Bewegung setzten. Sie rannten zur Treppe und nahmen zwei Stufen auf einmal. Da hob auch schon der Hubschrauber ab. Sir Edmund, der auf dem Copiloten-Sitz saß, entdeckte die beiden Navels und runzelte die Stirn. Er rief etwas in sein Mikrofon.

»Was hat er gesagt?«, schrie Claire durch den aufgewirbelten Schnee über den Lärm des startenden Helikopters hinweg.

»In Deckung!«, schrie Dr. Navel.

»Hat er wirklich gesagt, wir sollen in Deckung gehen?«, rief sie.

»Nein!«, schrie Dr. Navel. »Ich sage es. Wir müssen in Deckung gehen! Deckung!«

Die Hecktür des Hubschraubers öffnete sich und einer von Sir Edmunds Komplizen beugte sich mit einem Gewehr heraus. Dr. Navel stürzte sich auf seine Frau, riss sie zur Seite und stieß sie in den Schnee, genau in dem Augenblick, als der Mann zu schießen anfing. Die Kugeln machten *piff* und pflügten durch den Schnee, ohne Schaden anzurichten. Dann drehte der Hubschrauber scharf nach rechts ab, stieg immer höher und flog über das Eis Richtung Nordpol.

Die Navels lagen auf dem eisigen Boden und sahen zu, wie der Hubschrauber wegflog. Ihre Zuversicht schwand.

Plötzlich hörten sie Hundegebell. Sie blickten auf und sahen ein Gespann von sechs Schlittenhunden, das einen ramponierten Schlitten hinter sich herzog.

»Das ist der Schlitten von Oliver und Celia«, sagte Dr. Navel niedergeschlagen. »Was ist passiert?«

Die Hunde kamen herbeigerannt, bellten und leckten ihm übers Gesicht. Sie sprangen hoch und drehten sich im Kreis.

»Meinst du ...«, fragte Dr. Navel zögernd. »Meinst du, sie könnten uns zu Celia und Oliver bringen?«

»Ja«, sagte Claire. »Ich glaube, genau das wollen sie tun. Schlittenhunde sind sehr anhänglich. Komm!« Sie stand auf und eilte zurück in die Forschungsstation.

»Warte! Wohin gehst du?« Dr. Navel musste rennen, um mit ihr Schritt zu halten.

»Ich will nur kurz etwas nachsehen!«, rief sie über die Schulter.

Sie lief zum Frachtraum, in dem nur die große Kiste mit dem Drachen stand, unbewacht und verlassen. Drinnen raschelte es. Der Deckel wurde nur von äußerst klapprigen Riegeln zugehalten. »Sie haben das arme Tier einfach so zurückgelassen. Es wäre zermalmt worden, wenn die Station unter dem schmelzenden Eis einstürzt.«

»Was hast du jetzt vor?«, fragte Dr. Navel.

»Hunde, ein Drache und die Doktoren Navel«, zählte sie auf und in ihrer Stimme schwang wieder Hoffnung mit. »Ich glaube, ich habe einen neuen Plan. Ich werde ihn Arktisches Abenteuer nennen, was hältst du davon?«

»Wenn er uns zu Oliver und Celia bringt«, sagte Dr. Navel, »dann halte ich sehr viel davon.«

Claire Navel ließ die Finger knacken. »Ich glaube, wir brauchen einen größeren Schlitten.«

31. Wir überqueren den Regenbogen

Einen Baum wie den, der auf dem Grund der eisigen Schlucht wuchs, hatten Oliver und Celia noch nie gesehen.

Sie hatten sich zuvor nie sonderlich für Bäume interessiert, daher war es nicht weiter verwunderlich, zumal dieser Baum einzigartig auf der Welt war. So einzigartig, dass er nicht ein Baum dieser Welt, sondern womöglich ein Weltenbaum war. In den Legenden des hohen Nordens verband dieser Baum die Welten der Götter, der Menschen und der Monster miteinander.

Natürlich konnte es nie und nimmer dieser Baum sein, dachte Celia. Denn der gehörte ins Reich der Märchen.

Und doch – hier standen sie und vor ihren Augen wuchs ein Baum aus einem Loch im Eis auf dem Grund einer tiefen Schlucht mitten auf dem Nordpol.

Langsam begann Celia zu glauben, dass nichts unmöglich war.

Oliver ging zu der Stelle, wo der Baumstamm aus dem Eis herauswuchs. Die Baumrinde war golden. Sie glitzerte, als sei sie von Edelsteinen bedeckt, aber als Oliver die Hand danach ausstreckte, fühlte sie sich weich und glatt an. Um den Baumstamm herum tanzte das Licht auf dem Eis und zeichnete einen Regenbogen, der weiter in die Tiefe führte.

»Eine Regenbogenbrücke«, sagte Celia.

»Es ist keine Brücke«, sagte Oliver. »Es ist nur eine Spiegelung im Eis.«

»Vielleicht führt die Spiegelung ja trotzdem zu einer Brücke«, sagte Celia.

»Oder zu einem Drachen«, murmelte Oliver.

»Es gibt nur eine Möglichkeit, das herauszufinden.« Entschlossen ging Celia an dem Baumstamm entlang.

»Das würde ich an deiner Stelle lieber nicht tun«, sagte eine näselnde Stimme, kaum dass Celia sich in Bewegung gesetzt hatte. »Das ist die falsche Richtung.«

Celia sah sich um. Da war niemand außer ihrem Bruder. Sie ging weiter.

»Na schön, dann schnappt er dich halt, mir soll's recht sein!«, kreischte die Stimme.

»Hör auf!«, fauchte Celia Oliver an.

»Was ist denn?«, fragte er. »Ich mache doch gar nichts!«

»Hast du das auch gehört? Diese näselnde Stimme?«

»Was? Nein.« Oliver lauschte angestrengt. »Ich höre nichts. Nur das Knirschen im Eis.«

»Jetzt höre ich auch nichts. Aber vorhin habe ich etwas gehört. Eine Stimme. Sie hat mich gewarnt.«

»Nein«, antwortete Oliver. »Da war keine Stimme.« Er trat von einem Fuß auf den anderen. »Bist du sicher, dass dir... ähm... nichts fehlt? Hast du dir vielleicht einen giftigen Parasiten eingefangen?«

»Mit mir ist alles in Ordnung. Ich bin nur ein bisschen nervös, das ist alles.«

»Na dann, willkommen im Klub«, sagte Oliver. Aber ich höre wenigstens keine Stimmen, dachte er im Stillen. Doch das behielt er lieber für sich.

»Geh nicht in diese Richtung!« Da war die Stimme wieder. Celia wirbelte herum und entdeckte ein weißes Eichhörnchen, das den Baumstamm hinaufhuschte.

»Da!« Sie packte Oliver an den Schultern und drehte ihn in

die Richtung des Baumstamms. »Das Eichhörnchen! Es hat mir gerade gesagt, dass ich nicht diesen Weg einschlagen soll!«

»Das Eichhörnchen?« Oliver starrte seine Schwester an.

Das Eichhörnchen beobachtete die Zwillinge und schnüffelte mit seiner kleinen Eichhörnchennase in der Luft, ansonsten saß es völlig regungslos da. Aus seinem Schnäuzchen blitzten zwei übergroße Schneidezähne.

»Eichhörnchen reden nicht«, sagte Oliver.

»Du hast schon einmal mit einem Yak geredet«, erwiderte Celia.

»Das war im Traum.«

»Und ich habe mit einem Riesenkraken gesprochen, als ich auf Sir Edmunds Schiff gefangen war«, sagte Celia.

»Ja, aber der Krake hat dir keine Antwort gegeben«, sagte Oliver. »Und überhaupt, das Eichhörnchen redet nicht.«

Celia beobachtete das Eichhörnchen. Es redete wirklich nicht. Es war einfach nur ein Eichhörnchen. Zugegeben, es war merkwürdig, dass das Eichhörnchen genauso aussah wie das Tier im Tagebuch des Forschers, und noch merkwürdiger war es, dass dieses Eichhörnchen auf jenem geheimnisumwitterten Baum saß, der aus dem Eis des Nordpols emporwuchs, aber das hieß noch lange nicht, dass es sprechen konnte. Auch wenn Oliver und Celia schon so einiges erlebt hatten – alles hatte seine Grenzen. Und Eichhörnchen konnten nun mal nicht sprechen.

Celia wandte sich ab und stieg zusammen mit ihrem Bruder immer tiefer in die Schlucht hinunter.

»Er wird dich fressen!«, hörte Celia die Stimme rufen.

»Okay! Das reicht! Schluss damit!« Sie drehte sich um und marschierte zu dem Eichhörnchen zurück, das sich nicht von der Stelle gerührt hatte. »Eichhörnchen reden nicht!«

»Celia!« Oliver rannte zu seiner Schwester. »Du schreist gerade ein Eichhörnchen an.«

»Ich weiß, dass ich ein Eichhörnchen anschreie!«, fauchte sie.

»Ähm, na ja…« Oliver kratzte sich am Kopf. »Antwortet es dir oder so?«

»Hast du eine Antwort gehört?«, fragte Celia.

»Nein«, sagte Oliver.

»Dann kann es mir auch keine Antwort gegeben haben, oder?«

»Aber ich habe es vorher auch nicht gehört«, sagte Oliver. »Was hat es denn gesagt?«

»Es hat mich gewarnt, dass ›er‹ mich fressen wird«, sagte Celia.

»Wer ist ›er‹?«

»Keine Ahnung.«

»Na ja, wie wäre es, wenn du… das Eichhörnchen danach fragst«, schlug Oliver vor. Unwillkürlich sah er sich nach versteckten Kameras um. Er hatte soeben seiner Schwester vorgeschlagen, ein Eichhörnchen um eine Erklärung zu bitten. Das Ganze konnte doch nur eine Folge von *Bizarre Banditen* sein. Manchmal kam es ihm so vor, als wäre sein ganzes Leben nichts anderes als eine endlos lange Staffel von *Bizarre Banditen.*

Celia stieß Luft durch ihre Zähne. Ihr passte es nicht, dass sie einem Eichhörnchen Fragen stellen sollte. Warum hörte ausgerechnet sie das Eichhörnchen reden? Ihr Bruder war doch derjenige, der an den Weihnachtsmann glaubte. Wenn hier jemand Tiere sprechen hörte, warum dann nicht er? Sie blickte zu Oliver. Er hatte wieder einmal nichts mitgekriegt. Er war zu beschäftigt damit, herumzustehen und nach Drachen Ausschau zu halten… als ob es die gäbe.

»Aber es gibt sie«, sagte die näselnde Stimme. »Und die biestige Bestie wird dich in einem Stück verschlingen!«

»Aha!« Celia drehte sich zu dem Eichhörnchen um, das ein Stück höher den Ast hinaufkletterte.

»Hat es wieder gesprochen?«, wollte Oliver wissen.

»Hast du es wirklich nicht gehört?«

»Nein«, sagte Oliver. »Was hat es denn gesagt?«

Celia überlegte einen Augenblick. Wenn sie Oliver erklärte, was das Eichhörnchen gesagt hatte, würde er wahrscheinlich ausflippen. Er hatte ohnehin schon Angst. Er hasste alle Echsen, mit Ausnahme von Beverly. Und ein Drache war nichts anderes als eine sehr, sehr große Echse.

Vielleicht war das der Grund, weshalb nur sie das Eichhörnchen hören konnte. Vielleicht hätte ihr Bruder das gar nicht verkraftet. Immerhin war sie drei Minuten und zweiundvierzig Sekunden älter als er. Wahrscheinlich hatte sie deshalb eine besondere Verantwortung im Umgang mit sprechenden Eichhörnchen. Na schön. Es war zwar ziemlich unfair, aber sie würde, wie jede gute Schwester, ihre Bürde auf sich nehmen. Sie würde ihrem Bruder die entsetzlichen Neuigkeiten ersparen.

»Ach nichts«, sagte Celia. »Wahrscheinlich habe ich es mir nur eingebildet. Eichhörnchen reden nicht. Gehen wir.«

Sie wandte sich ab und setzte ihren Weg in die Schlucht fort.

»Er heißt Nidhogg«, rief die näselnde Stimme. »Sein Vater ist der Gott der Gauner! Und er ist ebenso unerbittlich wie die verrinnende Zeit. Kleine Kinder sind so höchstens ein Happen vor dem Frühstück für ihn!«

Celia achtete nicht auf die Stimme und stapfte auf dem Regenbogen weiter. Sie versuchte, sich nicht anmerken zu lassen, dass ein Eichhörnchen sie in ihren Gedanken anschrie.

»Vorspeisen! Hors d'œuvres! Tapas! Käsebällchen!«, rief die Stimme.

Celia hielt den Blick starr nach vorn gerichtet und beschleunigte ihre Schritte.

»Warum rennst du denn so?« Oliver stolperte hinter ihr her. »Lauf doch langsamer!«

Er rutschte und schlidderte über das Eis. Es beunruhigte ihn, dass sich seine Schwester so verrückt aufführte. Sonst war immer sie diejenige, die ihn davon abhielt, sich verrückt aufzuführen. Wenn sie jetzt durchdrehte, dann steckten sie in gehörigen Schwierigkeiten. Er musste etwas unternehmen, sie durfte nicht den Verstand verlieren. Streiten half da immer.

»Ich frage mich, ob wir hier wohl den Weihnachtsmann treffen werden«, startete er einen Versuch.

»Hm-hmmm«, brummte Celia. Sie hatte ihm überhaupt nicht zugehört.

»Ich frage mich, ob er nicht noch ein größerer Fan von Corey Brandt ist als du«, fuhr Oliver fort, in der Hoffnung, Celia eine Reaktion zu entlocken.

»Hm-hmmm«, brummte sie. In der Ferne hörte man ein lautes Krachen. Wahrscheinlich nur herabstürzende Eisbrocken, redete Celia sich ein. Bestimmt war es nur das Eis.

»Ich bin echt froh, dass Corey in *Sunset High* am Schluss mit Lauren zusammengekommen ist«, behauptete Oliver, obwohl es ihm absolut egal war.

»Wenn du meinst«, sagte Celia.

»Okay, stopp!« Oliver machte einen Satz und versperrte ihr den Weg. Er stellte sich vor sie und stemmte die Arme in die Hüften, damit sie nicht an ihm vorbeikam. »Du glaubst nicht an den Weihnachtsmann, du bist der allergrößte Fan von Corey Brandt und normalerweise würdest du einen Eisbären mit der bloßen Hand erwürgen, wenn er das über *Sunset High* sagen würde, was ich gerade gesagt habe. Warum streitest du nicht mit mir? Was ist los?«

Wieder war das Poltern von Eisbrocken zu hören.

»Wir dürfen hier nicht stehen bleiben«, sagte Celia.

»Erst sagst du mir, was los ist«, drängte Oliver. »Dieses Eichhörnchen hat wirklich mit dir geredet, stimmt's?«

Celia nickte.

»Und es hat irgendetwas Schreckliches gesagt, hab ich recht?«

Celia nickte wieder.

»Und du hast mir nichts gesagt, weil du mich schützen willst?«

Celia nickte zum dritten Mal.

»Das brauchst du nicht«, sagte er. »Ich bin dein Zwillingsbruder, und wenn etwas Schreckliches passiert, dann möchte ich es wissen.«

»Willst du das wirklich?«, fragte Celia.

»Ja«, bekräftigte Oliver.

»Es hat gesagt, dass wir in die falsche Richtung gehen«, sagte Celia.

»Ist das alles?«

»Nein.« Sie seufzte. »Es hat auch gesagt, dass es einen Drachen gibt, der Nidhogg heißt und der uns fressen wird.«

»Und du glaubst ihm?«, fragte Oliver.

»Weshalb sollte es mich anlügen?«

»Warum sollte es sprechen?«, fragte Oliver zurück. »Es ist doch ein Eichhörnchen.«

»Du fürchtest dich also nicht vor Drachen?« Celia war überrascht. »Drachen sind nichts anderes als sehr, sehr große Echsen.«

»Natürlich hätte ich Angst, wenn ich einem begegnen würde«, sagte Oliver. »Aber das Eichhörnchen hat gelogen.«

»Woher willst du das wissen? Du hast es ja nicht einmal gehört.«

»Es hat behauptet, dass wir in die falsche Richtung gehen«, sagte Oliver. »Und das tun wir nicht. Sieh doch mal.«

Er streckte den Arm aus und deutete auf eine Stelle an der Eiswand. Celia folgte seinem Blick und sah, dass der Regenbogen durch einen Torbogen führte. Auf der anderen Seite verbreiterte sich die Schlucht und wurde zu einer riesigen Kammer, die von einem Eisgraben umgeben war. Der Regenbogen verblasste auf einer Brücke aus festem Eis und auf der anderen Seite dieser Brücke konnte Celia die Überreste einer gefrorenen Stadt erkennen.

Jedes Haus, jede Statue, jede Mauer dieser Stadt war von Eis überzogen. Sogar der Himmel war eine Kuppel aus Eis, durch das sich das Licht der arktischen Sonne seinen Weg bahnte und alles in ein nebelhaftes Blau tauchte. Kleine Risse im Eis ließen die Sonnenstrahlen hindurch und zauberten noch mehr Regenbogen in die Luft, sodass alles aussah wie von einer unterirdischen Lichtshow beleuchtet.

»Das ist ja wie Science-Fiction«, sagte Oliver.

Vor der Brücke stand eine große, halb zerfallene Statue eines Mannes mit einem Dreizack, bei dem es sich wahrscheinlich um Poseidon handelte. Die äußere Mauer war von einem zugefrorenen Wassergraben umgeben, hinter dem ein schmaler Streifen felsigen Geländes mit eisbedeckten Häusern und eisbedeckten Statuen von Delfinen und Seeungeheuern und Menschen mit Krakenköpfen zu sehen war. Dahinter folgte ein weiterer zugefrorener Graben mit einer eisbedeckten Brücke und noch einer eisbedeckten Mauer und so weiter und so weiter. Die Wälle und Gräben schienen kein Ende zu nehmen, in jedem Kreis gab es einen kleineren Kreis, bis zum Mittelpunkt, wo sich auf der Spitze eines Eisbergs ein großes Gebäude mit vielen Säulen erhob.

»Hm«, sagte Oliver nur, aber Celia verstand ihn genau. Er

meinte gar nicht »Hm«. Er meinte: Ich glaube, wir haben soeben die untergegangene Stadt Atlantis entdeckt, die unter dem Eismeer am Nordpol begraben liegt. Er hatte nur nicht ganz die richtigen Worte gefunden. »Hm«, wiederholte er.

»Ich schätze, die Leute, die glauben, dass Atlantis unter Wasser liegt, haben gar nicht so unrecht«, sagte Celia. »Wenn das viele Eis hier schmilzt, dann liegt Atlantis wirklich unter Wasser.«

»Hm-hmm«, sagte Oliver, dem immer noch die Worte fehlten.

»Oliver, begreifst du, was das bedeutet?«, fragte Celia.

»Dass wir Fernseher in unsere Zimmer bekommen?«, fragte er.

»Dass die Weissagung wahr ist«, seufzte Celia. »Wir sind wirklich die größten Forschungsreisenden auf der ganzen Welt.«

»Cool«, sagte Oliver.

Celia starrte ihn empört an. Sie fand das alles andere als cool.

32. Ruinen sind unser Ruin

Sie gingen über die Regenbogenbrücke in die Stadt aus Eis, vorbei an gefrorenen Statuen von Männern, die auf Delfinen ritten. Zerfallene Gebäude ragten aus dem Eis, von manchen stand nur noch eine Wand, andere hingegen waren noch völlig intakt.

»Ich hätte Lust auf ein paar Käsebällchen«, sagte Oliver.

»Wie kannst du jetzt nur ans Essen denken?«, fragte Celia.

»Wir sind gerade an einer Bäckerei vorbeigekommen.« Oliver zeigte auf ein verfallenes Gebäude. Die Fassade fehlte, aber an den Seitenwänden standen ein großer steinerner Ofen und drei große Getreidemühlen. Sogar eine Ladentheke aus Stein war noch da, an der sicherlich einmal die Kunden angestanden hatten.

»Es ist echt unheimlich, durch eine Ruinenstadt zu gehen, die noch genauso aussieht wie eine richtige Stadt«, sagte Celia.

»Sieh dir das an!« Oliver deutete auf ein kleines Gebäude vor dem Graben. Es sah aus wie ein Torhaus, nur dass kein Tor mehr vorhanden war. Eine Wand war eingestürzt und im Innern lagen viele Speere auf einem Haufen, die alle von einer Eisschicht überzogen waren. Oliver zog an einem der Speere.

»Lass das«, sagte Celia. »Womöglich sind sie mit einem bösem Fluch belegt.«

»Ich dachte, du glaubst nicht an so was«, brummte Oliver und rüttelte an dem Speer, um ihn loszubrechen.

»Nein, aber du«, sagte Celia.

Oliver grummelte, aber er ließ von dem Speer ab. Er schaffte es ohnehin nicht, ihn herauszuziehen. Gemeinsam betraten sie die nächste Brücke. Auf dem eisglatten Untergrund kamen sie nur schrittweise vorwärts und mussten sich mit beiden Händen am Geländer festhalten. Entlang der Brücke reihten sich zerfallende Statuen, bei denen man nicht mehr genau sagen konnte, was sie einst dargestellt hatten. Die Zeit, das Eis und was auch immer für den Untergang von Atlantis verantwortlich gewesen war, hatten die Werke der Bildhauer unkenntlich gemacht.

Auf der anderen Seite der Brücke standen zwei große Obelisken. Sie waren mit kleinen Hieroglyphen bedeckt und von einer dicken Schicht aus Schnee und Eis überzogen. Oliver versuchte, mit dem Ärmel eine Stelle freizurubbeln, aber es gelang ihm nicht.

»Meinst du, unsere Zivilisation wird etwas Ähnliches hinterlassen, wenn uns in zehntausend Jahren irgendwelche Forscher finden?«, überlegte Oliver.

»Nein«, sagte Celia und sah sich auf dem Wall um, auf dem sie sich jetzt befanden. »Bei uns ist doch alles elektronisch. In der Zukunft weiß keiner mehr, was ein Fernsehgerät gewesen ist ... es ist dann nur noch ein merkwürdiger Kasten.«

»Hältst du es für möglich, dass es in der Zukunft kein Fernsehen mehr gibt?«

Celia zuckte mit den Schultern.

»Das wäre keine Zukunft, in der ich leben möchte«, sagte Oliver.

»Ich auch nicht.«

In diesem Teil der Stadt waren die Häuser größer. Manche Fassaden wurden nur noch von Säulen getragen, der Rest war eingefallen. Vor manchen Gebäuden standen prächtige Brunnen, deren sprudelndes Wasser zu Eis erstarrt war, anderen sah man noch an, dass sie einst leuchtend bunt bemalt gewesen waren.

»Und wo ist jetzt diese Bibliothek?«, fragte Oliver. »Eine Touristen-Info wird es hier ja wohl kaum geben.«

»Wahrscheinlich ist es das große Gebäude in der Stadtmitte«, sagte Celia. »Wenn ich eine Bibliothek errichten wollte, dann würde ich sie dorthin bauen.«

Sie setzten ihren Weg von den äußeren Wällen bis in die Stadtmitte fort. Celia war inzwischen nicht mehr ganz so nervös, denn von einem Drachen war weit und breit nichts zu sehen. Es war albern, dass sie geglaubt hatte, es gäbe welche. Und das Eichhörnchen ließ sie auch endlich in Ruhe.

Sie erreichten den Fuß des Hügels, auf dem sich das große Gebäude befand. Breite Steintreppen führten zum Portal, das von Säulen gesäumt war. Jede Stufe war mit einem Obelisken geschmückt. Ein paar davon waren umgestürzt und zerbrochen, aber ein gutes Dutzend stand noch.

»Dann mal los«, sagte Celia.

»Jo«, sagte Oliver und stieg die Stufen hinauf. Celia folgte ihm, und während sie immer höher stiegen, drehte sie sich noch einmal um und betrachtete die Ruinenstadt von oben. Sie bestand aus mehreren konzentrischen Kreisen und es war so, wie Celia es sich gedacht hatte: Je näher man zur Mitte kam, desto größer und prunkvoller wurden die Gebäude. Der Hügel war zweifellos der bedeutendste Ort – und der beste Platz für eine Bibliothek.

Sie fühlte sich richtig toll, weil sie das ganz alleine herausgefunden hatte. Sie hatte etwas getan, was noch niemand vor ihr getan hatte … nur dieser Forschungsreisende, dessen Tagebuch sie besaß. Und ihr Bruder. Aber sie fühlte sich trotzdem als etwas Besonderes. Es war ziemlich cool, einmal die Größte zu sein.

»Hey, da sind wieder Hieroglyphen«, rief Oliver, der ein paar Stufen über ihr stand und eine dünne Eisschicht von einem Obelisken rieb. »Lesen kann ich sie allerdings nicht.«

Celia trat zu ihm. »Wir müssen keine Hieroglyphen lesen, wir müssen nur die Bibliothek finden.« Sie ging an ihm vorbei die Stufen hinauf. »Komm weiter!«, rief sie und eilte durch das Portal.

Oliver blieb, wo er war, denn er wollte die Bilder auf der Säule etwas genauer anschauen. Die Schrift konnte er zwar nicht lesen – für ihn sah alles wie Striche und Schnörkel aus –, aber die Bilder waren unmissverständlich.

Eines zeigte einen großen Baum mit einer Regenbogenbrücke, die zu einer Stadt führte, die von Gräben durchzogen war.

Neben dem Baum war nicht nur das Zeichen der Mnemonen, der uralte Schlüssel, sondern auch das Symbol von Sir Edmunds Rat, die mit Ketten verschlossene Schriftrolle. Oliver hatte sich mittlerweile schon daran gewöhnt, dass diese beiden Symbole überall auftauchten. Es war, wie wenn man ein neues Wort lernt – zum Beispiel enigmatisch. Man hat das Wort sein ganzes Leben lang nicht gehört, aber sobald man es kennt, hört man es andauernd. Jetzt, da er die Symbole kannte, sah er sie einfach überall. Und enigmatisch waren sie auch. Sie waren geheimnisvoll – allerdings hätte er gerne darauf verzichtet, diese Art von Geheimnis zu lösen.

Oliver wischte noch mehr Eis von dem Obelisken. Zum Vorschein kam das Bild einer Insel mit einem rauchenden Vulkan. Um die Insel herum wand sich ein Riesenkrake und daneben waren die beiden Geheimsymbole. Das nächste Bild zeigte einen Berg und ein Ungeheuer, das aussah wie die fürchterliche Schneefrau oder auch Yeti genannt, die sie in Tibet getroffen hatten. Ein weiteres Bild zeigte einen undurchdringlichen Wald, der, wenn man die Augen zusammenkniff, ein bisschen wie ein Dschungel aussah. Und wieder waren die Zeichen des Rates und der Mnemonen hinzugefügt worden.

Oliver ging um den Obelisken herum und wischte mit seinem Handschuh noch mehr Eis weg.

Plötzlich gefror ihm das Blut in den Adern. Er erstarrte wie die Eisstadt, in der er sich befand.

Auf dem Obelisken war das Bild eines bärtigen Mannes, der so aussah wie der Mann im Tagebuch des Forschers, den Oliver für den Weihnachtsmann gehalten hatte. Auf seiner Schulter saßen zwei Raben und er befand sich in einem Korb hoch am Himmel. Oliver wischte noch mehr Eis weg. Zu dem Korb gehörte auch ein Ballon. Und das Haar hing dem Mann über ein Auge, genau wie bei Ulk.

Oliver spürte, wie sich seine Brust zusammenzog und sein Herz schneller schlug.

Auf dem untersten Bild waren zwei kleine Gestalten, die Speere in der Hand hielten. Es waren ein Junge und ein Mädchen mit dunklen Haaren und bauschiger Kleidung. Sie sahen aus wie Oliver und Celia.

»Oh Mann«, stöhnte Oliver.

Auf dem Bild kämpften die beiden gegen einen Drachen.

»Celia!«, schrie er. »Celia. Komm her! Schnell!«

Aber seine Schwester gab keine Antwort. Sie war in die Bibliothek gegangen und konnte ihn nicht hören. Im Moment kämpfte sie mit einer schrecklichen Entdeckung ganz eigener Art.

Das prachtvolle Gebäude in der Mitte von Atlantis war leer. Es gab keine Bibliothek. Nicht einmal ein einziges Buch war da.

Nur das weiße Eichhörnchen, dessen schallendes Gelächter in ihrem Kopf dröhnte.

»Hab ich's dir nicht gesagt?«, kicherte es.

33. Wir werden ins Nest gelockt

Ich hab dir doch gesagt, dass du in die falsche Richtung gehst«, erklang die nasale Stimme in Celias Kopf.

»Sei still«, schnauzte Celia. »Du bist ein Eichhörnchen. Eichhörnchen wissen gar nichts.«

»Ich weiß mehr als du«, keckerte das Eichhörnchen.

»Tust du nicht.«

»Tue ich doch.«

»Tust du nicht!«

»Tue ich doch!«

»Schluss jetzt!«, rief Celia. »Sei still.«

»Ich mache doch überhaupt keinen Lärm«, sagte das Eichhörnchen. »Ich bin in deinem Kopf.«

»Wenn du in meinem Kopf bist, dann kannst du nicht mehr wissen als ich.«

Celia verschränkte die Arme. Aber ihr Triumphgefühl verflog sofort wieder, als sie ihren Blick über den Ort aus vereistem Marmor schweifen ließ.

Es war ein riesengroßer Raum, an dessen Ende ein Altar mit einer umgestürzten Statue stand. Die Wände der Halle waren ebenfalls aus Marmor. An den Stellen, an denen er abgefallen war, sah man bröckelndes Gestein. Es gab noch weitere Statuen, zerbrochene Denkmäler von Göttern und Helden, die die Geschichte längst vergessen hatte. Aber nirgendwo waren Durchgänge oder Korridore oder Nischen, in denen sich eine Bibliothek hätte befinden können. Nirgends war ein Regal oder ein Buch. Nicht einmal die Zeichen der Mnemonen oder des Rats waren zu sehen.

Celia konnte es nicht fassen, dass sie den ganzen Weg umsonst hinter sich gebracht hatten. Wie sollten sie jetzt jemals ihre Eltern retten?

»Entschuldige bitte mein unhöfliches Benehmen.« Das Eichhörnchen kam hinter dem Sockel einer Statue hervorgehuscht, die einst einen Delfin dargestellt hatte. Oder einen Schwan. Bei Ruinen war das manchmal nicht so leicht zu erkennen. Celia hatte keine Ahnung von solchen Sachen und sie war eigentlich auch nicht scharf darauf, es herauszufinden. »Ich heiße Ratatosk und ich bin sehr erfreut, dich kennenzulernen.«

Celia schnaubte und sagte kein einziges Wort. Sie hatte keine Lust, zu einem Hirngespinst freundlich zu sein, besonders nachdem es sie zuerst ausgelacht und sich dann wie ein Besserwisser aufgeführt hatte.

»Ich würde an deiner Stelle die Nase nicht so hoch tragen«, sagte das Eichhörnchen. »Wenn ich wirklich nur in deinem Kopf bin, woher weiß ich dann, dass ihr in die falsche Richtung geht? Na, du Schlaumeier? Was sagst du jetzt?«

»Vielleicht, weil ich längst geahnt habe, dass es keine verschollene Bibliothek gibt«, sagte Celia. »Vielleicht, weil ich niemals wirklich daran geglaubt habe und du nur meine eigenen Gedanken verkörperst, die mir sagen, was ich ohnehin schon weiß.«

»Du guckst den *Fernsehdoktor,* stimmt's?«, fragte das Eichhörnchen.

Celia nickte, dann merkte sie, dass sie einem Eichhörnchen zunickte, und hörte sofort auf. Natürlich wusste das Eichhörnchen, dass sie den *Fernsehdoktor* sah, denn es entsprang ja ihrer Einbildung. Es wusste alles, was sie wusste. Sie war gerade dabei, den Verstand zu verlieren wie manche Kandidaten bei *Bizarre Banditen.*

»Eine andere Erklärung wäre, dass du überhaupt nicht verrückt bist«, sagte das Eichhörnchen, das ihre Gedanken gehört hatte. »Weil ich nämlich tatsächlich in deinem Kopf zu dir spreche. Und wenn ich recht hatte, als ich dir vorhin sagte, dass du auf dem Irrweg bist, dann…« Das Eichhörnchen hob am Ende des Satzes die Stimme, um Celia dazu zu bewegen, den Satz zu vollenden.

»Dann was?«, fragte Celia. »Hör auf, so enigmatisch zu sein!«

»Rate mal!«

»Wir sind hier nicht in einer Gewinn-Show. Ich rate nicht.«

»Versuch's doch einfach!«

»Nein!«

»Du bist ein Spielverderber«, beschwerte sich das Eichhörnchen und schon hüpfte es davon. Es kletterte die Säule hinauf, die überfrorene Decke entlang und verschwand in den Ruinen von Atlantis.

»Hey, sag's mir!«, rief Celia, aber sie hörte nur noch Ratatosks Gelächter. Das Eichhörnchen hatte sie in dem großen Tempel alleine zurückgelassen und nun stand sie da und überlegte, was das Tier gemeint haben könnte. »Wenn es die Wahrheit gesagt hat und wir auf dem Irrweg sind, dann… was dann?«

»Celia!« Ihr Bruder kam von draußen angerannt. »Celia, wir müssen weg!«

»Hier gibt es keine Bibliothek«, sagte sie. »Schau.«

»Ja«, erwiderte er. »Das Eichhörnchen hat nicht gelogen!«

»Ich weiß«, sagte Celia. »Wir sind wirklich auf dem Irrweg.«

»Nicht nur das!«, rief Oliver. »Auch was es über die Drachen gesagt hat, stimmt! Es gibt sie wirklich. Und wenn wir nicht schleunigst abhauen, dann müssen wir gegen einen kämpfen!«

»Ach, Quatsch«, sagte Celia, die von dem ganzen Unsinn die Nase voll hatte. »Hörst du etwa auch Stimmen? Wir können doch nicht beide verrückt sein!«

»Nein, es ist eine Art Weissagung! Zuerst hat uns Ulk hierhergebracht, dann hast du mit einem Eichhörnchen geredet und jetzt müssen wir gegen einen Drachen kämpfen! Ich habe es auf dem Obelisken draußen gesehen!«

»Man darf nicht alles glauben, was auf Obelisken steht«, sagte Celia.

»Komm.« Oliver zog sie nach draußen, damit sie sich selbst davon überzeugen konnte. Als sie auf die oberste Stufe hinaustraten, von der aus man einen Blick über ganz Atlantis hatte, blieb Celia stehen. »Hier hinunter.« Oliver wollte sie vorwärts ziehen, aber sie rührte sich nicht vom Fleck.

»Ich glaube dir«, sagte sie und riss sich von ihm los.

»Du glaubst mir, einfach so?«, fragte Oliver. Er machte einen Schritt auf sie zu. Vielleicht war sie wirklich verrückt geworden. Andernfalls würde sie ihm doch nicht einfach so glauben.

Celia nickte nur und zeigte zur Stadt. Ihr Gesicht war so weiß wie das Eis. Oliver blickte über die zerfallenen Gebäude von Atlantis, die gefrorenen Gräben und einstürzenden Brücken, und dann sah er, was Celia einen solchen Schrecken versetzt hatte.

Seine Schultern sackten nach unten. »Na toll«, seufzte er.

Er konnte Echsen nicht ausstehen.

Und ein Drache war nichts anderes als eine sehr, sehr große Echse.

34. Wir finden, dass Drachen Spielverderber sind

Die sehr, sehr große Echse kroch durch die Ruinen von Atlantis auf sie zu. Ihre gelben Augen waren auf die Stufen des Tempels gerichtet, wo Oliver und Celia standen. Der Drache sah aus wie eine lange, ziemlich dicke Schlange mit vier kräftigen Beinen. Die starken Klauen konnten Gebäude zerfetzen, als wären es Papiertaschentücher. Die Zwillinge mussten bei diesem Anblick an eine Szene aus einem drittklassigen Science-Fiction-Film denken.

Der Drache schlug mit seinen lederartigen Flügeln, es sah aus, als wollte er eine Eiskruste abschütteln, die ihn am Fliegen hinderte. Ein kalter Windstoß löste große Schneeklumpen aus der Eiswand und ließ sie von oben herabrieseln.

Der Drache brüllte, sein gellender Schrei durchschnitt die Luft. Die Zwillinge duckten sich aus Angst, dass jeden Moment ein Feuerstrahl auf sie zuschießen könnte. Als sie begriffen, dass der Drache nicht vorhatte, sie zu brutzeln, blickten sie einander an und zuckten die Schultern.

»Ich schätze, im wirklichen Leben speien Drachen gar kein Feuer«, sagte Oliver.

»Im wirklichen Leben sollte es überhaupt keine Drachen geben«, sagte Celia.

»Als versteinertes Skelett in der Wand hat er mir jedenfalls besser gefallen.« Oliver war überzeugt, dass es sich um einen Verwandten des Pliosaurus handelte, dessen Überreste sie in der Forschungsstation gesehen hatten.

»Das Eichhörnchen behauptet, er heißt Nidhogg«, erzählte ihm Celia.

»Er hat einen Namen? Wozu braucht eine Riesenechse einen Namen?«

»Du hast doch auch einen Namen, warum sollte er keinen haben?«

»Hör auf, den Drachen zu verteidigen«, sagte Oliver. »Er wird uns jeden Moment fressen.«

»Nein«, widersprach Celia. »Weil wir nämlich weglaufen. Komm.«

Sie zog ihren Bruder hoch und zusammen rannten sie die Stufen hinab. Vielleicht konnten sie den Drachen im Gewirr der engen Gassen abschütteln. Der Drache brüllte und änderte die Richtung, um ihnen zu folgen. Riesige Eisbrocken fielen krachend auf sie herab und unter ihren Füßen bebte die Erde.

»Jetzt habt ihr es geschafft!«, rief das Eichhörnchen, das ihnen quer über die Dächer folgte. »Er hat Tausende Jahre geschlafen, wisst ihr das? Jede Wette, es hat ihm gar nicht gefallen, von zwei kleinen Häppchen wie euch geweckt zu werden.«

»Halt die Klappe!«, schrie Celia.

»Ich hab doch gar nichts gesagt!«, rief Oliver.

»Nicht du.« Sie deutete nach oben. »Das Eichhörnchen!«

»Redet es wieder mit dir?«, fragte Oliver.

Celia stöhnte, was vermutlich so viel wie Ja heißen sollte.

»Frag es, wo wir uns verstecken können!«

»Zu spät!«, rief Celia.

Der Drache landete auf der breiten Straße direkt hinter den Zwillingen. Halb stapfend, halb schlitternd kam er auf sie zu. Sie rasten um eine Ecke und suchten Schutz hinter einer umgestürzten Säule, die die Straße versperrte. Sie duckten sich gegen den Marmor und hielten den Atem an. Der Drache stampfte auf der anderen Seite der Säule an ihnen vorüber.

Die Zwillinge schnappten nach Luft. Von seinen schuppigen Füßen ging der faulige Gestank von Jahrtausenden aus.

Die schweren Schritte entfernten sich.

Oliver atmete erleichtert aus.

Plötzlich tauchte der Kopf des Drachen über einer Dachkante auf. Das Tier brüllte markerschütternd und schwang sich hinunter auf die Straße direkt vor die beiden Zwillinge.

»Aaaaa!« Die Kinder sprangen auf und sausten los. Atemlos rannten sie zu der eisigen Brücke, die zum nächsten Stadtwall führte.

»Ha-ha!«, kicherte das Eichhörnchen. »Das schafft ihr nie!«

»Dann hilf uns doch!«, rief Celia.

»Was, ich?«, fragte das Eichhörnchen unschuldig. »Ich bin doch nur ein dummes Eichhörnchen, schon vergessen? Wie sollte ich dir helfen können? Du bist doch diejenige, die alles weiß.«

»Okay!«, japste Celia. »Ich gebe es zu! Ich habe mir nicht eingebildet, dass du mit mir sprichst. Es gibt dich wirklich und du weißt mehr als ich und ich brauche deine Hilfe!«

»Oh, das ist wirklich unbezahlbar!«, keckerte das Eichhörnchen. »Die Besserwisserin gibt zu, dass sie nicht alles besser weiß! Du bist ein Schatz, Celia Navel. Ein echter Goldschatz!«

Kichernd kletterte das Eichhörnchen eine Hauswand hoch und hüpfte davon.

»Warte!«, rief Celia. »Du wolltest uns doch helfen!«

»Hab ich gerade getan«, rief das Eichhörnchen, bevor es in der Stadt verschwand.

Die Zwillinge rannten weiter. Der Drache preschte um Ecken und pflügte durch Häuser. Sie liefen über Brücken und rannten durch verlassene Gebäude. Aber es war wie verhext – egal, wo sie sich versteckten, der Drache spürte sie auf.

Ihre Beine wurden immer schwerer und ihre Lungen brannten. Sie hechteten hinter den Sockel einer Statue, die dem Briefträger Ulk ziemlich ähnlich sah.

»Der sieht ja aus wie –«, setzte Celia an.

»Ja, ich weiß«, antwortete Oliver. »Ich fürchte, Ulk hat uns angeflunkert, was ihn selbst angeht.«

»Wir dürfen nie mehr zu Fremden in den Ballon steigen«, sagte Celia. »Das sollten wir als neue Regel aufstellen.«

»Ja, ich…« Oliver verstummte. Der Drache kam hinter ihnen her. Er schnüffelte an den geschwärzten Türen der alten Gebäude, dann schlängelte er sich fauchend und zischend in eine Seitenstraße.

»Ich vermisse Beverly«, seufzte Oliver.

»Ich vermisse Mom und Dad«, sagte Celia.

Oliver sah sie nur an und zog die Augenbrauen hoch.

»Ich weiß«, sagte sie. »Sie bringen uns ständig in Schwierigkeiten, aber dann tauchen sie meistens wie aus dem Nichts mit einem Rettungsschirm auf. Mit ihnen zusammen sind Abenteuer meistens nicht mehr ganz so schlimm.«

»Ja«, sagte Oliver. »Irgendwie machen die Abenteuer sogar ein bisschen Spaß, wenn sie dabei sind.«

»Okay, jetzt spinnst du wirklich«, stellte Celia fest.

»Das musst du gerade sagen«, erwiderte Oliver. »Du bist doch diejenige, die mit Eichhörnchen redet.«

»Ja«, schnaubte Celia. »Und es war uns wirklich eine große Hilfe.«

»Was hat es gesagt?«

»Es hat sich über mich lustig gemacht und mich eine Besserwisserin genannt.«

»Wir müssen zurück zu der Stelle, wo es dir gesagt hat, dass wir in die falsche Richtung gehen«, sagte Oliver. »Vielleicht finden wir von dort aus den richtigen Weg. Und dann finden wir die Bibliothek und retten Mom und Dad.«

»Und der Drache?«, fragte Celia.

»Ich habe einen Plan«, sagte Oliver.

»Bisher sind deine Pläne immer ziemlich schlecht für uns ausgegangen«, sagte Celia.

»Dieser nicht«, widersprach Oliver. »Ich werde ihn Atlantis-Attacke nennen.«

»Du klingst schon wie Mom.«

»Danke.« Oliver lächelte und griff nach der Hand seiner Schwester. Sie nickte. Dann rannten sie zusammen zur Brücke, die über den Graben zum äußersten Ring der Stadt führte.

Ein Schrei zerriss die Stille. Der lange, schuppige Drache fegte über sie hinweg.

»Sieht aus, als wären seine Flügel aufgetaut!«, sagte Oliver.

Der Drache landete auf der gegenüberliegenden Seite der Brücke und versperrte ihnen den Weg.

»Jetzt wäre ein guter Moment für deinen Plan«, sagte Celia.

Oliver zog die letzte Tüte Käsebällchen aus der Tasche.

»Das ist der Plan?«

»Jeder mag Käsebällchen«, sagte Oliver und riss die Tüte auf. Der Drache legte den Kopf schief.

»Das ist das Ende«, sagte Celia. »Deine Pläne sind genauso mies wie die von Mom.«

Oliver fischte ein gelborangefarbenes Käsebällchen aus der Tüte und hielt es hoch. Der Drache kniff die Augen zusammen. Oliver warf es in die Höhe. Die Zunge des Drachen schnellte hervor und angelte das Käsebällchen aus der Luft. Es knirschte nicht einmal, als das Käsebällchen im Rachen des Untiers verschwand.

»Siehst du?«, sagte Oliver. »Jetzt ist er auf den Geschmack gekommen und will die ganze Tüte.«

Oliver holte aus und schleuderte die Tüte über die Brücke. Sie rutschte in den vereisten Graben. Der Drache folgte der

Tüte mit den Augen und wollte ihr schon nachsetzen, als er es sich plötzlich anders überlegte. Er schnüffelte und wandte sich wieder den Zwillingen zu.

»Aber… aber«, stotterte Oliver. »Niemand kann aufhören, Käsebällchen zu knabbern, bevor nicht die ganze Tüte leer ist.«

Der Drache brüllte.

»Er schon.«

»Aber alle lieben knusprig goldene Käsebällchen!«

»Oliver!«, rief Celia. »Ich hab's.« Sie griff in ihre Tasche.

»Was ist?«

»Knusprig golden! Jetzt verstehe ich, was das Eichhörnchen gemeint hat!«

Der Drache setzte vorsichtig einen Fuß auf die vereiste Brücke. Die Zwillinge wichen zurück. Der Drache kam näher. Er riss das Maul auf und zeigte Hunderte nadelspitzer Zähne, von denen heißer Geifer tropfte und an denen noch ein paar grellgelbe Käsebällchenkrümel klebten.

»Ich dachte, das Eichhörnchen hat dich eine Besserwisserin genannt.«

»Aber es hat auch gesagt, dass ich ein Goldschatz bin.«

»Ja!«, sagte Oliver. »Und Drachen lieben Gold. Das hat Mom auch gesagt, als sie wegen Dad in romantischer Stimmung war!«

»Vielleicht funktioniert wenigstens dieses eine Mal einer von Moms Plänen.« Celia zog den goldenen Ring ihrer Mutter aus der Tasche. Er funkelte auf ihrer Handfläche.

Der Drache riss die Augen auf. Oliver auch. Die Riesenechse und der Junge starrten wie gebannt auf das Schmuckstück. Celia holte aus und warf den Ring über das Geländer. Er segelte durch die Luft und schlitterte an der Käsebällchen-Packung vorbei über das Eis. Der Drache schnappte ins Leere.

Er kreischte auf, schlug mit seinen mächtigen Schwingen und versuchte den Ring zu erwischen. Mit einem Riesensatz landete er im zugefrorenen Wassergraben und krallte sich den Ring. Siegesgewiss warf er den Kopf in den Nacken und brüllte.

Plötzlich ertönte ein lautes Knacken. Das Eis über dem Graben gab nach. Kleine Risse breiteten sich aus und wurden immer größer, bis es aussah, als wäre der Drache in einem Spinnennetz gefangen.

Dann brach das Eis durch und der Drache plumpste ins eisige Wasser. Er schlug aufgeregt mit den Flügeln, aber es war zu spät. In Sekundenschnelle waren sie wieder von einer frischen Eisschicht überzogen. Das Gewicht zog die Riesenechse in die Tiefe. Der Drache versank in der Dunkelheit.

»Ich schätze, er kannte die Regel nicht«, sagte Oliver. »Das Eis bricht immer.«

»Wir haben es geschafft!« Celia machte einen Luftsprung. »Er ist weg.«

Oliver stützte sich mit den Händen auf die Knie und stöhnte. »Warum in aller Welt musst du das jetzt sagen?«

»Was denn?« Celia zuckte mit den Schultern und zeigte auf das dunkle Loch im Eis. »Da ist er jetzt drin. Wir haben gewonnen.«

»Celia!« Oliver schüttelte den Kopf. »Du darfst niemals ›wir haben es geschafft‹ sagen, wenn das Monster in der Dunkelheit verschwunden ist … Regel Nummer eins!«

»Oh … ja richtig«, sagte Celia.

»Genau«, sagte Oliver. Er machte vorsichtshalber einen Schritt zurück. »Es wird wiederkommen, und zwar …« Oliver trat einen weiteren Schritt zurück, »jetzt!«

Und tatsächlich: Mit einem durchdringenden Schrei brach der Drache aus dem Eis hervor. Sein Kopf und seine Krallen peitschten durch die Luft. Eis und Schnee regneten auf die

Geschwister herab. Sie ließen sich flach auf die Brücke fallen, weil der Drache wie rasend um sich schlug. Sie blickten ihm direkt in die Augen. Seine Pupillen weiteten sich vor lauter Gier. Er wollte sie fressen.

Seine Zunge schnellte auf sie zu. Celia warf sich auf ihren Bruder und legte sich schützend die Hände über den Kopf.

Ein lautes Klatschen war zu hören, dann herrschte Stille.

»Leben wir noch?«, murmelte Oliver unter seiner Schwester.

Sie wartete. Lauschte. Alles blieb still.

»Ich glaube schon«, flüsterte sie.

»Könntest du dann vielleicht von mir runtergehen?«

»Klar.« Celia rollte von ihrem Bruder herunter und lehnte sich gegen die Brücke. Gemeinsam schauten sie zum eingebrochenen Graben hinunter. Das Wasser war ruhig, die gezackten Kanten des Eislochs glitzerten im Licht. Der Drache war verschwunden. Genau wie die Tüte mit den Käsebällchen.

»Hab ich's dir nicht gesagt?«, rief Oliver zufrieden.

»Sei kein Besserwisser«, schnappte Celia. Sie half ihrem Bruder auf die Beine und nahm ihn bei der Hand. Zusammen verließen sie Atlantis und machten sich auf den Weg zurück zum Weltenbaum.

Celia wusste, was sie zu tun hatten, wenn sie ihre Eltern retten wollten.

»Wenn da unten wirklich eine verschollene Bibliothek ist«, sagte Oliver, »dann musst du das sprechende Eichhörnchen fragen, wie wir hinkommen. Nur so können wir Mom und Dad retten.«

Und wie so oft klang das Ganze nicht weniger verrückt, wenn ihr Bruder es laut aussprach.

35. Wir entleihen ein Buch

Das Ächzen der Eisplatten, die sich knirschend hin und her schoben, begleitete sie auf ihrem Weg durch die Schlucht. Pulveriger Schnee rieselte von den steilen Wänden, stob glitzernd durch den Regenbogen und legte sich als feiner Eisstaub über sie. Sie folgten dem Weg über die vielen kleinen Regenbogen zurück bis zu dem großen, schimmernden Baum.

Plötzlich blieb Oliver stehen und Celia rannte in ihn hinein.

»Uff«, stöhnte sie.

»Nicht uff«, sagte Oliver. »Ulk.«

»Wie schön, euch wiederzusehen«, sagte der enigmatische einäugige Briefträger. Er kauerte auf dem Boden und verfütterte Käsebällchen an das weiße Eichhörnchen mit den großen Zähnen. Jetzt stand er auf, strich sich das lange Haar aus der Stirn und betrachtete die Zwillinge mit seinem gesunden Auge. »Ihr seht ziemlich geschafft aus«, stellte er fest. »Ihr habt wohl den alten Nidhogg getroffen, was?«

»Sie wussten, dass hier ein Drache ist?!«, kreischte Celia.

»Ein echter, riesiger, echsengesichtiger, nadelzähniger, goldgieriger Drache!?«, zählte Oliver auf.

»Und trotzdem haben Sie uns hier allein zurückgelassen!« Celia baute sich vor Ulk auf und sah ihm ins Gesicht – in Anbetracht seiner Größe sah sie eigentlich eher seine Brust an.

Ulk zuckte mit den Schultern. »Es gibt da so eine Weissagung. Und ich wusste, dass ihr das Zeug dazu habt. Irgendjemand musste es endlich mit diesem Drachen aufnehmen. Ich selbst habe es nie geschafft.«

»Sie sind gar kein Briefträger, stimmt's?«, fragte Celia.

Wieder zuckte Ulk mit den Schultern.

»Sind Sie ...« Celia sah sich um und senkte ihre Stimme zu einem Flüstern, obwohl außer ihrem Bruder und einem schadenfrohen Eichhörnchen niemand in Hörweite war. »Odin, der All-Vater?«

»Ich habe viele Namen«, erwiderte Ulk.

»Vielleicht ist er ja der Weihnachtsmann!«, mischte Oliver sich ein.

»Er hat nicht gesagt, dass er der Weihnachtsmann ist«, stöhnte Celia.

»Er hat aber auch nicht gesagt, dass er es nicht ist!«, sagte Oliver.

»Er hat nur gesagt, dass er viele Namen hat«, sagte Celia. »Er könnte sonst wie heißen – vielleicht Charlie oder Milo oder Rotznase McBäh. Warum fängst du immer wieder mit dem Weihnachtsmann an?«

»Du hast damit angefangen«, sagte Oliver.

»Ich habe mit Odin angefangen, dem nordischen Gott des Krieges«, sagte Celia.

»Tja, ich dachte eben, er könnte genauso gut auch Weihnachtsmann oder Santa Claus heißen.«

»Könnte er nicht, weil es den gar nicht gibt.«

»Do-hooch.«

»Nei-hein.«

»Do-hooch.«

»Nei-hein.«

»Do-hooch.«

»Nei-hein.«

»Do-hooch.«

»Aus welchem Grund sollte der Weihnachtsmann uns mit einem Drachen kämpfen lassen?«, fragte Celia. »Nein, Ulk ist ein nordischer Gott.«

»Er ist Santa Claus.«

»Wenn er Santa Claus wäre, dann hätte er auch Geschenke.« Celia verschränkte triumphierend die Arme vor der Brust.

Oliver runzelte die Stirn. Da war was dran.

»Oh, fast hätte ich es vergessen, ich habe tatsächlich Geschenke.« Ulk lachte. Die Zwillinge sahen ihn an. Oliver strahlte. Celia schmollte. »Man darf nicht alles blind glauben«, sagte Ulk. »Zweifel führen zu Fragen. Und Fragen sind der erste Schritt auf jedem Weg.«

Die Zwillinge verdrehten beide die Augen.

»Mal wieder ziemlich enigmatisch, was?«, sagte Oliver spitz.

»Wir wären Ihnen wirklich sehr dankbar, wenn Sie sich etwas klarer ausdrücken könnten«, bat Celia den einäugigen Mann. »Wir wurden soeben von einem Drachen quer durch Atlantis gejagt und haben nicht die allerbeste Laune. Außerdem müssen wir die verschollene Bibliothek finden, um unsere Eltern zu retten. Wenn Sie uns dabei nicht helfen, dann ist es völlig egal, ob Sie der nordische Gott Odin, der Weihnachtsmann oder die Zahnfee sind.«

»Die Zahnfee gibt es doch gar nicht«, murmelte Oliver. Celia stieß ihm den Ellbogen in die Rippen.

»Dein Bruder ist wirklich süß«, keckerte das Eichhörnchen.

»Ruhe oder ich mache einen Pelzkragen aus dir!«, fauchte Celia das Eichhörnchen an, das daraufhin den Baum hinaufhuschte und misstrauisch hinter dem Stamm hervorlugte.

Ulk legte den Kopf schräg und blickte Celia erstaunt an.

»Sie schreit nur mal wieder das Eichhörnchen in ihrem Kopf an«, erklärte Oliver.

»Ach so.« Ulk nickte. »Er sucht sich immer diejenigen aus,

die sich für besonders schlau halten. Er ist ein kleiner Plagegeist, aber einer mit Humor.«

»Siehst du«, sagte Celia zu ihrem Bruder. »Ich bin nicht verrückt. Das Eichhörnchen redet doch.«

»Du hältst dich also für besonders schlau, hm?«, sagte Oliver.

»Ich bin schlau«, sagte Celia. Jetzt war es sozusagen amtlich, selbst wenn die Bestätigung nur von einem sprechenden Eichhörnchen kam, das unter dem Eis des Nordpols wohnte.

»Das denkst auch nur du«, sagte Oliver. »Wenn du wirklich so schlau wärst, dann hätten wir die verschollene Bibliothek längst gefunden.«

»Das habt ihr auch«, sagte Ulk. »Das ist mein Geschenk für euch. Ich habe jemanden gebraucht, der mit diesem lästigen Drachen fertig wird. Ihr habt es geschafft. Deshalb zeige ich euch gerne das, wonach ihr sucht. Es ist direkt unter euch.« Er zeigte auf das Loch im Eis, aus dem der Baumstamm emporwuchs. »Klettert einfach hinunter.«

»Da runter?«, fragte Oliver skeptisch. »Ist da nicht das Meer?«

»Oh nein«, antwortete Ulk. »Aber das müsst ihr schon mit eigenen Augen sehen.«

Oliver und Celia blickten erst sich, dann den Baum an. Celia nickte wortlos. Oliver machte einen Schritt auf den Baum zu. Er war schrecklich aufgeregt, aber es machte ihm nichts aus, als Erster zu gehen. Gleich würde er den Ort sehen, von dem seine Mutter ihr Leben lang geträumt hatte. Er wünschte, sie wäre hier. Oliver umschlang den Baumstamm, als wolle er ihn umarmen, und schob sich vorsichtig durch den engen Spalt zwischen der goldenen Baumrinde und dem Eis.

»Kommen Sie mit?«, fragte Celia den geheimnisvollen bärtigen Mann.

Ulk lächelte. »In die Bibliothek? Selbstverständlich. Das lasse ich mir nicht entgehen.«

Celia folgte dem Beispiel ihres Bruders. Sie umschlang den Baum und folgte Oliver in die Tiefe. Es dauerte nicht lange, da weitete sich die Öffnung und sie rutschten am Stamm entlang in einen großen Saal aus Eis. An den sanft geschwungenen Wänden war jedoch kein einziges Bücherregal, nur in der Mitte des Saals stand ein Pult. Und auf dem Pult lag ein Buch. Es war sehr groß und von feinem Schneestaub überzogen. Die Wölbungen der Eiswände spiegelten das Buch in alle Richtungen wider und zauberten die Illusion von unzähligen Räumen mit unzähligen Büchern auf Pulten in der Mitte.

»Das ist ja gar keine richtige Bibliothek«, sagte Oliver. »Hier gibt es nur ein einziges Buch.«

Er ging zu dem Pult. Der Bucheinband war mit einem schweren Goldsiegel in Form eines Schlüssels geschmückt. Der Schlüssel der Mnemonen. Oliver wollte das prächtige Buch aufschlagen, aber Celia hielt ihn zurück.

»Vorsicht!«, warnte sie ihn. »Besagt nicht eine deiner Regeln, dass man bei so etwas immer in eine Falle tappt?«

Oliver nickte. In den Filmen verbarg sich hinter einem geheimnisvollen Gegenstand auf einem Pult immer eine Falle. Wahrscheinlich würden Giftpfeile hervorschießen, sobald er das Buch berührte. Oder der Boden würde sich unter ihnen auftun oder irgendein schlimmer Fluch würde sie treffen.

»Und?«, fragte Ulk, der gerade am Stamm heruntergeglitten war. »Was sagt ihr dazu?«

»Wir halten es für eine Falle«, sagte Celia.

»Das ist keine Falle«, sagte Ulk. »Ihr habt zu viele Filme gesehen.« Er schlenderte zum Pult und schlug das Buch auf. »Seht ihr?«, fragte er. »Das ist ein Codex.«

»Was ist ein Codex?«, fragte Oliver.

»Ein Buch«, sagte Celia. *»Ein Codex ist ein großes Buch und des Lesemuffels Fluch.«*

Ulk zog die Augenbrauen hoch. *»Wally Wurms Wörterwelt?«*

Celia nickte.

»Warum sagt man dann nicht gleich Buch?«, beschwerte sich Oliver.

Statt einer Antwort schob Ulk Oliver zu dem riesigen Folianten – was ein weiteres Wort für Buch ist. Allerdings eines, das man nur benutzt, wenn man das Wort Buch nicht ständig wiederholen will.

Die Zwillinge traten vor das Pult. Aus der Nähe betrachtet sah man, dass die Buchseiten mit wirrem Gekritzel und geschwungenen Linien vollgeschrieben waren – ein einziges Tohuwabohu in Schwarz, Gold und Silber.

»Welche Sprache ist das?«, wollte Oliver wissen.

»Kennt ihr die sumerische Legende von Enmerkar und dem Lord von Aratta?«, fragte Ulk.

Die Zwillinge blickten ihn verständnislos an.

»Die Mythen vom skythischen König Fénius Farsaid?«

Noch mehr ratlose Blicke.

»Die Erzählung vom Turmbau zu Babel?«

»Das sagt mir was«, meinte Celia. »Das ist doch die Geschichte von den alten Völkern, die alle eine gemeinsame Sprache hatten und einen Turm bis in den Himmel bauen wollten, der dann aber wieder einstürzte. Zur Strafe gab es die Sprachverwirrung und seither versteht keiner mehr den anderen.«

»Genau«, sagte Ulk. »In vielen Kulturen gibt es Legenden über eine Ursprache, die einst alle Menschen verstanden haben.«

»Jetzt klingt er wieder wie die schlauen Sprüche in den Glückskeksen«, raunte Oliver.

»Dein Bruder ist nicht gerade die größte Leuchte unter den Polarlichtern, was?« Das Eichhörnchen war wie aus dem Nichts aufgetaucht und huschte kichernd um Celias Füße.

»Ich kenne Walrosse, die haben mehr Hirn und Humor als er.«

Celia trat nach seinem Schwanz. »Sprich nicht so von meinem Bruder!«

»Hat es gerade was Gemeines über mich gesagt?«, fragte Oliver.

»Hm-hmm«, sagte Celia. »Aber es irrt sich. Ich finde, du hast sehr viel mehr Hirn als ein Walross.«

»Und ob!«, sagte Oliver, der es leid war, immer wie der letzte Trottel behandelt zu werden. Er trat nach dem Schwanz des Eichhörnchens. Ulk sah zu, wie sie das kleine Tier quer durch den Saal scheuchten. Dann klatschte er einmal kurz in die Hände. Das Echo war wie Donnerhall. Das Eichhörnchen blieb sofort stehen und starrte Ulk aus weit aufgerissenen Augen an.

»Genug«, sagte Ulk. »Wenn hier nicht gleich Ruhe herrscht, muss ich mir für dich etwas einfallen lassen.«

»Für mich?«, fragte Celia.

»Für mich?«, fragte Oliver.

»Für das Eichhörnchen«, sagte Ulk.

Das kleine Eichhörnchen zog den Kopf ein und hüpfte davon.

»Nehmt es nicht persönlich«, sagte Ulk zu den beiden Geschwistern. »Wer kennt das nicht – kleine Eichhörnchen, die einem mit ihrem Geschwätz schier endlos in den Ohren liegen? Davon darf man sich nicht aus der Ruhe bringen lassen.«

»Ich glaube nicht, dass es sehr viele Leute gibt, denen Eichhörnchen mit ihrem Gequatsche in den Ohren liegen«, sagte Celia.

»Ach, ich weiß nicht«, sagte Oliver. »Für mich hört sich das an wie die sechste Klasse.«

»Das stimmt«, sagte Celia.

»Wo waren wir stehen geblieben?«, fragte Ulk.
»Beim Turmbau von Babel«, antwortete Celia.
»Ah ja«, sagte Ulk. »Bei der Ursprache. Der ersten Sprache, aus der sich alle anderen entwickelt haben.«
»Und weiter?«, fragte Celia.
»Das hier ist diese mythische Sprache«, sagte Ulk und deutete auf das Gekritzel und die vielen verschiedenen Linien. »Was ihr hier seht, ist die Wurzel aller Bücher. Dieser Codex kann von vorne nach hinten, von hinten nach vorne, von links nach rechts und umgekehrt, ja sogar quer gelesen werden. Man kann ihn auf den Kopf stellen oder jedes zweite Wort überspringen. Man kann ihn auf jede denkbare Art und Weise lesen. Er fügt sich in jedes Muster. Oder in überhaupt keines. Die Möglichkeiten sind unendlich – genau wie die Zahl der Bücher, die der Codex enthält.«
»Hä?«, fragte Oliver.
»Es ist ein unendliches Buch«, sagte Ulk. »Es enthält alle Bücher der Welt. Was du darin liest, liegt ganz bei dir. Dieses Buch enthält jede Wahrheit und auch ihr Gegenteil. Es enthält alle Bücher, die jemals geschrieben wurden, die in Zukunft noch geschrieben werden und auch diejenigen, die man schreiben könnte.«
»Hä?«, fragte Oliver noch einmal.
»Ob Legenden aus dem alten Babylon, Schriften von Homer oder Liebesromane«, sagte Ulk. »Dieses Buch enthält alles – es kommt nur darauf an, wie du es liest. Du findest darin sowohl Geschwätz als auch große Literatur.«
»Und vielleicht sogar eine Anleitung, wie man Atlantis heben kann?«, fragte Oliver.
»Auch das«, sagte Ulk. »Eine Anleitung, die Schritt für Schritt erklärt, was man tun muss, damit das Eis um uns herum schmilzt und das sagenumwobene Atlantis wieder der

Mittelpunkt einer überfluteten Welt wird. Es steht alles hier drin. Ebenso ein Ratgeber zum Briefmarkensammeln. In diesem Buch steht einfach alles. Der alte Forschungsreisende hat es gefunden und hier versteckt. Und eure Mutter hat sich geirrt. Die Bibliothek von Alexandria ist tatsächlich verschollen. Sie wurde zerstört, so wie man es in jedem Geschichtsbuch nachlesen kann. Aber alles, was die Bibliothek enthielt, steht in diesem Buch, das lange vor Alexander dem Großen, lange vor dem Beginn der Geschichtsschreibung entstanden ist. Dieses Buch ist das unendliche Gedächtnis der Menschheit. Jede Geschichte, jeder Traum, alle möglichen und unmöglichen Ideen, die Antworten auf alle Fragen – all das liegt hier vor euch.«

»Das ist ja fast wie bei unserer Universal-Fernbedienung«, sagte Oliver. »Funktioniert überall, und wenn man erst mal weiß, wozu die Knöpfe sind, kann man alles Mögliche damit machen.«

Ulk runzelte die Stirn. Er hatte keine Ahnung, wovon Oliver sprach.

»Weiß jemand, wie man das Buch lesen kann?«, fragte Celia.

Ulk schüttelte den Kopf. »Keine Menschenseele.«

»Genau wie bei unserer Fernbedienung«, murmelte Oliver.

»Augenblick mal!« Celia stampfte mit dem Fuß auf. »Wir haben die ganze Welt nach diesem Ding abgesucht, wir haben uns dafür aus einem Flugzeug werfen lassen und gegen Ungeheuer, Grabräuber und einen fiesen Milliardär gekämpft. Und das alles nur für ein Buch, das niemand lesen kann?«

Ulk nickte.

»Das ist so was von unfair«, stöhnte sie.

»Nein«, ertönte eine höhnische Stimme hinter ihr. »Das hier ist so was von unfair.«

Die Zwillinge wirbelten herum und sahen Sir Edmund mit

drei seiner Komplizen neben dem Baum stehen. Alle hatten ihre Pistolen auf sie gerichtet. »Ihr könnt mir das Buch jetzt geben.«

Sir Edmund nickte einem seiner Handlanger zu. Der Komplize nahm Ulk das große Buch aus der Hand und schleppte es zu Sir Edmund, um es ächzend zu halten, während der kleine Mann durch die Seiten blätterte und die Schriftzeichen betrachtete.

»Du hast keine Ahnung, was du da tust«, sagte Ulk.

»Oh, ich denke schon«, erwiderte Sir Edmund. »Ich schnappe das wertvollste Kunstwerk aller Zeiten zwei dummen Kindern und einem kauzigen alten Briefträger, der etwas vom Weg abgekommen ist, vor der Nase weg.«

»Er ist überhaupt kein Briefträger«, sagte Oliver trotzig.

»Psst«, machte Celia. Sie wollte das Überraschungsmoment nicht verspielen. Bestimmt hatte dieser rätselhafte Alte noch einen Trumpf im Ärmel. Schließlich war er der Deus bei ihrem Deus ex Machina.

»Wer auch immer er sein mag«, sagte Sir Edmund. »Ich hoffe, ihr kommt gut miteinander aus. Ich habe die Eisfelsen ein wenig mit Dynamit verziert. Das Ganze dürfte so in …«, er zog sein Handy aus der Tasche und drückte einen Knopf, »in fünfzehn Minuten hochgehen. Dann seid ihr hier bis ans Ende der Tage eingeschlossen. Tut mir leid, Kinder. Das Staffel-Finale von *Modesünden der Promis* werdet ihr wohl verpassen.«

»Ich kann *Modesünden der Promis* sowieso nicht ausstehen!«, rief Oliver, als Sir Edmunds Helfer ihren Chef an einem Gurt festzurrten und nach oben hievten. Dann schlangen sie ein Seil um das schwere Buch und zogen es ebenfalls hoch.

Kurz darauf waren Ulk, Oliver und Celia wieder allein in dem leeren Saal.

»Warum haben Sie nichts gemacht?«, fragte Celia Ulk vorwurfsvoll. »Ich dachte, Sie sind ein geheimnisvoller Gott oder ein Schamane oder so!«

»Das war gar nicht nötig«, sagte Ulk.

»Und ob das nötig gewesen wäre!«, sagte Celia.

»Ist euch denn an dem Bucheinband nichts aufgefallen?«, fragte Ulk.

»Er hat das Abzeichen der Mnemonen«, sagte Oliver.

»Genau. Und das Siegel ist aus Gold«, sagte Ulk.

»Was hat das mit…« Oliver hielt inne. Er blickte zum Baum und lauschte. »Oh«, sagte er dann. Aus der Ferne hörte man das Knacken von brechendem Eis. »Ich schätze, Nidhoggs Käseböllchen sind alle.«

36. Wir sind ein echter Goldschatz

Das Buch wog viel mehr, als Sir Edmund gedacht hatte. Es war so groß wie er und auch genauso dick. Seine Männer hatten alle Mühe, es am Baum hochzuziehen. Er sah ihnen dabei zu und tippte ungeduldig mit den Zehenspitzen und zwirbelte seinen Schnurrbart. Von der Eisklippe hingen Seile herunter. Dort oben wartete auch der Hubschrauber auf ihn. Nur noch ein paar Minuten, dann war der Sieg sein.

Nun, da er das Buch hatte, musste er natürlich jemanden auftreiben, der es lesen konnte. Aber er besaß Supercomputer und Hunderte hoch bezahlter Fachleute, die bereitstanden, die Geheimnisse des Buches zu entschlüsseln. Sobald dies geschehen war, gab es nichts mehr, was ihn aufhalten konnte!

»Bist du nicht stolz auf dich?«, kam von hinten eine spöttische Stimme.

Sir Edmund wirbelte herum. »Wer hat das gesagt?« Er drehte den Kopf von einer Seite zur anderen. »Wer war das? Zeig dich! Hallo? Huhu!«

»Huhu? Ich bin doch keine Eule.« Die Stimme lachte.

Sir Edmund blickte nach oben. Auf einem Ast über ihm saß ein Eichhörnchen, das große, vorstehende Zähne hatte. Es fraß eine Nuss und ließ sich von Sir Edmunds stechendem Blick nicht aus der Ruhe bringen. Sir Edmund blinzelte, dann schüttelte er den Kopf. Eichhörnchen sprechen nicht, dachte er bei sich.

»Willst du mich nicht fragen, wie ich hier oben am Nordpol zu einer Nuss komme?«

Sir Edmund drehte sich einmal um die eigene Achse auf der Suche nach dem Witzbold, der seine dummen Späße mit ihm trieb.

»Navels? Seid ihr das?«

»Ich bin es, du Dummkopf!«, rief das Eichhörnchen. »Ich sitze direkt vor deiner Nase!«

»Eichhörnchen können nicht sprechen!«, knurrte Sir Edmund.

»Und dennoch sprichst du mit mir.«

»Ich rede kein Wort mehr mit dir.«

»Dein Pech«, sagte das Eichhörnchen.

»Quatsch«, sagte Sir Edmund.

»Es ist gar keine Nuss, weißt du?«, sagte das Eichhörnchen und knabberte weiter. Sir Edmund konnte nicht erkennen, dass das Eichhörnchen seine Schnauze bewegte, und er hatte beinahe den Verdacht, das freche Tier redete nur in seinem Kopf.

Das Eichhörnchen nagte gleichmütig an der kleinen orangefarbenen Nuss. »Das ist ein Käsebällchen.«

»Unsinn«, sagte Sir Edmund.

»Es schmeckt ganz gut«, sagte das Eichhörnchen.

»Ruhe!«

»Okay, aber ich wollte dich gerade vor der Gefahr warnen, in der du schwebst.«

»Papperlapapp!«, schrie Sir Edmund.

»Hier gibt es nämlich Drachen!«, gluckste das Eichhörnchen vergnügt.

»Den letzten lebenden Drachen habe ich vor Jahren gefangen, ein Zwerg, ein Baby, keine hundert Meilen von hier«, brüstete sich Sir Edmund. »Er war der letzte seiner Art und er lebte ganz allein im Eis. Im Norden gibt es keine Drachen mehr.«

»Und wer, denkst du, hat mir die Käsebällchen gegeben?«, fragte das Eichhörnchen und verschlang den letzten Happen. Seine großen Zähne waren nun orange.

»Drachen mögen keine Käsebällchen!«

»Jeder mag Käsebällchen!«, widersprach das Eichhörnchen.

»Ähm, Sir, ist alles in Ordnung?« Sir Edmunds Männer warteten neben ihm, atemlos vor Anstrengung, weil sie mit dem schweren Buch den Baum hinaufgeklettert waren. Sie machten sich offensichtlich Sorgen um ihn.

»Haben Sie sich einen giftigen Parasiten eingefangen oder so?«, fragte einer. »Sie schreien einen Baum wegen irgendwelcher Käsebällchen an.«

»Ich schreie keinen Baum an.« Sir Edmund zupfte an seiner Jacke. »Ich schreie ein Eichhörnchen an.« Er zeigte auf den leeren Ast.

Seine Leute tauschten beunruhigte Blicke aus.

»Es saß gerade noch da!«, sagte Sir Edmund. »Ach, ist auch egal. Für so was haben wir jetzt keine Zeit. Kommt. Wir müssen hier raus, ehe das Dynamit in die Luft fliegt.«

Er ging zu der Eiswand und wollte sich gerade wieder einen Gurt umschnallen und sich von seinen Leuten hinaufziehen lassen, als plötzlich ein fürchterliches Gebrüll ertönte. Seine Begleiter drängten sich ängstlich aneinander.

»Nur die Ruhe«, sagte Sir Edmund. »Das ist nur das Eis, das sich bewegt.«

Auf das Gebrüll folgte lautes Kreischen.

»Und das ist das Kreischen eines leichten Schneefalls«, spottete das Eichhörnchen.

»Schnauze!«

Sir Edmunds Leute fürchteten sich, so wie sich jeder vernünftige Ganove fürchten würde, der in einer Schlucht auf dem Nordpol mit einem hinterlistigen Milliardär festsitzt, der gerade wahnsinnig zu werden droht wie ein Kandidat bei *Bizarre Banditen.*

Unter Ganoven ist *Bizarre Banditen* nämlich genauso beliebt wie unter Tweens.

Plötzlich hörte man Eis brechen. Felsbrocken polterten von oben herab und prallten gegen den Baumstamm. Ein dunkler Schatten schwebte über der Schlucht. Sir Edmund und seine Männer blickten in die Höhe und sahen den bunt schillernden Bauch einer riesigen fliegenden Echse über sich.

Sir Edmunds Begleiter gerieten in Panik. Sie ließen das Buch fallen und flohen, so schnell sie konnten, über die Regenbogen in die Ruinen von Atlantis.

»Feiglinge!«, schrie Sir Edmund. Rasch gurtete er sich wieder ab, um das Buch an sich zu nehmen.

Der Drache legte den Kopf in den Nacken und brüllte, dann griff er an. Sir Edmund warf sich mit ausgebreiteten Armen und flatterndem Schnurrbart bäuchlings auf das alte Buch. »Der Foliant ist so schwer, ich kann ihn nicht alleine tragen!«

Foliant? Ach ja, wieder dieses merkwürdige Wort für Buch.

Der Drache verfehlte Sir Edmund nur knapp. Im letzten Moment schwang er sich in die Höhe und flog über den kleinen Mann hinweg, um zuerst seine fliehenden Komplizen zu schnappen. Er verschluckte sie so mühelos wie Oliver eine Handvoll Käsebällchen. Ganoven haben leider keine sonderlich schmackhafte Kruste.

Der Drache schwang sich steil nach oben und wendete in der Luft, dann landete er vor Sir Edmund. Der Milliardär wirkte neben dem riesigen Kopf geradezu winzig. Sein Schnurrbart bebte. Der Drache schnaubte und – man muss es leider sagen – er hatte noch schlimmeren Mundgeruch als Sir Edmund.

Flach auf dem Buch liegend rutschte Sir Edmund rückwärts und zog es mit sich. »Gute Echse«, gurrte er. »Liebe Echse.«

Der Drache folgte ihm Schritt für Schritt. Sir Edmund richtete sich auf und hielt das große Buch vor sich wie einen Schild. Vorsichtig lugte er hinter dem goldglitzernden Einband hervor. Er hielt sich zwar für einen großen Experten auf dem Gebiet der Kryptozoologie – der Lehre von den mythologischen Tieren –, aber zweifellos hatte er das Wichtigste vergessen, was man über Drachen und ihre Liebe zum Gold wissen muss. Hätte er ein bisschen nachgeforscht (oder sich die Mühe gemacht, eine Folge des *Bestien-Bändigers* anzusehen), dann hätte er gewusst, dass es ungefähr genauso aussichtsreich war, sich vor einem Drachen hinter einem goldenen Buch zu verstecken wie hinter einem leeren Prüfungsblatt vor einem Lehrer. Beides war gleichermaßen sinnlos.

»Hau endlich ab!«, schrie Sir Edmund. »Ich habe einen deiner Artgenossen gefangen, und falls du versuchen solltest –«

Der Drache brüllte laut und stupste Sir Edmund leicht an. Das Buch kippte um und begrub Sir Edmund unter sich. Seine Arme und Beine ragten darunter hervor und oben sein Kopf. Sir Edmund zappelte und stöhnte, aber er konnte sich nicht befreien, das Buch war viel zu schwer. Er wollte sein Handy aus der Tasche ziehen und Hilfe herbeirufen, aber das Handy war bei seinem Fall zerschmettert worden.

Der Drache stand jetzt drohend über ihm und spuckte Bäche von heißer Drachenspucke auf den goldenen Einband. Sir Edmunds Kopf war schon ganz nass und sein Schnurrbart hing schlaff nach unten.

»Oh, das Gold! Natürlich.« An das Gold hatte Sir Edmund nicht gedacht. »Du willst Gold? Ich habe jede Menge davon!

Tonnenweise. Lass mich gehen und ich komme mit mehr Gold zurück, als du dir in deinem Echsenhirn jemals vorstellen kannst!«

Natürlich kann man mit einer Riesenechse nicht diskutieren; das hätte auch Oliver Sir Edmund sagen können. Echsen sind wie Schwestern. Wenn sie etwas wollen, dann bekommen sie es in aller Regel auch. Und diese alte Echse wollte etwas zu fressen haben.

Sir Edmund drehte den Kopf zur Seite und sah, wie Oliver und Celia am Baum hochkletterten.

Wenn er sich je über das Erscheinen der Navel-Zwillinge gefreut hatte, dann in diesem Moment.

»Hilfe!«, schrie er. »Hilfe!«

Er merkte, wie Oliver und Celia sich anblickten und seufzten.

Sie diskutierten miteinander. Was in aller Welt gab es in einem Augenblick wie diesem zu diskutieren? Wollten sie ihn retten? Oder wollten sie zusehen, wie er gefressen wurde?

Er wünschte wirklich, die Navel-Zwillinge wären nicht so enigmatisch.

37. Wir zurren den Knoten fest

Oliver und Celia waren, so schnell sie konnten, den goldenen Baum hinaufgeklettert. Als sie oben angekommen waren, schnappten sie entsetzt nach Luft. Der Drache war aus dem Eis zurückgekehrt und hatte sich nur wenige Schritte von ihnen entfernt vor Sir Edmund und seinem alten Buch niedergelassen.

»Das ist –«, setzte Oliver an, aber Celia brachte ihn sofort zum Schweigen.

Der Drache hatte sie noch nicht bemerkt und sie wollte verhindern, dass ihr Bruder mit seiner großen Klappe ihre Ankunft lautstark verkündete.

»Wir können hier nicht bleiben«, flüsterte Oliver. »Das Dynamit kann jeden Augenblick explodieren.«

»Wir müssen irgendwie an ihm vorbeikommen«, flüsterte Celia zurück.

Sir Edmund drehte den Kopf und sah sie flehentlich an. »Hilfe!«, schrie er. »Hilfe!«

Celia und Oliver tauschten einen Blick und seufzten.

»Der Drache wird ihn fressen«, sagte Oliver.

»Er hat uns da unten zurückgelassen, damit wir sterben«, sagte Celia. »Und er hat schon einmal versucht, uns umzubringen.«

»Nicht zu vergessen all das, was er Mom und Dad angetan hat«, fügte Oliver hinzu.

»Genau«, sagte Celia. »Aber gibt es da nicht auch eine Regel?«

»Ja«, seufzte Oliver. »Wenn wir die Guten bleiben wollen, müssen wir ihm helfen.«

»Und wollen wir die Guten bleiben?«

Mit nachdenklich gerunzelter Stirn und geschürzten Lippen starrten Oliver und Celia Sir Edmund an.

Er lächelte sie demütig an.

Sie gaben sich geschlagen.

»Ich fürchte, das wollen wir«, seufzte Oliver.

Er und seine Schwester legten sofort los.

»Hey, Drache!«, rief Oliver und rannte um den Baum herum. »Huhu!«

Der Drache, der immer noch wütend war, weil die Zwillinge ihn ausgetrickst hatten und er in den Graben gestürzt war, brüllte laut und drehte sich zu ihnen um. Ulk, der ihnen gefolgt war, sprang aus dem Weg, als sich die sehr, sehr große Echse und die Zwillinge um den Baum herumjagten. Der Drache schnappte nach ihnen, aber er erwischte sie nicht, weil sie sich immer auf der gegenüberliegenden Seite des Stammes versteckten. Sie rannten vor ihm her und scheuchten ihn, dass dem Ungeheuer ganz schwindelig wurde.

»Ich habe einen Plan«, rief Oliver beim Laufen.

»Nicht schon wieder!«, rief Celia zurück.

»Es ist ein guter Plan!«, rief Oliver. »Ich nenne ihn den Nordischen Knoten!«

»Warum braucht er überhaupt einen Namen?« Celia stolperte, aber Oliver nahm ihre Hand und zog sie wieder hoch, damit sie weiter im Kreis rennen konnten.

»Ich habe einen engimatischen Namen gewählt«, sagte Oliver. »Pläne mit solchen Namen klappen immer.«

»Das ist keine Regel!«

»Jetzt schon!«, sagte Oliver. »Lauf weiter im Kreis herum.«

Sie drehten eine Runde nach der anderen. Ihnen wurde immer schwindeliger. Dem Drachen erging es nicht viel besser. Er prallte gegen die Eisfelsen, rutschte aus und schlug mit den Flügeln, aber noch immer rannte er im Kreis und noch immer verfolgte er Celia und Oliver. Von oben betrachtet hätte man nicht sagen können, ob der Drache die Navel-Zwillinge oder die Navel-Zwillinge den Drachen jagten. Tatsächlich waren sie jetzt so nahe beieinander, dass die Zwillinge schon fast auf den Schwanz des Drachen traten.

»Wenn ich sage *Spring!*, dann springst du«, schrie Oliver.

»Du hast gerade *Spring!* gesagt«, rief Celia zurück.

»Nicht jetzt! Das nächste Mal, wenn ich *Spring!* sage!«

»Jetzt?«

»Nein, diesmal auch nicht!«

»Sei nicht so enigmatisch!«

»Jetzt!«

Oliver macht einen großen Satz nach vorn und hielt sich am Schwanz des Drachen fest. Celia machte einen großen Satz und hielt sich an Oliver fest.

»Au!«, schrie er. »Zieh mich nicht runter!«

Zornig wollte sie der Drache packen, aber Oliver rettete sich auf die andere Seite des Schwanzes und zog seine Schwester mit sich. Sie kullerten hinunter in den Schnee. Der Drache brüllte vor Wut. Sein Kopf schnellte in ihre Richtung, aber als er zubeißen und die Zwillinge mit einem einzigen sabbernden Biss verschlingen wollte, schaffte er es nicht, den Kopf weit genug zu strecken. Er wand sich und zappelte, er schnappte nach ihnen, aber er erwischte sie nicht.

Oliver jubelte.

»Es hat geklappt«, staunte Celia. »Ich kann es nicht fassen, aber es hat tatsächlich geklappt.«

Der Drache hatte sich um den goldenen Baum gewickelt und verknotet. Als Oliver und Celia von seinem Schwanz abgesprungen waren, hatte er sich verheddert und mit jeder Bewegung zog sich der Knoten fester.

»Siehst du«, keuchte Oliver. »Ich bin nicht wie Mom. Meine Pläne funktionieren.«

»Nicht ganz.« Celia deutete auf Sir Edmund, der sich unter dem großen Buch hervorgewunden hatte und es gerade an ein Seil band, um es an der Eisklippe hinaufzuziehen.

»Ulk!«, schrie Celia. »Das Buch!«

»Celia!«, schrie Oliver. »Das Dynamit!«

Eine Explosion zerriss die eisigen Felsen. Brocken, so groß wie Flachbildschirme, krachten herunter und versperrten den Weg nach Atlantis. Eine zweite Explosion löste einen Hagel aus Eis und Schnee aus.

»Ihr müsst weg!« Ulk zögerte nicht lange. Er klemmte sich einen Zwilling unter jeden Arm und schleppte die beiden zu den Seilen. »Rauf mit euch!«, schrie er. »Rauf!«

»Warum ist Überleben genauso anstrengend wie Sportunterricht?«, beschwerte sich Celia.

»Und was ist mit Ihnen?«, fragte Oliver Ulk.

»Ich denke, ich bleibe ein Weilchen hier unten. Die Echse und ich haben noch ein Hühnchen zu rupfen.«

»Aber dann sind Sie für alle Ewigkeit allein hier unten!«

»Das bezweifle ich«, antwortete Ulk. »Irgendjemand taucht immer mal wieder auf.«

»Oliver, komm jetzt!« Eine Hand über die andere setzend, zog Celia sich am Seil hoch.

»Ulk ist schon wieder so enigmatisch!«, sagte Oliver und folgte seiner Schwester.

Die Explosionen hatten eine Lawine in dem uralten Eis ausgelöst. Die äußeren Wälle stürzten ein und der lange Riss im Eis war wie ein Reißverschluss, der entlang der Schlucht verlief und der jetzt unaufhaltsam von Eismassen zugedeckt wurde. Sir Edmund hing zappelnd an seinem Seil, kaum einen Fußbreit vom Boden entfernt. Er schaffte es nicht, das schwere, allwissende Buch hochzustemmen.

»Lassen Sie es zurück!«, rief Oliver. »Sie werden sonst unter dem Eis begraben!«

»Ich habe zu viel riskiert, um jetzt noch einen Rückzieher zu machen!«, brüllte Sir Edmund. »Ich will dieses Buch haben. Ich werde die Welt beherrschen. Und niemand wird mich daran hindern, schon gar nicht zwei dumme Couch-Potatoes!«

»Wir sind keine Couch-Potatoes!«, rief Oliver.

»Wir sind Audiovisionsliebhaber!«, rief Celia.

»Und die größten Forscher auf der ganzen Welt!«

Celia sah, wie ihr Bruder lächelte und dann weiterkletterte. Seinen Worten war nichts hinzuzufügen.

Begleitet vom Gebrüll des Drachen und dem Ächzen des Eises hangelten sie sich an den Seilen hoch.

»Schneller«, rief Celia. Die Lawine rollte heran und verschüttete den Spalt im Eis. Der Hubschrauber, der am Klippenrand auf Sir Edmund wartete, kippte vornüber und wurde mit einem ohrenbetäubenden metallischen Knirschen in den Abgrund gerissen. Sir Edmund achtete nicht darauf. Das Gesicht rot vor Anstrengung zog er sich langsam an seinem Seil hoch. Das Buch baumelte an einem zweiten Seil, das er sich um die Hüfte gebunden hatte.

Die Zwillinge hatten fast ihr Ziel erreicht. Oliver nahm beim Klettern Arme und Beine zu Hilfe, aber Celia überholte ihn und hatte als Erste wieder festen Boden unter den Füßen. Sie streckte die Arme nach Oliver aus und zerrte ihn zu sich herauf. Keinen Augenblick zu früh. Denn kaum hatte Oliver sich neben sie gehievt, versank alles unter ihnen in einer Wolke von Schnee.

Die Zwillinge ließen sich rückwärts auf das Eis fallen. Ihr Blick fiel auf ein überfrorenes Ortsschild. Darauf stand:

DER NORDPOL ~~IST~~ WAR HIER.

»Was soll das heißen, er war hier?«, fragte Oliver.

»Das Eis ist ständig in Bewegung«, erklärte Celia. »Der Nordpol ist nur ein Punkt im Meer. Das Eis driftet darüber hinweg.«

»Ich schätze, das Eis hat Sir Edmund erdrückt«, sagte Oliver.

»Wir haben alles versucht, um ihn zu retten«, erwiderte Celia. »Für uns hätte er das nicht getan.«

»Jetzt hat er alle Zeit der Welt, um in dem Buch zu lesen, auf das er so scharf gewesen ist.«

»Ja«, sagte Celia.

»Und Atlantis driftet mit dem Eis davon«, sagte Oliver.

»Sieht ganz so aus«, sagte Celia.

»War es nur ein glücklicher Zufall, dass wir es gefunden haben?«

»Ich weiß nicht, was meinst du?«

Oliver wusste auch keine Antwort auf diese Frage. War es Bestimmung oder Zufall? Schicksal oder glückliche Fügung? Im Nachhinein spielte das keine große Rolle mehr. Die Zwillinge lagen eine Zeit lang schweigend da und lauschten auf das Krachen und Ächzen der Eisplatten, die sich am Nordpol hin und her bewegten.

»Sir Edmund hätte öfters Filme anschauen sollen«, sagte Oliver nach einigem Nachdenken.

»Wie meinst du das?« Celia setzte sich auf.

»Seine letzten Worte waren ziemlich langweilig«, sagte Oliver. »Sein allerletztes Wort war ›Couch-Potatoes‹.«

Celia nickte. »Und wenn wir es nicht bis hier herauf geschafft hätten, dann wären deine letzten Worte gewesen: ›Und die größten Forscher auf der ganzen Welt.‹«

Oliver zuckte die Achseln. »Wir haben Atlantis gefunden«, sagte er. »Und das allwissende Buch.«

»Aber niemand wird sie jemals zu Gesicht bekommen. Sie

sind fest unter dem Eis verschlossen, das andauernd in Bewegung ist.«

»Ja, aber wir haben sie gesehen«, sagte Oliver. »Und das ist ziemlich cool.«

»Finde ich auch«, sagte Celia.

»Mom wird enttäuscht sein.«

»Ja. Falls wir sie jemals wiedersehen.« Celia ließ den Blick schweifen. Abgesehen von dem Schild, das einst ein Forscher hier aufgestellt hatte, war nichts als blankes Eis, wohin man auch sah. Dort, wo Eisplatten zusammengestoßen waren, durchzogen Klüfte den Untergrund und ragten Eisbrocken hervor. Dort, wo das Eis aufgerissen war, verliefen kleine Wassergräben. Die tiefe Schlucht, in der Atlantis lag, war weit und breit nicht zu sehen. Vielleicht hat sich der riesige Spalt nur unseretwegen aufgetan, dachte Celia. Vielleicht war es tatsächlich Schicksal.

»Und was jetzt?«, fragte Oliver. »Wir können doch nicht den ganzen Weg bis zur Forschungsstation zu Fuß gehen.«

Celia stand auf und half ihrem Bruder auf die Beine. »Das müssen wir nicht.« Lächelnd deutete sie zum Horizont. Ein merkwürdiges Geschöpf kam auf sie zu: Halb rannte, halb flog es über die eisige Landschaft. Es sah aus wie eine Miniaturausgabe des Drachen, den sie gerade im Eis zurückgelassen hatten. Es trug Zaumzeug und zog ein seltsames Gefährt hinter sich her, aus dem viele Köpfe hervorlugten. Es kam in rasantem Tempo auf sie zu und aus dem Fahrzeug drang lautes Bellen.

»Ist das ein Deus ex Machina?«, fragte Oliver.

»Nein«, sagte Celia. »Ich glaube, das sind Mom und Dad.«

38. Wir sind am Anfang der Welt

Das Gefährt holperte über das Eis, preschte durch Schneewehen und schaukelte von einer Seite auf die andere. Als es näher kam, erkannten die Geschwister, dass es sich um ihren Hundeschlitten handelte.

Allerdings liefen die Hunde nicht vorneweg, sondern saßen neben den Eltern Navel im Schlitten. Täuschten sich die Zwillinge oder hatten ihre Eltern wirklich einen kleinen Drachen vor den Schlitten gespannt, der sie mit halsbrecherischer Geschwindigkeit über das Eis zog?

»Bis vor Kurzem hatte ich noch nie einen Drachen gesehen«, sagte Oliver zu seiner Schwester. »Und heute laufen mir gleich zwei über den Weg.«

Celia zuckte mit den Schultern. »Das ist das Schicksal von Forschungsreisenden. Ständig sammelt man neue Erfahrungen.«

»Stimmt.« Oliver nickte nachdenklich. »Na ja, es gibt Schlimmeres.«

»Wenn man so was mag, ja«, sagte Celia.

Der kleine Drache nahm Kurs in ihre Richtung. Ihre Mutter und ihr Vater rissen an den Zügeln und stemmten sich dagegen, damit der Drache die Zwillinge nicht über den Haufen rannte. Zwischen den Zähnen hatte er ein Stück Stahl als Trense. Es war früher einmal Teil der Tür gewesen, die zur Forschungsstation führte.

Nur wenige Schritte vor den Zwillingen kam der Drache

zum Stehen. Er rollte sich zusammen wie eine Schlange und musterte die beiden mit gesenktem Kopf.

Der Schlitten jedoch hatte noch immer zu viel Schwung und kippte um. Die Passagiere flogen in hohem Bogen durch die Luft und die Navel-Eltern und ihre Hunde schlitterten übers Eis wie zerknüllte Käsebällchentüten.

Der Drache schnüffelte an den beiden Geschwistern. Seine Augen verengten sich zu schmalen Schlitzen. Er fing an zu kreischen.

Mit einem Satz brachte Oliver sich hinter seiner Schwester in Sicherheit. Misstrauisch beäugte er den Drachen. Er konnte Echsen noch immer nicht besonders leiden.

Celia verzog keine Miene. Sie wollte sich noch immer nicht von irgendwelchen Tieren einschüchtern lassen, seien sie auch noch so groß.

»Da unten.« Sie zeigte mit dem Daumen auf die Schneedecke, unter der die Schlucht verborgen war. Der Drache schnüffelte am Eis, nickte und schwang sich in die Luft. Den leeren Hundeschlitten riss er einfach mit. Er wendete im Flug, schoss pfeilschnell nach unten und tauchte kopfüber ins Eis und verschwand.

»Woher wusstest du, dass er uns nicht fressen würde?«, fragte Oliver. Er klammerte sich immer noch an Celias Schultern.

»Er ist doch noch so klein«, sagte Celia. »Er wollte nur nach Hause.«

»Oliver! Celia!« Ihr Vater wischte den Schnee ab und schloss sie ihn die Arme. »Geht es euch gut?«

Ihre Mutter kam herbei und umarmte die Zwillinge von der anderen Seite, was dazu führte, dass sie mit dem Gesicht aneinandergequetscht wurden wie zwei aufeinanderprallende Eisschollen. »Ich wusste, dass es euch gut geht!«

»Und wieso wusstest du das so genau?«, schnaubte Oliver.

»Na, logo«, sagte Celia. »Das war doch mal wieder Schicksal.«

»Stimmt«, sagte ihre Mutter. »Aber nicht nur.« Sie zog die Universal-Fernbedienung aus der Tasche. »Manchmal kann Fernsehen ziemlich nützlich sein.«

»Sag ich doch«, triumphierte Celia.

»Habt ihr das gesehen?« Lachend drückte ihr Vater die Zwillinge an sich. Dabei waren sie gerade erst der Umarmung ihrer Mutter entkommen. »Ein Drache hat uns hergezogen! Drachen gibt es wirklich!«

»Wissen wir«, sagten die Zwillinge in Chor.

»Wir haben ihn Brandon getauft«, sagte Dr. Navel glücklich.

»Und?« Suchend blickte sich die Mutter in der endlosen Eiswüste um. Ihr Blick streifte das alte Schild vom Nordpol. Dann drehte sie sich wieder zu den Kindern um. »Habt ihr... etwas gefunden?«

Celia machte ein finsteres Gesicht. »Hätten wir denn etwas suchen sollen?«

Ihre Mutter ließ die Schultern hängen.

»War nur ein Scherz.« Celia schüttelte den Kopf. »Meine Güte, Mom... verstehst du keinen Spaß?«

»Natürlich haben wir Atlantis gefunden«, platzte Oliver heraus.

Die Miene seiner Mutter hellte sich auf.

»Es ist eine Ruinenstadt unter dem Eis, mit Eisgräben und Statuen und Obelisken«, erklärte Celia.

»Und Drachen«, fügte Oliver hinzu.

»Und sprechenden Eichhörnchen«, ergänzte Celia.

»Na ja, zumindest gab es ein Eichhörnchen«, sagte Oliver.

»Und das hat geredet«, beharrte Celia.

»Aber nur in deinem Kopf.«

»Es hat trotzdem geredet.«

»Das gilt nicht.«
»Gilt wohl.«
»Gilt nicht.«
»Gilt wohl!«
»Und die Bibliothek?«, schaltete sich ihre Mutter ein. »Habt ihr die verschollene Bibliothek von Alexandria gefunden?«
»Nicht so direkt«, antwortete Oliver.
Der Blick der Mutter verdüsterte sich.
»Wir haben etwas viel –«, setzte Oliver an, aber Celia versetzte ihm einen Stoß mit dem Ellenbogen.
»Wir haben nichts gefunden«, sagte sie.
»Aber wir... Aua!« Wieder knuffte Celia ihren Bruder.
Oliver runzelte die Stirn. Was hatte sie denn nur?
»Hmmm«, murmelte die Mutter enttäuscht.
»Um Sir Edmund brauchen wir uns jedenfalls keine Sorgen mehr zu machen«, sagte Celia. »Er war uns ziemlich dicht auf den Fersen, aber dann...« Sie deutete auf den frisch entstandenen Schneehügel, wo zuvor die eisige Klippe gewesen war.
»Ich habe den Nordischen Knoten angewandt!«, sagte Oliver stolz. »Und es hat geklappt!«
»Du wirst jetzt wahrscheinlich weiter nach der verschollenen Bibliothek von Alexandria suchen«, sagte Celia zu ihrer Mutter und sah sie erwartungsvoll an. Sie meinte, in ihrem Gesicht den Hauch eines Zweifels zu lesen, aber dann schüttelte Claire Navel den Kopf.
»Nein«, sagte sie. »Vielleicht gibt es auf manche Fragen einfach keine Antwort. Und überhaupt, ich finde, ich war lange genug weg. Wir sollten uns ein Beispiel an dem kleinen Drachen nehmen und nach Hause zurückkehren.«
Celia lächelte. Genau das hatte sie hören wollen. Oliver strahlte übers ganze Gesicht.

»Übrigens«, fragte die Mutter. »Wie habt ihr es eigentlich bis hierher geschafft, so ganz ohne Hundeschlitten?«

»Ulk hat uns mitgenommen«, sagte Oliver.

»Ulk?« Ihr Vater blickte sich suchend um.

»Ein Briefträger«, erklärte Oliver.

»Am Nordpol gibt es keine Briefträger«, sagte Dr. Navel.

»Eigentlich ist er gar kein Briefträger«, erklärte Celia. »Er ist ein –«

»Enigma«, warf Oliver ein.

»Ja genau, er ist ein Rätsel«, sagte Celia.

»Das Dumme an einem Enigma ist, dass man damit nicht nach Hause fahren kann«, sagte die Mutter. »Was wir brauchen, ist eine Mitfahrgelegenheit.«

»Aber wir sind am Ende der Welt«, sagte Celia.

Dr. Navel lächelte. »Wo ein Ende ist, wartet immer auch ein Neubeginn«, sagte er mit erhobenem Zeigefinger. »Also sind wir nicht nur am Ende, sondern auch am Anfang der Welt.«

»Nicht jetzt, Liebling.« Seine Frau tätschelte ihm den Rücken. »Wenn wir zu lange hier draußen bleiben, werden wir erfrieren oder verhungern ... oder beides.«

»Das ist nicht unser größtes Problem«, erwiderte er.

»Erfrieren oder verhungern scheinen mir aber ziemlich üble Probleme zu sein«, sagte Celia.

»Oh ja.« Ihr Vater nickte. »Aber Gefressenwerden ist noch schlimmer.«

Die Zwillinge und ihre Mutter folgten seinem Blick zu dem hungrigen Eisbären, der über das Eis auf sie zugetrabt kam. Er war tagelang ihrem Geruch gefolgt und würde jetzt bestimmt nicht aufgeben.

Oliver durchwühlte seine Taschen in der Hoffnung, eine letzte Tüte Käsebällchen hervorzukramen, die er dem Bären geben könnte. Doch seine Taschen waren leer. Die Hunde fingen an zu bellen, aber der Bär kam unbeirrt näher.

»Jetzt könnten wir wirklich ein Kampf-Walross brauchen«, sagte Oliver.

»So hoch im Norden gibt es keine Walrosse«, sagte Dr. Navel.

»Natürlich nicht«, sagte Oliver und verdrehte die Augen. »Weshalb sollte uns ausgerechnet die Natur aus der Patsche helfen?« Er wandte sich an Celia. »Wir könnten wirklich einen von deinen Deus ex Machina gebrauchen.«

»Er ist nicht mein Deus ex Machina«, belehrte ihn Celia. »Das sind Dinge, die einfach passieren. Und im Fernsehen passieren sie nur ein Mal. Ich denke, wir haben unsere längst aufgebraucht.«

»Mom? Dad?« Oliver blickte seine Eltern an.

»Mach dir keine Sorgen«, sagte Dr. Navel. »Wir haben schon so oft dafür gesorgt, dass euch niemand auffrisst, wir werden auch jetzt dafür sorgen.«

Celia hatte so ihre Zweifel und wollte sie gerade äußern, als der Bär im Eis scharrte und laut brüllte. Dann stürzte er sich mit seinem tonnenschweren Gewicht auf die Navel-Familie. Manchmal will eben ein Eisbär das letzte Wort haben.

39. Wir laufen nicht davon

Die Eltern der Zwillinge stellten sich schützend vor ihre Kinder, als der Bär sich auf sie stürzte. Der Vater warf sich in die Brust und schrie. Die Mutter kreischte und fuchtelte mit den Armen.

»Ich glaube, sie sind verrückt geworden«, sagte Oliver.

»Ich glaube, sie wollen ihre Überlegenheit unter Beweis stellen«, sagte Celia. »Um den Bären zu verscheuchen.«

»Ich glaube nicht, dass das funktioniert«, sagte Oliver.

Als der Bär sich ihnen bis auf ein paar Schritte genähert hatte, sprangen alle sechs Schlittenhunde auf seinen Rücken. Sie knurrten und bissen in das dicke Fell. Der Bär brummte und schüttelte sich und warf die Hunde in den Schnee. Die großen Navels drehten sich um, packten Oliver und Celia an den Händen und rannten los.

»Das schaffen wir nie!«, sagte Oliver.

»Wir haben das schon einmal geschafft!«, sagte Celia.

»Was ist mit den Hunden?«, fragte Oliver und warf einen Blick über die Schulter.

Der Bär hatte seine Hoffnung, die Navels zu verspeisen, noch längst nicht aufgegeben. Er verfolgte sie, obwohl die Hunde ihn in die Pfoten bissen. Er musste langsamer laufen, denn sie ließen sich nicht abschütteln, selbst als er mit seinen kräftigen Bärenpranken nach ihnen schlug, als wären die Hunde lästige Stechmücken. Natürlich konnten die kräftigen sibirischen Huskys mit ihren starken Reißzähnen ein bisschen heftiger zubeißen als ein paar Stechmücken.

Als der Bär sah, dass sich die Navels immer weiter von ihm entfernten, heulte er vor Wut auf.

»Wir können doch nicht zusehen, wie er die Hunde frisst!«, sagte Oliver.

»Er will nicht die Hunde fressen«, sagte seine Mutter und zog ihn mit sich durch den Schnee. »Er will uns.«

»Nein.« Celia drehte sich um. »Er will Käsebällchen!«

»Wie?« Oliver riss sich von seiner Mutter los und sah, wie der Bär eine Palette mit Käsebällchentüten aufriss. Das Fell an der Schnauze hatte bereits orangefarbene Flecken. Plastiktüten flogen nach links und nach rechts, als der Bär eine Packung nach der anderen aufriss. Die Hunde beobachteten ihn aus sicherer Entfernung, bereit, sich jederzeit wieder auf ihn zu stürzen. Der Bär hob den Kopf und starrte sie an, er schien sich nicht für eine der Mahlzeiten entscheiden zu können. Aber dann wandte er sich wieder der Käsebeute zu.

»Ich hab's dir doch gleich gesagt!«, rief Oliver. »Jeder mag Käsebällchen!«

»Wo kommen die denn auf einmal her?«, staunte Dr. Navel.

»Von oben!« Celia zeigte zum Himmel. Über ihnen kreiste ein Flugzeug und warf Lebensmittelkisten ab. Eine große Kiste Trockenfleisch klatschte aufs Eis, nicht weit von den Käsebällchen entfernt. Der Bär schnüffelte, trottete zu der Kiste und riss entzückt die Trockenfleischpackungen auf. Die Hunde sahen ihm zu und leckten sich das Maul.

Das Flugzeug hatte anstelle eines Fahrwerks zwei große Kufen, und während es seine Kreise drehte, schwankte es zur Begrüßung mit den Flügeln. Dann sahen sie die Initialen, die an der Seite aufgemalt waren: C. B.

»Das ist Corey Brandts Privatjet!«, rief Oliver.

»Ich schätze, jetzt haben wir einen Promi ex Machina«, sagte Celia.

»Gibt es das überhaupt?«, fragte Oliver.

»Jetzt schon«, sagte Celia.

»Ich hoffe, er kann bald landen.« Sorgenvoll beobachtete Oliver den Bären, der von seiner Mahlzeit aufsah und sich wieder an die Hunde zu erinnern schien. Langsam trottete er auf sie zu, mit drohend gesenktem Kopf.

»Vielleicht mag er kein ungesundes Essen«, sagte Celia. Das Herz klopfte ihr bis zum Hals. Der Bär war nur noch eine Handbreit von der Schnauze des Leithundes entfernt. Er holte mit der Pranke aus, aber der Hund streckte die Pfoten, senkte den Kopf und machte einen Buckel, als wollte er spielen.

»Das ist kein Spaß!«, rief Oliver. »Lauf!«

Der Bär hob den Kopf. Der Hund wedelte mit dem Schwanz. Da ließ sich der Bär plötzlich auf den Rücken fallen und der Hund sprang auf seinen Bauch. Die Tiere taten, was jedes Tier tut, wenn es satt ist und nichts Besseres zu tun hat: Sie spielten.

Jetzt machten auch die anderen Hunde mit, sie rollten sich im Schnee, sprangen um den Bären herum, der sich auf dem Eis wälzte, bellten und jaulten und strampelten gut gelaunt mit den Pfoten.

»Sieht aus, als wären sie nicht böse aufeinander«, sagte Oliver.

»Vom Tierreich können wir Menschen lernen, wie man miteinander umgeht«, sagte Dr. Navel. »Wenn wir die Lektionen, die sie uns lehren, beherzigen und sie mit Respekt und –«

»Da-ad«, stöhnten die Kinder. »Kannst du uns jetzt bitte einen Forscher-Vortrag ersparen?«

»Na schön.« Dr. Navel seufzte. Aber wenn sich jemand das Recht erworben hatte, nicht andauernd etwas zu lernen, dann waren es Oliver und Celia. Schließlich hatten sie Atlantis entdeckt.

Das Flugzeug landete und die Tür ging auf. Corey Brandt, in maßgeschneiderter Polarkleidung, stand lachend oben auf der Treppe. »Gefallen euch die Klamotten?«, fragte er und zeigte an sich herunter. »Corey Brandts Arktis-Anzug! Limitierte Auflage!«

»Ga-gaak!« Dennis der Hahn gackerte zu seinen Füßen und trug einen farblich passenden Pullover. Patrick der Affe kreischte vor Vergnügen und kletterte auf den Kopf des Promis.

»Wo ist…«, wollte Oliver gerade fragen, als er ein lautes Zischen hörte. Beverly, die einzige Echse auf der Welt, die Oliver leiden konnte, huschte die Stufen hinunter. Es war wie in einer von Celias Seifenopern. Oliver rannte auf sie zu. Sie rannte auf ihn zu. Plötzlich blieb sie wie angewurzelt stehen und rührte sich nicht mehr vom Fleck.

»Wie alle Echsen ist auch die Heloderma horridum wechselwarm«, sagte Dr. Navel. »Sie ist soeben in eine Art Winterstarre gefallen.« Dr. Navel hob Beverly am Schwanz hoch. Sie war so steif wie ein Eis am Stiel. »Wenn sie sich wieder erwärmt, ist sie putzmunter.«

»Ich vermute, so überleben auch die Drachen unter dem Eis«, sagte Oliver.

»Erinnere mich daran, dass ich niemals wieder einen Drachen erwärme«, sagte Celia.

»Also«, rief Corey ihnen vom Flugzeug aus zu. »Wohin jetzt?«

»Wir könnten den geheimnisvollen Zoo von Sir Edmund suchen«, schlug Dr. Navel vor.

»Ich könnte euch Hollywood zeigen«, schlug Corey vor.

»Ich habe eine verrückte Idee«, sagte ihre Mutter.

»Oh nein«, stöhnte Oliver.

»Oh nein«, stöhnte Celia.

»Gehen wir doch einfach nach Hause und sehen nach, ob irgendetwas Schönes im Fernsehen läuft.« Sie lachte.

Oliver und Celia holten tief Luft. Im Fernsehen lief immer etwas Schönes.

40. Wir verpassen nichts

Heute Abend verleihen wir den diesjährigen Preis des Klubs der Forschungsreisenden für hervorragende Entdeckungen an die jüngsten Preisträger in der Vereinsgeschichte«, verkündete Professor Rasmali-Greenberg ein paar Wochen später in dem überfüllten Empfangssaal des Klubs der Forschungsreisenden in New York.

Die versammelten Abenteurer, Forschungsreisenden, Wagehälse und Weltenbummler brachen in donnernden Applaus aus. Sogar die präparierten Tierschädel an den Wänden schienen wohlwollend zu lächeln. Die einzigen Forscher, die ernst dreinblickten, waren Oliver und Celia oben auf der Bühne.

»Ich kann es gar nicht fassen, dass wir Ehrengäste bei der Entdeckerfeier sind«, raunte Oliver seiner Schwester ins Ohr.

»Ich kann es gar nicht fassen, dass wir die ganze Zeit hier herumstehen müssen«, maulte Celia zurück.

Ihr Vater und ihre Mutter, beide in ihren feinsten Kleidern, jubelten am lautesten. Sie platzten fast vor Stolz. Die Entdeckerfeier war eine altehrwürdige Tradition des Klubs der Forschungsreisenden, bei der hohe Summen verwettet, Entdeckungen verkündet und Ehrentitel verliehen wurden. Von den vielen Entdeckern, die jemals einen Kompass in der Hand gehalten hatten, hatten einige der bedeutendsten auf genau dieser Bühne gestanden und genau diesen Preis erhalten. Dr. Navel wischte sich mehrmals mit dem Ärmel seines Smokings die Tränen aus dem Gesicht. Seine Frau musste ihn stützen.

Unter den Zuschauern war auch Sam, der den weiten Weg

vom Sudan hergekommen war. Er flüsterte einem Jungen, der das rote Gewand eines buddhistischen Mönchs trug und der den weiten Weg von Tibet hergeflogen war, etwas ins Ohr und der flüsterte einem Jungen, der von einem der letzten Seenomadenstämme auf der Welt abstammte, etwas ins Ohr, woraufhin der einem Mädchen mit einem flauschigen Wollhut ins Ohr flüsterte.

Das Mädchen, Olivers und Celias Freundin Qui, nickte den Jungen zu, die Olivers und Celias Freunde aus vergangenen Abenteuern waren. Sie streckte die Arme hoch, sodass Oliver und Celia sie von der Bühne aus sehen konnten, und wackelte mit den Fingern.

»Das ist das Zeichen«, sagte Celia leise zu Oliver. »Jetzt ist es so weit! Wir müssen gehen!«

»Wir haben unsere Medaillen doch noch gar nicht bekommen!«, flüsterte Oliver.

»Und jetzt«, sagte Professor Rasmali-Greenberg, »die Medaillen!« Er nahm zwei glänzende goldene Medaillen aus einer Holzschatulle. Sie hingen an hellblauen Bändern und funkelten im Licht der Bühne. Oliver machte große Augen.

»Wir verpassen den Anfang der Sendung!«, sagte Celia.

»Ich möchte aber meine Medaille des Klubs der Forschungsreisenden für hervorragende Entdeckungen verliehen bekommen«, sagte Oliver.

»Blöder Name für einen Preis«, murrte Celia.

»Ist er nicht«, sagte Oliver.

»Ist er doch«, sagte Celia.

»Ist er nicht.«

»Ist er doch.«

»Es ist wirklich ein blöder Name«, sagte der Professor schmunzelnd, dann wandte er sich dem Publikum zu und hielt die Medaillen hoch. »Und deshalb benennen wir ihn ab sofort nach unserem neuen Mäzen, dessen großzügige Schenkung an den Klub dieses glanzvolle Fest ermöglicht hat. Applaus für Corey Brandt und den brandneuen Corey-Brandt-Preis für hervorragende Entdeckungen!«

Corey Brandt sprang auf die Bühne. Er trug einen seidig schimmernden schwarzen Smoking und hatte eine brandneue Frisur, die binnen kürzester Zeit die beliebteste Frisur auf der ganzen Welt geworden war. Er strahlte übers ganze Gesicht.

»Hey Leute, ihr seid die Besten!«, rief er der jubelnden Menge zu. Er beugte sich hinunter und verteilte einige High-Fives in der ersten Reihe. Madame Xpertina, die weltberühmte Motorradrennfahrerin, die Sibirien durchquert hatte, wurde ohnmächtig. Auf manche Menschen hatte Corey Brandt diese Wirkung. Meist waren es Mädchen im Teenager-Alter, aber er war schon so lange berühmt, dass es nicht überraschte, wenn hin und wieder auch Motorradrennfahrerinnen, die Sibirien durchquert haben, in Ohnmacht fielen. »Ich freue mich wahnsinnig, heute Abend hier zu sein«, verkündete er. »Denn ich habe die große Ehre, meine Freunde und zugleich die tapfersten Kids, die ich kenne, zu ehren: Oliver und Celia Navel! Sie sind die größten Entdecker in der Geschichte!«

Er winkte ihnen zu und Celia konnte nicht widerstehen: Sie winkte zurück. Oliver reckte die Daumen nach oben.

»Ich bin sehr glücklich«, fuhr Corey fort, »dass wir heute Abend die Premiere meines neuesten Fernsehfilms *Die Unfreiwilligen Abenteuer von Celia und Oliver Navel* erleben werden!«

Erneut brach der ganze Saal in tosenden Beifall aus, aber diesmal klatschten Oliver und Celia begeistert mit.

»Wenn er sich nicht beeilt, dann verpassen wir den Film«, sagte Celia leise, während sie applaudierte.

»Ich sehe es den beiden an, dass sie nur darauf warten, bis dies alles hier V-O-R-B-E-I, vorbei ist.«

Celia wurde rot und hoffte, dass der Teenie-Superstar sie nicht gehört hatte. Er kam über die Bühne zu ihnen und schüttelte beiden mit einer tiefen Verbeugung die Hand. Dann hängte er ihnen die Medaillen um, stellte sich zwischen sie und hielt ihre Arme hoch, wie es Boxer nach dem Ende eines Wettkampfs machten.

»Juhuu!«, jubelte ihre Mutter.

»Hurra!«, schrie ihr Vater.

Beverly zischte ihr Echsenzischen, Patrick kreischte sein Affenkreischen und Dennis der Hahn gackerte sein Hahnengackern vom Kopf eines großen ausgestopften Eisbären herab, auf dem er sich niedergelassen hatte.

Ein Mann in der hintersten Ecke des Saales klatschte nicht mit, ja, er schien den Feierlichkeiten überhaupt keine Beachtung zu schenken. Unter den vielen exzentrischen Leuten mit ihren ausgefallenen Frisuren und ihrer erlesenen Kleidung fiel er auf den ersten Blick nicht auf, denn er trug einen altmodischen schwarzen Smoking. Und falls er eine seltsame Frisur hatte, dann merkte es niemand, denn er hatte seine Baseballkappe tief ins Gesicht gezogen. Er blickte nicht von seinem Handy auf, mit dem er eine SMS nach der anderen tippte. An seinem Finger funkelte ein goldener Ring, in den eine mit Ketten verschlossene Schriftrolle eingraviert war.

»Hey, Corey«, sagte Oliver mit unnatürlich breitem Grinsen und hochgestrecktem Arm.

»Ja?«, fragte Corey mit ungefähr dem gleichen eingefrorenen Lächeln unter dem nicht enden wollenden Applaus des Publikums.

»Können wir jetzt gehen und deinen Film anschauen?«

Corey lachte und ließ ihre Hände los. Er nickte, und während die Forscher weiter jubelten, führte er die Zwillinge von der Bühne zur Tür, wo ihre Freunde aus der ganzen Welt schon auf sie warteten.

»Wo geht ihr denn hin?«, rief ihr Vater. Der ganze Saal verstummte, weil alle die Antwort hören wollten. Auch der Mann mit der Basketballmütze hob interessiert den Kopf.

»Wir gehen nach oben«, sagte Oliver.

»Aber wir haben den Gästen noch gar nicht erzählt, wie wir die Tiere aus Sir Edmunds Zoo befreit haben!« Dr. Navel warf die Hände in die Luft, bestürzt, dass sich seine Kinder trotz all ihrer Abenteuer kein bisschen verändert hatten.

»Wir wollen Coreys neuen Film anschauen«, sagte Celia.

»Es ist euer Film, Leute«, sagte Corey. »Er handelt von euch.«

»Ihr habt das alles im wirklichen Leben erlebt!«, sagte ihr Vater kopfschüttelnd. »Weshalb wollt ihr es im Fernsehen anschauen?«

Celia verdrehte die Augen. »Weil es im Fernsehen einfach besser ist, Dad!«

Ihr Vater seufzte.

»Na gut.« Seine Frau trat neben ihn. »Können wir den Film mit euch gemeinsam ansehen?«

Oliver blickte seine Schwester an.

Sie zuckte mit den Schultern. »Klar.«

Die Mutter drückte Dr. Navels Hand. »Fernsehabend im Familienkreis«, sagte sie.

»Gar keine schlechte Idee«, sagte der Vater gut gelaunt. »Ich mache Popcorn.«

»Aber ohne eklige Zutaten«, sagte Celia mit finsterem Blick.

»Geröstete Käfer sind nicht eklig!«, protestierte Dr. Navel.

»Die gibt's jedes Mal!«, beschwerte sich Oliver.

»Warum können wir nicht einfach zerlassene Butter dazu essen?«, bettelte Celia.

»Zerlassene Yak-Butter?«, fragte ihr Vater mit hochgezogenen Augenbrauen.

»Na schön«, willigten die Zwillinge ein.

Ihr Vater machte vor Freude einen Luftsprung.

Der Mann mit der Baseballmütze verdrehte die Augen und schrieb noch eine SMS: »Die Navels bleiben zu Hause. Wieder mal. Alles wie gehabt.«

Als er die Antwort las, sackten seine Schultern herab. »Bleib auf dem Posten. Wir wollen wissen, wenn sie verreisen.«

»:(«, schrieb er zurück.

Die Navels stürmten aus dem Saal und rannten beinahe Professor Eckhart vom Institut für Obskure Geistererscheinungen um. Die versammelten Abenteurer, Forschungsreisenden, Wagehälse und Weltenbummler blieben verblüfft murmelnd zurück. Noch nie hatte jemand seine eigene Preisverleihungsfeier so früh verlassen.

»Wisst ihr«, sagte Corey zu den Zwillingen, während sie in die Wohnung der Navels im viereinhalbten Stock eilten, »wenn euch der Film gefällt, könnte ich ja noch einen drehen.« Er grinste Dr. und Dr. Navel an, die hinter ihnen gingen. »Wenn ihr noch mehr Abenteuer erlebt, dann kann ich einen zweiten Film machen …«

Oliver und Celia blieben stehen und sahen sich fragend an. Ihre Freunde waren schon vornweg gerannt, um den Fernseher einzuschalten. Ihre Eltern standen eine Stufe unter Corey und an den Wänden hingen Bilder von Forschungsreisenden aus längst vergangenen Zeiten.

Oliver zog die Augenbrauen hoch, ein leichtes Lächeln zuckte um seine Mundwinkel. Die Medaille funkelte an seiner Brust, so wie auch Celias Medaille funkelte.

»Wir lassen es uns durch den Kopf gehen«, sagte Celia.

Dann gingen sie die Treppe hoch in ihre Wohnung, wo ihnen schon die Titelmelodie des Fernsehfilms der Woche entgegendröhnte. Ihr Atem ging schneller. Sie mussten rennen. Aus Erfahrung wussten sie, wenn sie zwei Stufen auf einmal nahmen, sich an dem Gestell mit den alten Speeren vorbeizwängten, durch die Tür platzten und sich dann mit einem Purzelbaum auf das Sofa vor dem Fernseher warfen, würden sie den Filmanfang nicht verpassen ...

Zu unserer Beruhigung sei gesagt, dass sie nichts verpasst haben.

Eine abschließende Bemerkung des Autors

Es wird Zeit, dass wir Oliver und Celia Navel ihren Freunden, ihren Eltern und dem Kabelfernsehen überlassen. Es gibt ja noch so viel mehr für uns zu entdecken!

Denn die Suche nach Atlantis währt fast so lange, wie es die Geschichtsschreibung gibt, und die meisten Theorien in diesem Buch sind tatsächlich einmal aufgestellt worden. Plato hat Atlantis wirklich beschrieben und es für einen Ort gehalten, der real existiert. Graf Olof Rudbeck war tatsächlich überzeugt, bei dem versunkenen Atlantis handele es sich um die Stadt, in der die uralten nordischen Götter, allen voran Odin, lebten. Er glaubte, die Ruinen könne man im nördlichen Schweden finden, während andere Forscher davon ausgingen, dass am Nordpol der Garten Eden verborgen liegt. Die Menschen lieben nun einmal geheime Plätze und versteckte Inseln, daher setzen wir die Suche nach diesen Mythen auf unserem Globus fort.

Von Shangri-La über El Dorado bis nach Atlantis haben uns immer jene Orte fasziniert, die wir nicht kennen. Und wenn wir glauben, wir hätten einen dieser Orte gefunden, dann sind wir in Gedanken schon beim nächsten. Uns drängt es danach, die weißen Flecken auf der Landkarte mit unseren eigenen Träumen auszufüllen, denn wir glauben, die uns bekannte Welt beherberge all diese unfassbar vielen Geheimnisse. Jedes Mal, wenn wir etwas entdecken, stürmen wir weiter zur nächsten Entdeckung. Das ist der Antrieb aller Forschung. Vieles in diesem Buch beruht auf wahren Begebenheiten (sogar die Vorstellung von den Meeresdrachen!), vieles ist nur der Fantasie entsprungen. Ich hoffe, die Fragen, die offen geblieben sind, werden dich dazu führen, dass du eines Tages selbst die Wahrheit entdeckst.

Aber du kannst natürlich auch nachschauen, ob etwas Interessantes im Fernsehen läuft…

Danksagung

Mit Büchern ist es wie mit Nordpolexpeditionen, sie werden von zahllosen Menschen unterstützt, denen man nie eine Medaille umhängt. Das sollte man aber tun. Anstelle einer Medaille möchte ich mich bei folgenden Personen bedanken:

Die Welt hätte nie von den Abenteuern der beiden Zwillinge Oliver und Celia Navel erfahren ohne das feine Gespür von Jill Santopolo, die von Anfang an eine hervorragende Wegbegleiterin für die Zwillinge (und mich) gewesen ist und durch deren Unermüdlichkeit diese Bücher viel besser geworden sind, als ich sie jemals hätte machen können. Ihr Adjutant (was nur ein anderer Ausdruck für Berater ist) Kiffin Steurer hat wundervolle neue Erkenntnisse beigesteuert und Michael Green, der unvergleichliche Verleger, hat die Geschichten mit großer Begeisterung und Vertrauen bei Penguin aufgenommen. Tatsächlich hat die ganze Penguin-Familie Oliver und Celia mit offenen Armen empfangen. Vielen Dank an Casey, Jessica, Scottie, Shanta, Marie, Katie, Annie, Cristin, Stephanie, Julia, Christina und alle anderen von Marketing, Vertrieb und Öffentlichkeitsarbeit. Der Illustrator Jonny Duddle und die Grafiker und Layouter von Penguin haben die Welt der Navels zum Leben erweckt und das Lektorat hat meinen Stil so verbessert, wie ich es gar nicht beschreiben kann (aber ich wette, das Lektorat könnte es!).

Pinguine können vielleicht nicht fliegen, aber inzwischen

bin ich davon überzeugt, dass sie sich emporschwingen können.

Robert Guinsler, mein Super-Secret-Agent, macht es mir überhaupt erst möglich, Schriftsteller zu sein (unterstützt von der internationalen Geheimnisträgerin Kelly Farber und der Trägerin internationaler Geheimnisse Aviva).

Natalie Robin war lange Zeit meine erzählerische Lotsin; ohne sie wäre ich ebenso verloren gewesen wie das verschollene Atlantis.

Zum Gelingen der Navel-Bücher trugen auch Sam Cove und seine Familie bei, ebenso meine ersten Leser Chris und Charlie Noxon, besonders jedoch meine Schwester Mandy und mein Schwager Dennis, die ihre eigenen Visionen und Prophezeiungen beigesteuert haben, als ich geistige Führung nötig hatte. Mandy und Celia sind seelenverwandt und Dennis ist viel heldenhafter und liebenswürdiger, als ein Hahn es je sein könnte.

Dank verdient auch Mr Xanders, mein Lehrer in der fünften Klasse, der mich dazu gebracht hat, *Redwall* zu lesen.

Nicht zuletzt danke ich Tim, ohne dessen Unterstützung und Zuspruch die Geschichte von Oliver und Celia nie entstanden wäre. Mit ihm zusammen machen Abenteuer und Dauerglotzen viel mehr Spaß, und natürlich mit seinem Adjutanten Baxter, dem schlauesten Hund der Welt.

C. Alexander London

Wir ringen nicht mit Tintenfischen*
*mögen aber Tintenfischringe

Endlich Kabelanschluss! Doch schon sucht die fernsehsüchtigen Zwillinge wieder mal ihr Abenteurerschicksal heim: Ihre Mutter ist auf einer Pazifikinsel verschollen – bewacht von einem achtarmigen, unfreundlichen und überaus glibberigen Riesenkraken! Mit einer Horde luxusverwöhnter Piraten auf den Fersen müssen die Zwillinge mal wieder genau das tun, was sie am liebsten NICHT machen: Abenteuer ahoi!

Arena

296 Seiten • Arena-Taschenbuch
ISBN 978-3-401-50542-8
www.arena-verlag.de

Stephanie Sanders

Darko Drexler

*und ab durch die Mitte

*aber ohne mich

Alle mir nach!*

Darko Drexler hat ein echtes Problem: Niemand glaubt ihm, dass er ein unfassbar genialer Superschurke ist. Doch das soll sich jetzt ändern! Zusammen mit seinen Freunden, der schokoladensüchtigen Gräfin Jezebel Dracula und dem tollpatischen Großen Bösen Wolf Junior stürzt er sich in ein folgenschweres Abenteuer, bei dem nichts, aber auch rein gar nichts nach Plan verläuft.

Einer für alle!*

Aufruhr in der Erziehungsanstalt für missratene Bösewichte: Master Dreadful, Darkos Vater und Leiter der Anstalt, wurde entführt! Darko und seine Freunde, Gräfin Jezebel Dracula und Großer Böser Wolf Junior, haben alle Hände voll zu tun, ich zu finden und zu befreien. Doch dabei kommen sie nicht nur den hinterlistigen Kidnappern auf die Spur, sondern auch einem lange gehüteten Familiengeheimnis!

Arena

240 Seiten • Kartoniert
ISBN 978-3-401-50642-5
Auch als E-Books erhältlich

240 Seiten • Kartoniert
ISBN 978-3-401-50643-2
www.arena-verlag.de

Jamie Thomson

Dark Lord
... da gibt's nichts zu lachen!

Geht's noch schlimmer? Dark Lord, der größte Weltenzerstörer des Universums – von seinem Widersacher verbannt auf den kleinen blauen Planeten names Erde. Und das im erbärmlichen Körper eines Elfjährigen, den alle Dirk Lloyd nennen! Keine Frage: Der dunkle Lord muss schleunigst zurück in sein fernes Reich. Dazu muss er allerdings den letzten Rest seiner magischen Kräfte aktivieren – und seine irdischen Freunde Suus und Christopher um Hilfe bitten!

Arena

Auch als E-Book erhältlich
Als Hörbuch bei Der Hörverlag

272 Seiten • Arena Taschenbuch
ISBN 978-3-401-50641-8
www.arena-verlag.de

Pseudonymous Bosch

Wenn du dieses Buch liest, ist alles zu spät

Mensch oder Monster? Lerne das Wesen kennen, das vor über 500 Jahren in einer Flasche geboren wurde! Welche Geheimnisse hütet dieses seltsame, fürchterliche Wesen?
Lies nach und finde es heraus, zusammen mit den zwei tapferen Helden Kassandra und Max Ernest. Aber nimm dich in Acht, denn: Dies ist ein sehr gefährliches Buch!

Dieses Buch ist gar nicht gut für dich

In diesem Abenteuer wird die Mutter unserer Heldin Kassandra entführt: von einem unheimlichen Koch und Konditormeister, dem blinden Señor Hugo. Nur gegen die legendäre magische Stimmgabel will er sein Opfer wieder freigeben. Werden Kass und Max-Ernest die Stimmgabel finden, bevor es zu spät ist?

Arena

352 Seiten • Klappenbroschur
ISBN 978-3-401-50628-9
Auch als E-Books erhältlich

344 Seiten • Klappenbroschur
ISBN 978-3-401-50629-6
www.arena-verlag.de